Rainar Nitzsche: Der Leuchtende Pfad des Magiers

Der Autor *Rainar Nitzsche* wurde am 27.12.1955 in Berlin-Zehlendorf geboren, ging im Saarland zur Schule und wohnt seit Oktober 1974 in Kaiserslautern, wo er Biologie studierte und promovierte. Nach einjähriger Arbeit als Biologe in einem Öko-Programm in Idar-Oberstein und Verlagsgründung 1989 schulte er zum Buchhändler um und war fünf Jahre in Pfälzer Buchhandlungen tätig. Inzwischen arbeitet er schriftstellerisch und fotografisch-künstlerisch. Bereits 1975 begann er inspiriert von seinem Namensvetter Friedrich Nietzsche zu schreiben: Gedichte, Kurzprosa, Romane und Sachbücher sowie wissenschaftliche und populärwissenschaftliche Artikel. Sein erstes Buch »wir ... menschen der erde« erschien 1982. 1989 gründete er seinen Einmannverlag mit Büchern noch unbekannter gegenwärtiger AutorInnen und den Schwerpunkten Fantasy, Horror, Science Fiction und Lyrik sowie Sachbüchern über Spinnen. Seit einigen Jahren veröffentlicht er nur noch eigene Titel.

Zum Inhalt: Ein alter Mann, der immer jünger wird, erinnert sich, und wir begleiten unseren Helden Manfred auf seiner Reise durch Raum und Zeit, die im Heute und Hier auf unserer Erde beginnt. Eines Nachts erblickt er einen leuchtenden Pfad über seiner Stadt. Er steigt auf in die Lüfte. Nackt und neugeboren und mit magischen Kräften versehen bricht er auf, folgt dem Leuchten durch Waldwelten. Immer weiter nach Osten geht seine Reise. Er begegnet neben Tieren unserer Zeit wie Echten Vampiren, einer Drachin und einem Einhorn so seltsamen Wesen wie Kichernden Zwergen, dem Glühenden Mann und dem Blauen Riesen. Viele Hindernisse muss er auf seinem Weg überwinden, wobei ihm auch die berühmtesten Samurais Japans unterstützen. Weshalb er dem Ruf folgt, weiß er nicht, doch ist er auf der Suche nach seiner großen Liebe. Wird er ihr begegnen, die den Namen Nairra trägt? Oder wird es sein mächtiger Gegenspieler Drefman, der tut, was er will, zu verhindern wissen?

Biofantasy, das ist anspruchsvolle Fantasy, in der nicht nur Menschen, sondern auch zahlreiche Tierarten Hauptdarsteller sind. Ein Episodenroman, zoologisch fundiert, meditativ und religiös. Wen wundert's, wo doch der Autor Zoologe und Fantasyfan ist und sich für Mythologie interessiert.

Rainar Nitzsche

Der Leuchtende Pfad des Magiers

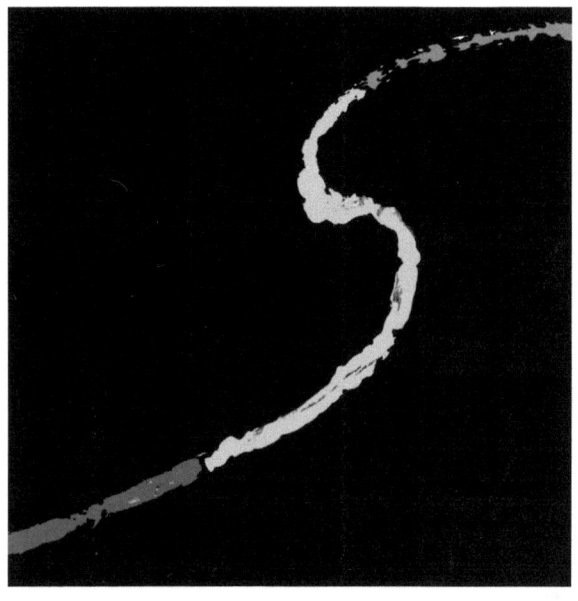

Band 1 der Pfadwelten

Bibliografische Information der Deutschen Nationalbibliothek: Die Deutsche Nationalbibliothek verzeichnet diese Publikation in der Deutschen Nationalbibliografie; detaillierte bibliografische Daten sind im Internet über dnb.d-nb.de abrufbar.

Impressum
Rainar Nitzsche
Der Leuchtende Pfad des Magiers
Band 1 der Pfadwelten

Der vorliegende Titel erschien erstmals 1998 als handsignierte, nummerierte und auf 200 Exemplare limitierte Erstausgabe im Rainar Nitzsche Verlag. Das E-Book erschien 2015 bei neobooks. Er ist auch in dem im selben Jahr bei dort erschienenen Gesamtband *Die Pfadwelten* enthalten.

Grafik: Berthold Mallmann, koloriert von Dr. Rainar Nitzsche, Autorenfoto: Elke Bouché
Computersatz: Dr. Rainar Nitzsche.
Lektorat: Dr. Rainar Nitzsche
© 2016 Herstellung und Verlag:
BoD – Books on Demand, Norderstedt
ISBN: 9783743113763

Von Wegen und Pfaden

Ein schmaler Pfad - dein Lebensweg

»Aber das Tor, das zum Leben führt, ist eng,
und der Weg dahin ist schmal,
und nur wenige finden ihn.«

Matthäus 7, 14

Nach innen
geht der geheimnisvolle Weg.
In uns oder nirgends
ist die Ewigkeit mit ihren Welten,
die Vergangenheit und die Zukunft.

Novalis

Pfad
Mystische Bezeichnung
für den Weg zur Erleuchtung.

Hörst du das Rauschen des Flusses?
Das ist der Weg!

Zen-Koan

(K)ein Traum!?

Einst träumte ich einen seltsamen Traum. Aber ich träumte ihn nicht in einer Nacht, sondern über Jahre, ja, ich träume ihn noch immer. Und während ich ihn niederschreibe, verändert er sich, weil ich so vieles vergaß, weil anderes entstand, weil es so viele Versionen gibt, weil ... Noch immer wandelt sich alles und wächst. Manches fügte ich seither hinzu, das ich irgendwo las und sah. Andere Träume mischten sich ein. Im Januar eines anderen Jahres arrangierte ich die Teile neu. Dann in Sommer und Herbst überarbeitete ich alles und ließ es Freunde lesen. Winter-, Frühlings-, Sommerkorrekturen folgten. Und nun endlich hältst du den Leuchtenden Pfad in deinen Händen, den ersten Teil eines mehrbändigen Werkes. In jedem Band gibt es einen Anhang zu Personen und Begriffen, die aus verschiedenen Kulturen stammen (z. B. Altägypten, Massai, Samurai, Tibet, Tuareg, Vampire). Nun aber wieder zum ersten Band, dem Leuchtenden Pfad. Ob es jemals wirklich geschehen könnte, in unserer Welt, zu unserer Zeit?, fragst du dich vielleicht. Und die Antwort lautet: Ich habe es gedacht, gefühlt, erlebt. Also ist es! Du aber, der du dies liest, lässt alles wieder in dir auferstehen. Dann träumst auch du deinen eigenen Traum. Wir alle träumen von unserer großen und ewigen Liebe.

Traum ist Lüge. Wirklichkeit ist anders, vielfältiger, bunter, schöner, brutaler. Nun ja, wir wissen es ja alle: »Dichter lügen«, sagte einst Friedrich Nietzsche. Also lügt auch er, also auch ich. Aber manche Lügen sind wunderbar, einfach nur fantastisch. Und während sie sich entwickeln, werden neue Welten geboren. Sie existieren, in ihnen ist alles wirklich und wahr, wie in der Welt, in der unsere Körper leben. Und wer weiß, wer oder was sich unseren Kosmos erträumt!? Ist es GOTT? Wenn es IHN / SIE / ES gibt, dann wird es so sein.

Schau nur: Dort liegt der Träumer. Er träumt von einem Abend in seiner Stadt. Er träumt, er wäre mit Freunden in einer Kneipe. Er träumt, er ginge auf die Straße hinaus ... Und du willst wissen, wie es weitergeht? Nun gut, nimm dir ein wenig Zeit, genügend Licht und vielleicht noch eine Kanne Tee. Beginne einfach zu lesen!

1. Stadt

Dann irgendwann hörte ich den Ruf.
In der Nacht erwacht setzte ich mich auf.
Staunend sah ich den Leuchtenden Pfad vor mir.
»Ich komme!«, rief ich, stand auf, brach auf.
Weinend und lachend vor Glück schritt
ich weiter auf meinem ewigen Weg.

Worte des Magiers

Etwas und alles und ...

Also war am Anfang der Träumer, von dem wir schon hörten? Zuerst also sein Traum und dann die Realität?
Nein!
Vor allem steht die Geburt des alten Mannes. Dann folgt sein Erinnern.
Etwas taucht auf - aus den Tiefen des Alls. Etwas fällt aus der Schwärze. Etwas steigt auf aus den leeren Räumen in den Atomen. Von innen, von außen naht Schwärze, naht Licht, naht Ton, naht Stille. Etwas und alles - ist immer schon da, wandelt sich dennoch vor deinen Augen in Menschengestalt.
So wird ein uralter Mann mit runzliger Haut, grauem Bart und weißem Haar geboren. Ja, er sieht aus wie 80. Seine Lippen bewegen sich. Er lächelt. Seine rechte Hand winkt dich zitternd heran: »Komm näher und lausche! Komm! Ich erzähle dir, wie alles begann.«
Jetzt, wo du ihm so nahe bist, sein Mund dicht an deinem Ohr, vernimmst du seine geflüsterten Worte. Zugleich siehst du die Bilder, die er dir zeigt. Du lauschst seinen Worten, fühlst alles mit ihm. Er spricht zu dir, in dir: »Einst war ich ein junger Mann und träumte, über den Dächern einer Stadt zu fliegen.«
»In einem Flugzeug? Ballon? Als Drachenflieger? Mit Flügeln aus Federn und Wachs wie Daidalos und Ikaros gar?«, fragst du, gebannt von seinen Worten.
»Nein! Auch nicht als Vogel! Jetzt fällt mein Traum mir wieder ein: mein Traum vom Fliegen.

Auf dem Bauch liegend schwebe ich über den Häusern meiner Stadt und schaue hinab. Winzig klein scheint mir der Rathausturm dort unten, den ich einst für einen Wolkenkratzer hielt, der er also noch immer ist? Längst schon sehe ich den Platz nicht mehr, wo ich einst auf einer Bank unter Platanen saß. Sitzt mein zweites Ich noch immer dort, lauscht dem Ruf der Mondin und träumt in ihrem Licht?

Jetzt schwebe ich dem untergehenden Sonn entgegen und immer weiter hinauf und hinaus in die Nacht und in ein neues Morgen, hinein in eine andere Welt mit Namen Wald, eine Welt aus Bäumen aller Art, der sich endlos nach allen Seiten erstreckt. Ins Gestern führt mich der Leuchtende Pfad, den ich vor meinen Augen sehe, träumend auf meinem Bett bei mir zuhause.

»Ein Pfad?« fragst du.

Ja, ein Weg, ein schmaler Weg, der alles verbindet, den meine Füße beschreiten, den mein Körper durchfliegt. Ein Pfad in mir, dem meine Seele folgt, der mich hin zu ihr führt, die ich schon immer liebe, zu den anderen hin, die so sind wie ich, und hin zur Einheit, aus der wir alle kommen.

»Wach auf! Das ist ja nur ein Traum!«, ruft irgendwer hinein in meinen Traum.

So werde ich geweckt, stehe auf und gehe die gewohnten Wege, tagein, tagaus, nicht weniger, nicht mehr. Zeit vergeht. So rasen die Jahre dahin. Ich werde alt und älter, um eines Tages, nachts zu sterben. Nun ja, noch nicht, doch irgendwann mit Sicherheit.

»Und das soll schon alles gewesen sein? Nicht mehr als ein kurzer Ausstieg aus dem Alltagstrott? Dann ist ja alles vorbei, noch ehe es begann. Am Anfang kann doch nicht schon das Ende sein?«

Und weiter fragst du dich und mich: »Wenn alles Wirklichkeit wäre, also keine Illusion, was ist überhaupt so toll daran, über den Dächern einer Stadt dahin zu fliegen? Und dann auch noch bei Nacht in eisiger Kälte.«

Das fragst du, der du drinnen in deiner beheizten warmen Stube vor dem Flimmerkasten sitzt und »wahre« Begebenheiten schaust?

Ja, alles war nur ein Traum, eine Vorschau auf das, was noch kommen sollte, und doch war es der Beginn einer

Reise, ein Neuanfang. Damals dachte ich, es würde bald geschehen.

Doch Jahre vergingen, und nichts geschah.

Wann würde ich aufbrechen? Würde ich es tatsächlich irgendwann tun? Noch in diesem, meinem jetzigen oder einzigen Leben? Noch in meinem Zimmer unter dem Dach innerhalb einer Wohngemeinschaft mit Nachbar Rilke und einem indonesischen Studenten, kurz WG genannt?

Damals geschah noch nichts.

Zunächst waren da also nur der Traum und das Warten auf seine Erfüllung. Wie oft schaute ich gebannt auf zu den dahinrasenden Mauerseglern, die mancheiner noch immer für Schwalben hält. Zahlreich aber kamen auch sie jedes Jahr aus dem Süden nach K, und also war es Sommer. Mein Gott, fliegen, dachte ich immer wieder voller Sehnsucht.

Dann geschah es doch, plötzlich und unerwartet. Es war ein kalter, verregneter Oktobertag, als alles begann, wirklich begann, hier draußen, nicht nur in meinen Träumen.

Sagte ich eben »Tag«?

Der war bereits vorüber. Nacht herrschte dort, wohin ich ging, denn ich ging in tiefer Dunkelheit hinaus in den Sturm.

»Bleib!«, riefen meine Freunde vom Stammtisch. »Geh noch nicht! Trink noch einen Wein! Geh nicht! Diese Böen könnten dich erschlagen!« Sie taten es, obwohl sie wussten, wie sehr ich die Nacht liebte, und dass es nutzlos war, mich aufhalten zu wollen, wenn ich ihren Ruf vernommen hatte.

Ich antwortete ihnen nicht, ging, schaute im Türrahmen verharrend noch einmal zurück - als ob ich wüsste, dass ich nie mehr wiederkommen würde - und verschwand aus ihren Augen.

Das ist die Nacht der Nächte. In mir ertönt der Ruf.

Ich gehe hinaus auf die Straße und schaue auf. Noch ahne ich nur die Sterne hinter dahinfegenden Wolkenschleiern.

Noch immer blicke ich empor. Die Himmel öffnen sich über mir, und die rasenden Wolken halten inne in ihrem Lauf. Dort oben bildet sich ein kreisender Raum, in dem Volle Mondin und Sterne leuchten.

»Komm!«, singt das Sternenlied in mir.

Ich höre den Ruf und weiß: Jetzt ist die Zeit gekommen, die Zeit des Aufbruchs.

Noch einmal aber kehre ich für einen Augenblick in meine alte Welt zurück, betrete ein letztes Mal die Kneipe.

Aha, wieder da, denkt einer dort vorne am Tresen.

Ich aber nehme meine Jacke von meinem Stuhl, die ich dort vergaß, ziehe sie über und sage leise: »Tschüss!«

»Du gehst schon? Schon wieder? Als Erster?«, fragen meine Stammtischfreunde - wie seltsam! - alle zugleich, wie aus einem Munde.

Auch diesmal antworte ich ihnen nicht. Ich antworte ihnen nie mehr!

O ja, ich gehe, denke ich. Warum gehe ich? Weil ich muss!

Bilder aus einem Film steigen vor meinem innerem Auge auf: Da ist ein Land im Süden damals am Beginn einer großen Religion, die die Nächstenliebe lehrte und den Sklaven Hoffnung brachte. Seine Jünger fragten ihn, als sie ihn nach seinem Tod noch einmal trafen: »Quo vadis, domine? Wohin gehst du, Herr?«

Ich erinnere mich an meine Tränen bei diesen, seinen Worten. Doch ich bin nicht der Herr und nicht ihr Herr. Dennoch weine auch ich jetzt leise bei meinem Abschied. Ich gehe stumm hinaus.

Drinnen sehen sich die Freunde verwundert an.

»Warum geht er?«

»Sollte unter Menschen bleiben. Is' nicht gut, allein zu sein.«

»So lasst ihn doch!«

So sprechen die Stammtischfreunde: die ältere, so jung und munter gebliebene Autorin, die natürlich nicht vom Schreiben lebt, die junge Lehrerin, der Rechtsanwalt und seine Mitarbeiterin, der fitte Paddler und Krankenpfleger in Rente und die drei Generationen: Mutter, Tochter und Enkelin.

Dann werden wieder andere Themen wichtig: die ewigen Baustellen in der Stadt - Straße auf, Straße zu, Straße auf, die leer stehenden Läden in der Fußgängerzone - Wahnsinnsmiete und minimaler Umsatz, wen wundert da noch dieses überall zu findende Schild: Laden zu vermieten - immer wieder neu, jetzt auch massenhaft, nebeneinander im Viererpack, ja, die Fußgängerzone, die vielleicht doch noch so nach und nach ein neues pfützenloses Pflaster erhält, private Dinge und Probleme, Geschichten, die das Leben schreibt. Auch diese nicht jugendfreien Witze, sexuelle Anspielungen und Jugenderlebnisse, als Mann noch jung und fit war. Natürlich auch Fußball, unbedingt! Die Roten Teufel vom Betze, ihr Wiederaufstieg in die erste Liga - sie werden wieder Deutscher Meister sein, das ist klar, hurra, es lebe der FCK! Dann das liebe Geld und der kommende Euro und ... viele Probleme hier wie überall auf der Welt im Jahre 1998 A.D.

Ich stehe nur wenige Meter von allem und doch Meilen von allem entfernt draußen auf der Straße und breite meine Arme aus, werde Ruhe und warte. Ich schaue mit in den Nacken geneigtem Kopf empor. Ich bin es schon, also spreche ich auch die Worte nicht aus: »Sei still!«

Was seltsam war, Manfred fiel es gar nicht auf, die Straße war menschenleer. Alles schien ausgestorben.
Und niemand sah, was dann mit ihm geschah?
Kein Mensch, das ist gewiss.
Und niemand sonst?

Leuchtend grüne Augen schauen den Menschen von unten verwundert an. Hinter einem Rad unter dem Auto versteckt sitzt die Katze mit dem rotbraunen Fell. Sie ist es, die alles sieht und - nichts verrät.

Während ich noch immer auf der Straße stehe und auf die Erfüllung meines Traumes warte, erinnere ich mich an einen anderen, den ich vor langer Zeit träumte: Einen Menschen sehe ich darin aufstehen und alle Krankheiten hinter sich lassen. Dort unten auf der Erde bleibt seine graue Hülle zurück. Denn er erhebt sich, steigt gleich einem schlüpfenden Schmetterling auf, eben noch fressende, wachsende Raupe, ein Kind, dann träumende Puppe, jetzt ...

Bin ich wie er?, frage ich mich und atme Nacht und Sterne.

Etwas wächst in mir.

Ich knie mit noch immer ausgebreiteten Armen auf der mit grauen Steinen neu bepflasterten Straße, fühle mich frisch und stark, wie neugeboren, doch ohne den Schock der Geburt und die Hilflosigkeit des Säuglings, bin ein neugeborener Erwachsener.

Jetzt könnte alles geschehen, könnte mich aufrichten, mit ausgebreiteten Armen erheben und in die Nacht hinaufschweben, denke ich und spüre nicht, wie es bereits geschieht, wie ich aufrecht stehend emporsteige, sehe nicht meine alte Menschenhülle dort unten auf den Steinen verdampfen, nehme nicht wahr, wie Kleidung, Krankheit, Alter und Alltagssorgen im Gestern zurückbleiben.

Gate, gate, paragate ...
Gegangen, gegangen, darüber hinaus gegangen
...
Aber noch lange nicht erleuchtet.

Aufrecht geht der Mensch. Aufrecht steige ich auf, schreite schlafwandelnd über den Dächern dahin.

Hoch oben erwache ich und schaue hinab. Unter mir leuchtet die Stadt. Dort irgendwo unten ist eine Kneipe, eine von vielen. Dort sitzen meine Freun... Menschen, deren Abbilder nun verschwimmen. Sie wissen nicht, wo ich bin. Sie wissen so wenig von mir, werden niemals mehr über mich erfahren.

Und ich? Was ist mit mir?

Staunend rufe ich aus: »Mein Gott, wer bin ich? Ich habe meinen Namen verloren!«

Dann vergesse ich auch dies und gehe weiter meiner Zukunft entgegen. Sie leuchtet vor mir auf, funkelt bisweilen wie Kristall, spiegelt sich in einem Band aus Licht in meinem Leuchtenden Pfad.

Alles wird sein wie ein Traum.

Aber es ist kein Traum, fällt mir ein.

Es war kein Traum.

Und wäre es so gewesen, sind nicht auch Träume Wirklichkeit?

Was haben all unsere Wahrnehmungen mit der äußeren Realität gemein?

Was sind Erinnerungen?

Sind sie nicht lediglich nur verschwommene Abbilder von dem, was einmal war?

Du, liebe(r) LeserIn, der du dies alles gerade liest, möchtest mehr wissen. »Erzähl, wie es kam!«, forderst du mich auf. »Was war vor dem Fliegen und dem Stammtisch? Erzähl ein wenig aus deinem Leben! Damit ich erfahre, wie es geschehen konnte, damit auch ich so werden kann wie du. Erzähl! Beginne vielleicht mit dem Ort, der Umgebung. Verrate mir, wo das alles geschah.«

In einem der zahlreichen Universen.

»Sehr lustig. Geht's nicht ein wenig genauer?«

Nun gut, 30 000 Lichtjahre vom Zentrum entfernt am Rande einer Galaxie, auf dem dritten Planeten eines gelben Sterns, von den Eingeborenen Erde genannt. Dort gab es im Westen eines großen Kontinents eine Stadt namens K-town, zu Deutsch: Kaiserslautern. In einem kleinen Zimmer unter dem Dach à la Spitzwegs Der arme Poet, aber wasserdicht, mit Gasofen, Gemeinschaftsküche mit Dusche und dem Klo eine halbe Treppe tiefer, o ja, dort, wo der indonesische Student abends immer Hühnchen mit Reis kochte oder - Reis mit Hühnchen, dort ...

Halt! Vergiss die Sache mit dem Zimmer in der WG! Das war ja vorher. Da wohnte ich ja schon lange nicht mehr, als es geschah. Also die andere Wohnung um die Ecke – ebenfalls eine Altbauwohnung, doch mit zwei Zimmern und einer Küche mit Elektrodusche für mich ganz allein - dort war es, wo diese Reise begann, dort. Jeden Tag träumte ich von dem Pfad. So war ich nicht so geschockt, wie man glauben könnte, eher verwundert, als ich ihn eines Nachts tatsächlich vor mir sah. Ich rieb mir die Augen, zwickte mich ... das Band aus Licht war noch immer da. Also zögerte ich nicht, stand auf und folgte dem leuchtenden Band vor meinen Füßen. Ich öffnete die Zimmertür, durchquerte die Küche, ließ die Wohnungstür hinter mir, ging die Treppe hinab und hinaus auf die Straße, die menschenleer war. Dann zum Stadtzentrum hin begegnete ich endlich Menschen. Doch niemand sah auf, kein Staunen, kein »Ooh« wie beim Kerwe-Feuerwerk. Keiner außer mir schien meinen Leuchtenden Pfad wahrzunehmen, der sich nun pulsierend in allen Farben vor mir fand und wand: gelb und rot, grün und blau, dann violett und strahlend weiß. So gelangte ich in die Fußgängerzone und in die Kneipe. Das war der Beginn, mein Weg!

Halt! Mein Weg begann natürlich ganz woanders, mit meiner Geburt in einer anderen, viel größeren Stadt. Wie fern ist doch die Kindergartenzeit.

Oder begann alles viel früher, in einem anderen Leben, an anderem Ort, als ein anderes Wesen? Begann alles mit dem ersten Leben auf dieser Erde?

Denn alle meine Väter und Mütter überlebten in mir.

Und was war vor der Erde und vor diesem Universum?
Fragen über Fragen und keine einzige Antwort.
Kehren wir also wieder zurück in klarere Gefilde, dorthin, wohin mein Erinnern reicht. Ich lag also auf meinem Bett, von Lautsprecherboxen umgeben, und lauschte elektronischen Klängen: Kitaro, Schulze, Vangelis und - Nitzsche. Das war die Musik, die mich umgab und schon manches Mal hinweggefegt hatte. Ich schloss die Augen und sah den Leuchtenden Pfad vor mir. Ich öffnete die Augen und sah ihn noch immer und stand auf, zog mir die schwarzen Wildlederschuhe an und die schwarze Jeansjacke, passend zu den schwarzen Jeans, über, folgte dem Leuchten bis in die Kneipe, wo ich ihn im Zigarettenqualm und Alkoholdunst verlor. Ich sah mich um und - erblickte sie.

Nun sitze ich an einem runden Tisch, mir gegenüber die Stamm... Oh! Wieso sitze ich schon? Stand ich nicht gerade noch an der Tür?
Auch hier innen sieht alles so anders aus als sonst.
Oder liegt es an der Zeit?
Die ist ja auch verkehrt! Schon spät ist es in der Nacht. Und doch, all die Stammtischfreunde sind da, und ich bin mitten unter ihnen. Da kommt auch schon mein Dornfelder, nicht bestellt und schon serviert von der schlanken jungen Frau. Also ist alles wie immer. Der Wirt weiß Bescheid. Ich nehme einen großen Schluck.

Sonst tat sich weiter nichts. Oder doch oder ja oder nein? Halt! Eins bleibt noch zu erwähnen, eine Sache störte mich wie immer, wenn auch immer weniger - dieser für einen Nichtraucher wie mich nicht sonderlich attraktive und gesunde Zigarettenqualm, zumal er jetzt auch noch meine Vision ver...

Aber da ist ja wieder mein Leuchtender Pfad, taucht auf aus dem Rauch - Dunst - Nebel. Mystischer Nebel, aus dem Bilder aufsteigen und Wesen ... Die Nebel des Drachenlandes, an dessen Grenzen schwarze Raben ewig wachen ...

Ja, so begann alles. Das sind meine eigenen Erinnerungen an den Beginn eines anderen Lebens.
Die anderen aber - das weiß ich nun - erinnern sich - wen wundert es - ein wenig anders.

»Die anderen?«, fragst du.
Die Freunde vom Stammtisch natürlich! Hören wir einfach einmal, was uns die Dichterin zu sagen hat:

Doch, ich erinnere mich. War da nicht ein Wüten dort draußen? Noch brausten die Stürme frei. Die letzten Bäume schrien und ihre Äste brachen. Wir saßen wie jeden Mittwoch bei Kerzenlicht im warmen Zimmer einer kleinen Kneipe gemütlich beisammen, unterhielten uns, tranken und aßen. Also war drinnen alles wie immer.
Nein! Denn er stand plötzlich auf.
»Wohin gehst du, Dok?, fragte ihn einer von uns.
Er zeigte nach draußen.
»Nachhause, jetzt schon?«
Er schüttelte nur den Kopf, deutete nach oben und lächelte. Seine Augen leuchteten. Er sprach kein Wort, öffnete die Tür und ging hinaus. So verschwand er aus unserem Leben. Wir sahen ihn nie wieder.
Karin meinte noch: »Nächste Woche ist er wieder da.«
Ich aber dachte, ja, das ist wirklich seltsam, wenn ich mir das jetzt so überlege: Viele Menschen steigen aus, verschwinden plötzlich, einfach so, manche sterben, andere wieder beginnen ein neues Leben andernorts und unerkannt.

Wer also weiß, wie es wirklich war? Es gibt so viele »wahre« Versionen von der Wirklichkeit, wie es Menschen gibt. Und alle sind sie richtig, und alle sind sie falsch. Rashomon heißt der japanische Film, in der jeder der Befragten eine andere Tat schilderte, und alle sprachen sie über denselben Mord. Du erinnerst dich? So viele Täter, und doch nur ein Opfer, einer nur tat die eine Tat. Und jede Version schien wirklich glaubhaft zu sein.
»Aber hier in unserem Fall geht es doch nicht um Mord«, wendest du, aufmerksame(r) LeserIn, ein und - hast Recht.
»Und die Unterschiede, wo sind denn die?«, fragst du weiter.
»Ob er noch einmal zurückkehrte oder nicht, nach oben zeigte oder nicht, was spielt denn das für eine Rolle?«
Nun ja, jedenfalls in einem Punkt stimmen alle überein: Es war Herbst, draußen stürmte es, und er war ziemlich sprachlos!

Warum so viele Details, die doch völlig unwichtig sind? Immer versuchen wir uns, wenn wir etwas erzählen, so genau wie möglich zu erinnern, an Einzelheiten, die wirklich niemanden außer uns interessieren, die gänzlich ohne Belang für das Wesentliche sind. Aber so ist es nun einmal, das wirkliche Leben. In einem Buch oder Film käme so etwas niemals vor. Denn das interessiert ja wirklich keinen. Wichtig könnten Details aber dennoch sein! Wenn jemand nachforschte und versuchte, mein Verschwinden aufzuklären. Eine kriminalistische Untersuchung mit Verdacht auf ein Gewaltverbrechen - Entführung, Totschlag, Mord? Dann, ja dann wäre eine Befragung aller Beteiligten sinnvoll gewesen, weil man so manches dabei erfährt, so ganz nebenbei, das einen weiterbringt, immer weiter und hin zur Auflösung der Tat. Dann hätten die Stammtischfreunde die Schilderung der Autorin etwa mit diesen Worten ergänzt: »Er war schon immer ein wenig seltsam und sehr still. Nur selten taute er auf, und dann erst nach einem Glas Wein. Dann redete er und redete, lachte sogar.«

»Der träumt ja schon wieder, dachte ich. 'Wach auf!'«(Dazu der Schlag auf den Rücken, vom Anwalt persönlich.)

»Nein, danach sahen wir ihn nie mehr wieder!«

Aber es geschah ja kein Mord, wie wir wissen! Also gab es auch keine Untersuchung!

»*Trotz des mysteriösen Verschwindens?*«, *wendest du, liebe(r) LeserIn, ein.* »*Das glaube ich aber nicht.*«

Also waren da doch die Kripo, die eingehende Befragung und- kein Resultat!?

Wie auch immer. Ich sehe es nicht, ich weiß es nicht, denn ich bin nicht allwissend. Es spielte auch keine Rolle bei dem, was kommen sollte. Was zählt, ist nur das eine: Damals verließ ich meine alte Welt und durchwanderte zahlreiche neue, bis ... Jetzt bin ich hier, noch einmal zurückgekehrt, erinnere mich und erzähle dir alles. Und all die Menschen der Welt Stadt, Familie, Freunde, Bekannte, Nachbarn, Kommilitonen und alle anderen, gehören einem fernen Leben an, das ich damals endgültig und unwiederbringlich hinter mir ließ, als ich träumend in die Nacht aufstieg und begann zu schweben.

Dachfenster fliegen vorbei. Die Fußgängerzone. Und über Häuserdächer hinweg schwebe ich aufrecht auf den Wolkenkratzer zu, der erstaunlicherweise weder Bank noch Versicherungsgebäude ist, sondern das Rathaus mit seiner leuchtenden Lichterkette von Fenstern ganz oben. Einige Kreise ziehe ich noch über Kaiserslautern. Dann nähere ich mich den Wolken.

Dieses Bild ist neu für mich. Da ist ja doch noch ein Mensch, der letzte, der mich nach meinem Aufbruch aus der Kneipe sah.

Träumender Blick aus dem Fenster des Rathausrestaurants ganz oben im 21. Stock. Ein Mädchen von sieben Jahren - und das so spät in der Nacht! - sieht nach draußen: »Mami, da fliegt ein nackter Mann!«
Mutti aber, voll gestresst von Bruder Olivers Aktionen, schaut nicht hinaus: »Jaja, Meike! Und jetzt trink aus! Es ist schon spät, wir müssen nachhause!«
Ich merke von all dem nichts, schwebe weiter durch die Nacht. Längst verblasst sind die Lichter hinter mir. Schaue jetzt wieder hinab. Meine Reise hat begonnen, denke ich, und wie es aussieht, gibt es keine Rückfahrkarte. Denn nur vor mir sehe ich das Band aus weißem, gleißenden Licht, meinen Leuchtenden Pfad. Hinter mir aber ist Dunkelheit. Jetzt beginnt er, in allen Farben zu funkeln. Wie ein Regenbogen! Ich sehe, wie er sich in weiter Ferne empor zu den Sternen wölbt. Ich aber bewege mich auf ihm, in ihm. Also bin ich der erste und einzige Leuchtpfadsurfer, Lichtbandscater, Lichtwellenreiter, bin ohnegleichen.
Dann irgendwann kann, will ich einfach nicht mehr stehen. Also setze ich mich nieder, sitze nun bequem wie auf einem fliegenden Teppich aus Tausendundeiner Nacht. Doch da ist kein Teppich, nur ein rot leuchtender Streifen aus Licht. Über mir funkeln die Sterne, und unter mir ziehen Wolken dahin. Weit darunter und hinter mir liegt mein bisheriges Erdenleben. Berauscht will ich mein Glück mit allen teilen, rufe hinaus in die Weite: »Ich lebe!« Ich tue es, so intensiv wie nie zuvor. Tief atme ich die Nachtluft ein. Tief!
Ich verspüre keinen Hunger. Glück gehabt, denke ich und schaue mich um. Habe nichts dabei und brauche auch nichts. Denn hier oben gibt es für einen Menschen wirklich nicht viel, was essbar wäre. Winzige Algen, Wolken-

plankton: wenige Mücken, Fliegen und an Fäden segelnde Spinnen. Sie alle wären Beute für die Mauersegler über den Dächern der Stadt, die längst wieder nach Süden zogen. Habe seltsamerweise auch keinen Durst.

Klar, wenn das nur ein Traum wäre, dann wäre nichts verwunderlich an allem.

Träume ich also all diese Dinge: Pfad, Kneipengang, Stammtisch, Freunde und selbst mich als fliegenden Helden?

Könnte nicht alles diese Dinge nur in meinem Geist geschehen?

Schlafe ich also noch immer? Wie lange schon? Wann wache ich auf und wo?

Aber was ist schon Zeit?

So relativ, so vielfach anders empfunden, so dehnbar und gedehnt, gestaucht, so ...

Hier, in diesen schwarzen und doch leuchtenden, endlosen Räumen, in dieser Schwärze - in dieser, meiner Seele?

Alles, was vor Kurzem begann und noch nicht lange währt, all dies könnte nur eine einzige Sekunde dauern, eine Sekunde eines Traumes?

»Bin ich also nicht mehr als eine Traumgestalt?«, frage ich mich verwundert und schaue, noch immer schwebend in der Weite der Nacht, weinend hoch ins Nichts.

Nichts?

Irgendwer oder irgendetwas ist dort oben. Ich ahne es. Ich weiß es. ETWAS sieht herab.

Also träume ich mich nicht! Also bin ich wirklich! Also existiert dort ein gewaltiges Wesen. Manche nennen es GOTT. Und ich Winzling Mensch habe IHN gesehen. Mein Gott, GOTT schaut mir zu!

Doch da sind noch andere Veränderungen. Etwas ist mit der Mondin passiert. Gewaltig in ihrer Größe steht sie dort über mir. Mondin? Hieß sie nicht irgendwann einmal »Mond«, war männlichen Geschlechts? War nicht Wandel in ihm: Zunehmen und Abnehmen, Neumond und Vollmond? Hier aber leuchtet sie in der Nacht, unveränderbar, ewig, wie gestern, so heute, so morgen: eine gigantische, helle Scheibe, die Volle Mondin.

Und auch hier bei mir gibt es weitere Veränderungen. Während meines Fluges über den Dächern der Stadt schreitet die Verwandlung unmerklich fort. Zunächst ist da ein Zittern, denn kalt ist es hier oben im Herbst für einen nackten Mann. Jetzt aber spüre ich nur noch Wärme, die meinen neugeborenen Körper umhüllt, denn eine zweite Haut, lebende Kleidung, die sich in der Farbe der Umgebung anpasst, hüllt mich ein. Hier und heute ist sie schwarz wie die Nacht mit Sternen darin. Ich trage den Sternennachtmantel und atme die frische kühle Luft. Jetzt fühle ich mich, bin ich wieder jung und zudem noch stark wie nie zuvor. Welch strahlend schöner Held doch vor mir stünde, wäre hier ein Spiegel und sähe ich mich darin an.

Da fehlen nur noch Rüstung, Schwert und ein prächtiges Ross, fällt mir ein. Dann irgendwo dort unten hinter den Bergen werde ich dem Drachen, der die Prinzessin, meine große Liebe, bewacht, begegnen, ich ihm und er seinem Tod.

Ja, so oder so ähnlich oder aber auch ganz anders wird all das geschehen, doch hier und heute zählt nur das Eine – und das ist die Gegenwart.

Welch eine Nacht!, denke ich, diese Zeit der Wandlung, was für ein Abenteuer! Wie glücklich ich bin zu leben.

Schon fegt ein wirbelndes Licht meine Brille hinweg, streichelt etwas sanft meine Augen, berührt zärtlich meine Stirn.

Mein Gott, die Liebe!

Schlafendes erwacht, und meine Augen sehen die Welt schärfer als je zuvor. Eine hohe liebliche Stimme streift mein Herz mit ihrem Gesang. Also leuchtet es auf in der Nacht. Brennendes Blut pulst durch meine Adern. Und mein Hirn ist ein Meer aus kosmischer Schwärze. Sterne schweben in meinen Nervenbahnen.

So werde ich mit neuem Namen wiedergeboren.

»Sie werden dich Manfred nennen, Manfred den Magier«, singt eine Frauenstimme in mir.

Manfred, denke ich glücklich, ich bin Manfred der Magier!

»Und wer bist du? Meine große Liebe?«, frage ich flüsternd dich und lausche, warte vergebens auf deine Anwort.

Leuchtend schwebe ich durch Wolken, Wasser, **Nebel**.

Lautlos gleite ich dahin. Und es ist noch immer Nacht, warme Sommerna... War nicht eben noch Herbst? Kann das sein, dass so plötzlich eine klare Sommernacht, vielleicht sogar aus den Zeiten von Jugend und Liebe, hier erscheint?

Gedanken kommen und gehen.

Fühle mich so frei, gelöst von allen Sorgen und bin es

auch, denn flügellos fliege ich, gleite still dahin.
 Doch Nebel hier oben? Die passen doch eher auf die Erde dort unten, über feuchtes Land, in den Morgen und in den Herbst.
 Wolken!
 Die Wolkennebel werden immer dichter. Sie bewegen sich, drehen sich im Kreis, und ich bin mitten unter ihnen. Sie tanzen vor meinen Augen und summen, dröhnen, brüllen in meinen Ohren. Alles zuckt rasend. Ich falle … drehe mich …

Tränen, Wege und Wunder

Ja, hier enden meine Erinnerungen an die Menschenwelt mit Namen Stadt. Und wie seltsam es doch ist, jetzt, wo ich dir davon erzählte, fühle ich mich, als wäre ich zehn Jahre jünger geworden. Ach, da ist ja ein Spiegel, tatsächlich, das ist ja fast kein Tattergreis mehr, der mich da lächelnd betrachtet. Nun, da ich noch einmal aus dem EINEN zurückgekehrt bin, lösen sich die Nebel immer mehr auf, hinter denen damals alles verschwamm. Ich sehe mich die »zweite« Welt mit Namen Wald betreten. Wieder Mensch geworden, weine ich, wie auch früher so oft, Tränen über die Vergänglichkeit der Dinge. Denn alles, was war, ist für Menschen vergangen, so fern. Nie mehr kehrt es zurück, nie mehr - außer in den Erinnerungen und Geschichten, die Menschen Menschen erzählen. Damals, als mir mein Leuchtender Pfad erschien, mich rief, als meine Wanderung begann, wusste ich noch nicht, dass es ein einsamer Weg werden würde, aber auch ein Weg mit neuen Freunden, ein Weg in Liebe, ein Weg ohne Hunger, ohne Durst, ohne Krankheit, und doch ein Weg voller Schmerzen, Leid und Tod.

Jetzt erinnere ich mich an mehr. Worte fallen mir ein, wahrhaft magische Menschenworte. Einst schrieb sie ein unbekannter Dichter, ein gewisser Rainar Nitzsche, auf:

>Seltsam sind die Wege
>
>die das Leben schreibt
>
>gewunden wie die Adern in dir
>
>und voller Wunder
>
>Tag für Tag
>
>und Jahr für Jahr

2. Wald

Der Tausend-Meilen-Weg
beginnt mit einem Schritt.

Miyamoto Musashi

Das Wort für Welt
ist Wald.

Ursula LeGuin

Nein, wir rühren keine dampfenden Tränke.
Es ist unsere Seele, die singend erwacht.

Worte des Magiers

A new moon leads me
to woods of dreams
and I follow.
A new world waits for me
my dream, my way.

Roma Ryan, Enya

In den Wald hinein und niemals allein

Ich öffne meine Augen. Dreht sich da noch immer die Welt? Nur die Ruhe bewahren, erst einmal tief durchatmen, die Augen schließen, die Augen öffnen. Gut. Hier bin ich also, wo immer das sein mag, gelandet. Also stehe ich auf, schaue mich um, nach rechts, nach links. Wie sieht es hinter mir aus? Drehe mich nach hinten und wieder nach vorne, also einmal im Kreis. Ich blicke hinab, ich blicke empor. Kein Wesen nirgendwo, abgesehen von mir. Kalt und grau im bleichen Licht der Vollen Mondin schläft traumlos hier, döst nur dahin: ein weites leeres Land.

Ich sehe. Denn hell scheint mir die Nacht wie nie zuvor.
Ich lebe!, denke ich und lache.
Über mir leuchten still die Sterne.

Und Stille ist - bis auf ...

Ich höre ein leises Plätschern, sehe neben mir einen klaren Bach funkelnd fließen. Der war doch eben noch nicht da. Doch was soll's, jetzt mache ich meinen ersten Schritt in eine neue Welt. Wohin?, frage ich mich noch, während meine Füße schon ihren Weg wählen und mir etwas Wichtiges fürs Überleben einfällt. Es ist ein Tipp für Absturzopfer im Regenwald. »Geht, bis ihr an einen Flusslauf kommt! Dort folgt dem Ufer! So trefft ihr immer auf Menschen und seid gerettet!«

Nun gut, so mag es sein in einer anderen Welt, doch hier gibt es ja gar keinen Regenwald, auch keinen Fluss, doch immerhin einen Bach. Ist doch schon einmal was.

Ob es hier irgendwo auch andere Menschen gibt?

Ich weiß es nicht und zögere, erinnere mich vage. Da war doch etwas, dem ich folgen muss.

Schon taucht er vor mir leuchtend wieder auf, mein Pfad, schlängelt sich am Bach entlang und verschwindet dann fern im Dunkel.

Ich folge seinem Licht, gehe weiter und immer weiter.

Dann ist er plötzlich verschwunden, es ist, als hätte jemand eine Lampe ausgeknipst, erinnere ich mich. Und auch das Land ringsum versinkt in tiefste Nacht.

Schwärze?

Ich schaue empor. Schwarze Wolken verhüllen die Mondin.

Also bin ich nun allein und verlassen, fern aller Menschenwelten. Verharre, denn ich bin blind, habe weder die tastenden Fühler einer Grille noch die kleinste Luftschwingungen messenden Becherhaare der Spinne und auch nicht Mund, Nase und Ohren einer Fledermaus. Mir bleibt nichts anderes übrig, als die Wolken vorüberziehen zu lassen und auf ein wenig Licht zu warten.

Jetzt taucht die Mondin wieder über mir auf, gewaltig und hell, als wäre sie ein brennender Stern. Dankbar schaue ich sie an und so voller Sehnsucht: Werde ich ihr irgendwann einmal nahe sein, sie gar betreten?

Der Traum ist aus. Ich gehe weiter am Bachlauf entlang, der immer lauter plätschert. Und doch bin ich allein auf weiter Flur. Diese weite, in magisches Mondinlicht getauchte Ebene erinnert mich an andere Weiten, die ich nie betreten habe, die kein Mensch jemals erreichen kann, und von denen ich dennoch weiß. Seltsam, seltsam sollte mir dies scheinen und – tut es nicht.

T-HER ist der Name der Wüstenwelt, die ich meine.

Ich erinnere mich aber auch an ferne Regionen auf dieser Erde, die ich ewig durchwandern könnte, ohne jemals an ein Ende zu gelangen. Ich denke an Wiesen, so weit, so groß, so grenzenlos, mit seltsamen Namen aus anderen Sprachen: Tundra, Prärie.

Ich denke an endlose Steppen, die irgendwo in den Sand von Wüsten übergehen. Irgendwann werde auch ich in euch sein - Erinnerungen an meine Zukunft?

Und ihr werdet in mir sein. Ihr seid es ja.

Ich schaue auf aus meinen Träumen. Zur rechten Zeit!

Ich stehe an neuen Ufern. Dort, so dicht vor mir, ist - nichts!

Schwindel. Ich knie nieder. Vorsichtig robbe ich auf dem Bauch voran. Auf allen Vieren nähere ich mich der Grenze zum Nichts? Ich spähe hinab in die Tiefe. Habe ich also das Ende der Ebene erreicht, denke ich und erhebe mich wieder. Ich stehe am Rande des Hochplateaus und schaue auf ihn hinab, der sich dort unten so weit erstreckt, wie mein Auge reicht, schwarz und weit und ohne Ende. Oja, dort ist Leben, Leben ist in ihm, er selbst ist Leben, Pflanzenleben. Und sein Name lautet Wald.

Plötzlich ist auch der Ton wieder da. War eben noch hier oben wirklich alles still? Oder war ich taub? Nach schweigendem Staunen höre ich jetzt ein lärmendes Brausen, drehe meinen Kopf nach rechts. Hier so dicht neben mir stürzt der Bach hinab. Silbern schimmern die Wasserfluten im Mondinlicht. Mein Gott, denke ich, welch fantastisch schönes magisches Bild. Und schon ist der andere Gedanke da, der in mir flüstert: Was für ein Fall im Wasserfall, die Felsen hinab in tiefste Tiefen stürzen! Und jetzt sehe ich ihn ja auch, dort mitten drin im brodelnden Wasser leuchtet mein Pfad. Dorthin führt er mich also, dorthin geht mein Weg, dorthin stürze ich mich: hinab.

Noch zögere ich, stehe nur staunend da. Aber das Verlangen, der Zwang, der Sog, die Lust in mir werden immer stärker.

Weine ich? Lache ich? Träume ich? Was werde ich tun?

Ich betrete das Bachbett, durchwate es bis zum Klippenrand, breite meine Arme zur Seite aus, hebe sie hoch. Dann springe ich vor.

STURZ HINAB.

Und während ich senkrecht falle - hui! - von Wasser umflutet falle, noch immer falle, fällt mir ein: Ja, so ist es immer: je höher, desto tiefer - Aufstieg - Schweben - Fall.

Ich öffne meine Augen ein zweites Mal in dieser neuen Welt. Ich öffne meine Augen am Ufer eines kleinen Sees, in den ein Bach - ich schaue empor - aus höchsten Höhen ohrenbetäubend niederfällt. Jetzt fällt mir mein Sturz wieder ein. Mehr nicht. Irgendwie und irgendwann bin ich ans Ufer gelangt.

»Ich lebe!«, rufe ich hinaus in die Welt. Dann stehe ich auf. Und da ist er, so nah wie nie zuvor, so fern zugleich, jetzt in diesem Augenblick und dann nie mehr: der Wald.

Noch verborgen hinter seinen Ufern warten - nein - leben wunderbare Wesen, die sind wie ich. Von Zeit zu Zeit ein unheimlicher heulender Laut. Der Kauz des Waldes ruft in der Nacht: »Huuu...u-uuuuu!«

Und noch immer brennt die Sehnsucht in mir, die mich aus der Stadt fortriss, in den Nachthimmel empor über eine weite Ebene hin an seine lockenden Ufer. Still stehe ich nun da, still und staunend in der Nacht. Dort hinter säuselnden Blättern verborgen, doch nicht mehr begraben, liegt - meine Zukunft.

Und ich, der ich dem Rufen gefolgt bin, das mich weckte aus meinen Träumen, dem Rufen aus fernen Räumen und Zeiten, das mich hierher lockte, was soll ich nun tun?

Ich stehe noch immer still.

Wie viel Zeit ist vergangen? Seit wann? Welche Zeit? Was ist Zeit?

Tief atme ich sie ein, die frische klare Luft des dämmernden Morgens am Ufer dieses Sees, am Rande dieses einen Waldes.

Und überall ist rauschendes Laub, rings um die winzige Lichtung aus Gräsern und Sträuchern und See, in meinem Rücken der rote Fels, der sich nun verfärbt unter dem Licht von Vater Sonn. Mein erster Morgen in dieser neuen Welt.

Hier, wo ich warte (worauf?), ist Licht, ist Tag.

Und dort die Nacht?

In der Tiefe ist der Nachtwald Schweigen. Doch ist er nicht tot. Denn in den Kronen ist Leben. Dort wimmelt es. Dort krabbelt es und springt und fliegt von Baum zu Baum. Selbst Spinnen gleiten dort auf lang behaarten Beinen gleich fliegenden Teppichen von Ast zu Ast ...

So gelangte ich also von einer Welt in eine andere, von der Gegenwart in die Vergangenheit, die meine Zukunft war. Damals wusste ich nicht, wo ich mich befand. Und auch die Erinnerungen an die alte Welt Stadt verblassten mehr und mehr. Heute, wo ich alles wieder klar vor Augen sehe, heute weiß ich um die Zusammenhänge. Heute weiß ich, dass ich aus der Stadt hinaus immer Richtung Westen schwebte, der Drehung der Erde entgegen und der Nacht und gegen den Wind und zurück in der Zeit. Deshalb also dieser gigantische Wald. Deshalb also diese klare sauerstoffreiche Luft, »oxygène«, Lebensstoff, den ich einsog in vollen Zügen. Und diese Stille voller Stimmen der Natur. Ja, damals war es, geschah es, als ich die Welt Wald betrat.

Endlich gehe ich doch einen schmalen Weg - war er schon immer da? -, der führt mich aus dem hellem heißen Mittagssonn heraus und hinein in ein Spiel von Licht und Schatten: Wald. Nun bei Tag ist der Weg dunkel, keine Spur, nicht ein winziges Schimmern von einem Leuchtenden Pfad, den ich mir wohl einst zu anderer Zeit in einer anderen, jetzt schon so fernen Welt erträumte.

Ich bin hineingegangen.

Ob ich ihn jemals wieder verlassen werde?

Was soll's. Jetzt ist hier, und jetzt heißt Wald.

Schon hüllen mich seine Lieder ein.

Einmal noch schaue ich zurück. Hell leuchtet zwischen den Stämmen der Bäume die rote Wand aus Fels mit glitzerndem Wasserfall. Alles andere sehe ich schon nicht mehr: nicht das Ufergebüsch, nicht den See, nicht den Bach und nicht das Hochplateau. Noch weiter in der Ferne, weit hinter mir und weit im Osten, so verschwommen schon hinter Nebeln tief in mir, dort liegt und lebt eine andere Welt mit Namen Stadt. Dort komme ich her?, denke ich verwundert, und dann verstehe ich, was Erinnern ist: weniges so wunderbar klar, dazwischen weite Leere, so fern das Alte, alles, was vergangen, aus dem ich kam, in das ich nie mehr wiederkehren werde.

Urwüchsiger Wald. Das sind Riesen unter den Bäumen, uralt, Eichen und Buchen, mit Kronen weit oben, fern für Menschen, die schon seit Jahrmillionen die Äste nicht mehr bewohnen.

Wald: Das ist Laub, so grün, so hell im Licht von Vater Sonn.

Wald: Das sind die kleineren, jüngeren Bäume.

Wald: Das sind Sträucher und Kräuter über dem Laub, das ist auch Moos an dunkleren Orten.

Dies alles aber lebt oberhalb des unterirdischen Meeres der Wurzeln, wo Pilzfäden das Wurzelhaar umgarnen und Bäume mit Bäumen verbinden, sich so ein von Nahrung durchströmtes Netz bildet, Vielfalt und Einheit zugleich, neu und mehr als alle Teile: Wald. Darüber, über dem Boden, dort in den Schattenwelten, wo Pilzkörper emporwachsen und auch die Pfade der wilden Tiere verlaufen, dort auf dem Boden ist die Farbe der Tarnung braun, oben in den Gipfeln aber, zwischen den Blättern, ist alles Grün, fällt mir ein - denn ich denke schon wieder an einen anderen Wald, der ist voller Wasser und Wärme. Wie viele Arten von Wäldern es wohl geben mag?

Hier aber, heute und jetzt pulst der Strom in den Blättern, höre ich noch nicht das Singen des Chlorophylls und das Wachsen der Wurzeln unter der Oberfläche der Erde - ein sanftes Gleiten durch Zeit. Doch lausche ich bei Tag dem Gesang der Vögel, dem Hämmern der Spechte, dem Huschen und Springen der Eichhörnchen. Da und dort das leise Rascheln einer Maus am Boden. Und erst das Insektenheer dicht unter und über der Erde, in den Kräutern und Sträuchern, oben in den Wipfeln der Bäume und summend in den Lüften. Waldschmetterlinge gaukeln vor meinen Augen vorbei. Spinnennetze, gigantisch zwischen den Bäumen, überqueren meinen Pfad. Und ich weiche ihnen aus, umgehe sie, verlasse für einen Augenblick nur den Weg des großen Wildes, schaue hinab, bleibe stehen, schließe meine Augen und »sehe« hinein in das Nachtreich der Regenwürmer unter meinen Füßen, schaue die Lebensströme dort unten, die da in Stämmen, Ästen, Zweigen und Blättern empor- und hinabfließen. Alles ist mit allem verbunden. Dann höre ich das Rauschen meines Blutes in mir, sehe Pulse von Energie auf Nervenbahnen bis an Synapsen rasen und darüber hinaus und begreife ohne das Tasten einer Hand, verstehe ein wenig von allem: wie unten, so oben - wie außen, so innen - so Viele(s), alles ist eins!

Das alles geschieht bei Tag im Frühling eines von niemandem gezählten Jahres, so fern den Menschenwelten. Das alles atme ich ein, staunend und immer mehr eins mit dieser Welt werdend und all ihren Wesen, die sind wie ich.

Ja, es war überwältigend, da war keine Spur mehr von Einsamkeit in mir zurückgeblieben. Auch sollte es nicht mehr lange dauern, bis ich einen der größeren Waldbewohner aus Fleisch und Blut - und Federn traf. Es war (k)ein seltsamer Kauz.

Tropfen fallen aus dem Laub. Rinnende Bäche aus höchsten Höhen an flechtenbewachsenen Stämmen. Und mein Weg in das Dunkel ist ein schillernder Pfad. Und doch ein Sommerta… Halt! Rasend schnell wird es dunkel. Da bleibt kein Platz für den Abend, schon ist die Nacht hereingebrochen, denke ich vollkommen durchnässt. Doch die Luft bleibt warm. Wärme und Feuchtigkeit. Neben mir und um mich herum ist alles schwarz.

Bisweilen wird es heller, dann leuchtet über allem die bleiche Mondin durch das Blätterdach. Sie sah die Riten in steinernen Kreisen. Sie hörte die Schreie der Opfer. Sie wand sich unter dem magischen Wort.

In mir lässt sie Hoffnung aufglühen. So gehe ich weiter hinein in den endlos scheinenden Wald.

Irgendwann versiegt der Regen aus ungesehenen Himmeln. Und während ich immer weiter und weiter gehe, lerne ich die Schreie der Nacht zu lieben. Denn sie sind Leben. Denn sie sind geboren aus der Zelle, der auch ich entsprungen bin. Denn all die Wesen, die sie singen, sind meine Schwestern und Brüder. Gedankenversunken, träumend vielleicht, blicke ich auf und …

Da dreht sich ein großer runder Kopf um 180 Grad auf den Rücken herum zu mir, als wandle sich auf magische Weise Rinde zum Tier. So dicht vor meinem Gesicht vom Ast einer Eiche aus schaut sie mich aus schwarzbraunen Augen an: Käuzin des Waldes und nicht Kauz, weiß ich sogleich - woher? Staunend stehe ich da mit offenem Mund und sage kein Wort. »Was verbirgt sich hinter der Schwärze deiner Augen?«, flüstere ich ihr zu.

Sie aber antwortet nicht.

In diesen Augen versinken, denke ich, schwarz wie das All, schwärzer noch, denn ohne Sternenlichter und ohne Mondin, Dunkle Materie, verloren, verloren …

Während ich so zu träumen beginne und noch immer nichts weiß, erklingt in mir ein Gruß. »Hallo Manfred!«, spricht die Käuzin, ohne dabei ihren Schnabel auch nur ein einziges Mal zu bewegen.

»Du!?«, rufe ich erstaunt. Und schon wirbeln meine/deine/unsere Gedanken zusammen, schwingen synchron in einem Strom und ... lautlos durchgleite ich in dir die Nacht, während mein Menschenkörper fern auf Moosen ruht. Die Jagd hat begonnen. Sehen und hören so intensiv wie nie zuvor! Überall ist Rascheln. Ich stürze hinab und greife mit den spitzen Krallen zu. Dann nehme ich die Waldmaus in meinen kräftigen Schnabel und schlinge sie hinunter. Und weiter geht mein lautloser Flug. Schlafende Vögel überraschen, aufschrecken und im Fluge fangen. Jetzt töte ich einen durch den Griff meiner scharfen Fänge. Dann schlinge ich auch ihn, Kopf voran, hinab. Und wieder steige ich auf. Ich fliege in dir.

Alles aber, was immer es sein mag, wann immer es begann und wie fantastisch, grandios, überwältigend es war, alles endet irgendwann und irgendwo irgendwie, also auch diese Nacht, in der Mann und Frau, Mensch und Eule eins geworden sind. So bricht ein neuer Tag an, und ich kehre wieder zurück in meinen menschlichen Körper, schlafe ein, nehme nicht mehr wahr, was nun geschieht: Denn die Waldkäuzin fliegt vom Ast eines Baumes auf. Dreimal umkreist sie den Menschen, den wir Manfred den Magier nennen, dreimal ruft sie ihm ein lautes schrilles »kiuwitt« zu.

Ich aber träume von Verwandlung, von einem Menschen, der die Gestalt einer Eule annimmt. Es ist ein schwarzer Mann vom Stamm der Yártatgurk an einem fernen Ort. Ich höre ihn in einer fremden Sprache reden. Ich verstehe seine Worte: »Meine Brüder sind Fledermäuse. Eulen aber sind die Schwestern unserer Frauen.« Dann träume ich von dir, und du bist eine Eule, ich aber bin ein Mensch. Und beide sind wir voller Sehnsucht und Liebe. Ich verwandle mich in eine Fledermaus, die du jagst und niemals fängst, denn ich höre, sehe dich von einem schwarzen Schatten gepackt sterbend zur Erde fallen, tiefer und tiefer hinab in endlose Höllenschlünde. »Nein!«, schreie ich und wache schreiend auf.

Setze mich auf, reibe mir verwundert nicht nur den Schlaf, sondern auch meine Tränen aus den Augen, verstehe nichts und - vergesse diesen Alb. Es muss schon später Nachmittag sein. Also stehe ich auf und gehe weiter, folge meinem Pfad in die Tiefen des Waldes und frage mich immer wieder: Traf ich dich wirklich als Käuzin oder träumte ich nur von dir und davon, dass meine Seele vereint mit dir in einem Eulenkörper durch die Nacht flog? Oder war alles ganz anders? Verwandelte ich mich gar selbst in einen Waldkauzmann, der war wie du, »Huuh-huch-uuuu?« Flogen wir also zu zweit auf die Jagd, erlauschten wir beide das Rascheln der Mäuse, die wir fingen und verschlangen mit Haut und Haar, und überraschten wir die Buchfinken mitten im Schlaf? Ich erinnere mich an unsere Schreie im Dunkel der Nacht oder aber an deinen Schrei, der auch der meine war, wenn ich flog mit dir in dir. Wo bist du jetzt? In deiner Schlafhöhle irgendwo in einem Baum? Im Laub der Krone versteckt? Verborgen für Magieraugen? Und wer überhaupt bist du? Und wer bin ich?

Wie wenig wusste ich damals von meinen eigenen Fähigkeiten! Hätte ich die Käuzin gesucht, ich hätte sie gefunden. Aber ich tat es nicht, denn noch folgte ich nur meinem Leuchtenden Pfad, noch sollte ich allein, aber nicht einsam, durch den Wald wandern.

Obwohl ... Ich begegnete auch anderen Menschen. Ja, jetzt erinnere ich mich. Nein, eine Begegnung war es nicht. Ich sah ihnen nur zu, den Gestalten, die einem Roman entsprungen sein könnten, ach, einfach entsprungen sein müssen. Es waren vier Jungs und ein Eremit.

Und eigentlich begann alles viel früher, lange vor unserer Zeit. Es begann irgendwo im Nirgendwo zu keiner Zeit. Ein Blitz schlug in die endlosen Wälder ein. So wurde das Feuer geboren. Die ersten Menschen sammelten und hüteten es.

Hier aber, an diesem Ort zu einer anderen Zeit, war es frei und wuchs gewaltig und mähte den Wald gleich einer Sense nieder. So entstand die Lichtung, wuchs zur Wiese mit Sträuchern und jungen Bäumen. Ja, die Lichtungen sind es, wo das Leben im Wald wimmelt, nur dort, an den Außengrenzen und oben in den Kronen und Wipfeln. Lichtungen, das sind von Feuer und Sturm geschaffene Inseln in der großen Welt Wald.

Diese eine Lichtung erreiche ich am Abend. Dort ersteige ich einen alten Baum. Ich steige? Nein! Die Eiche neigt ihre Äste und nimmt mich auf. Oben liege ich in einem Bett aus Zweigen vom Blättermantel umhüllt, und meine zweite Haut färbt sich wie Eichenstamm, -ast und -laub. So verschmelze ich mit meiner Umgebung und dem Hintergrund, und kein Mensch kann mich sehen, noch ein Tier mich riechen oder irgendwer mich atmen hören, denn Pflanze, Baum, Eiche sind eins mit mir. Schlafe ich nun ein in ihr und träume?

Ich richte mich auf und sehe - die Lichtung im Wald, die Wiese im Abendlicht, den untergehenden Sonn. Der Weise sitzt auf der Erde im Lotossitz, ein Eremit. Nicht weit entfernt, am anderen Ende der Lichtung liegt sein Heim, im Felsenhang das Höhlenloch. Lächelnd schauen seine Augen ins Nichts. Denn sein Geist schweigt, schwingt und klingt in allem.

Vier Halbstarke springen aus den Büschen, brüllen, lachen.

Die sehn doch aus wie die Jungs aus Burgess' /Kubricks Uhrwerk Orange, aber ohne Ludwig van, denkt der Leser und hat Recht. Jawohl, sie sind es: Alex und seine drei Droogs: Georgie, Peter und Dim.

»Hey, du da, alter Tattergreis!«
»Faule Sau! Was sitz' de denn da so rum?«
»Der hockt da und grinst! Hey, Jungs, ich glaub', der lacht uns aus!«
»Mann, der lacht uns aus! Dem Arsch wird das Grinsen gleich vergehen. Damit ist jetzt Sense. Ausgelacht, ausgelebt. Auf, auf, es lebe die Ultrabrutale!«

Ich sehe dies alles, schaue ihnen von oben aus der Eiche heraus zu, mit der ich verschmolzen bin: viel Pflanze und wenig Mensch. Nichts als wache Augen im Laub würde die Käuzin vielleicht erblicken, wäre sie hier, doch niemals die Jungs, sähen sie sich um. Aber das tun sie ja nicht, denn sie sind beschäftigt mit dem Alten.

Und der?

Der kehrt zurück aus der Versenkung.

»Kommt, Männer!«, brüllt Anführer Alex - ein Mann der großen Worte, aber auch der Tat - hebt seinen Stock, lässt ihn durch die Luft und runter auf den Hinterkopf des Alten sausen. Der Stock zerbricht an unsichtbarer Wand, und nicht nur der, sondern auch die Knochen des Schlägers: Hand und Unterarm. Knacks! Schon wälzt sich Alex vor Schmerzen auf der Erde. Schreiend hält er sich den Arm: »Du Schwein! Helft mir Leute, helft mir doch!«

Keine Chance.

Denn wir kundigen Kinogänger, Fernsehgucker und Leser

wissen es längst: Die haben ja noch eine Rechnung mit ihrem Boss Alex offen.

Georgie, Peter und Dim machen sich also aus dem Staub.

Alex hingegen ist gar nicht begeistert, brüllt noch immer vor Schmerzen: »Scheiße, Mann! Mein Arm ...«

Sein Arm fängt Feuer, dann sein Torso, seine Beine und schließlich auch sein Kopf. Brennend und schreiend rennt er - denn noch lebt er - in den Wald, der seltsamerweise nirgendwo Feuer fängt.

Armer Alex. Nicht nur dort in jenem Buch, in jenem Film, auch hier ist er immer der leidende Täter. Armer Alex. Glücklicher Eremit.

Still liegt die Lichtung wieder vor meinen Augen, die ich mir verwundert reibe - aha, habe ich also doch noch Hände, die aussehen wie Äste voller Blätter, aber immerhin, alle Finger sind noch da- Ich schaue wieder in die Ferne. Alle sind fort, auch der Alte ist verschwunden. So entblättere ich mich wieder, denn es ist Morgen und die Eiche erwacht aus ihren nächtlichen Träumen. Ich aber gehe weiter meinen Weg, nur wenige Schritte zunächst, und finde mich wieder mitten auf der Lichtung.

Ein alter Mann, denke ich. Wer er wohl war? Könnten wir uns kennen? Haben wir uns irgendwann getroffen? Werden wir uns noch kennen lernen? Kennen wir uns etwa in den Tiefen unserer Seelen seit Ewigkeiten - schon immer?

So war es. Wir kannten uns. Denn ich und er und alles um uns herum in dieser Welt - die Tiere, die wenigen Menschen, die Bäume und alle anderen Pflanzen und Pilze, Bakterien und auch Steine und Erde- alles in diesem Wald war voller Magie und miteinander verflochten, verbunden, eins. Es war und ist in Ewigkeit ein magischer Wald.

Ich setze mich ins Zentrum dieser einen Lichtung. Sonn ist Wärme in kühler Luft, Blätter beginnen zu segeln. Endlos, so scheint es mir, traumhaft und ohne Laut schweben sie hinab im Zeitlupenfall ihrer Mutter Erde entgegen.

War es nicht eben noch Frühling? Ist jetzt schon Herbst? Wie rasend schnell die Zeit doch vergeht.

Nun höre ich auch die Bäume flüstern und singen.

Dann wieder nur das Rauschen des Laubes im Wind.
Dem Rauschen lauschen. Ja.
Denn ich bin Magier im magischen Wald einer magischen Welt.

Sieh an, Rauschen gebärt den Flügelschlag. Und wieder ist da der alte bärtige Mann, den die Jungs nicht vertreiben konnten. Lächelnd schaut er mich an.

»Oh«, seufzt meine Seele. Denn es sind meine blaugrauen Augen mit einem gelblich-grünen Kranz rings um die Pupillen. Sie zwinkern mir zu, ein Gruß aus seinem/meinem alten Gesicht.

Schon ist er wieder verschwunden, der andere, dem ich nie mehr begegnen werde, es sei denn im Spiegel des klaren Wassers, irgendwo und irgendwann. Da ist nur noch Laub, das rauscht im hellen Grün unter den Frühlingsstrahlen des Sonns.

So verlasse ich dann also doch noch die Lichtung, folge weiter meinem Leuchtenden Pfad hinein in die Tiefen des Waldes, immer weiter, immer tiefer hinein. Da ist kein Fragen, was kommen wird, kein Erinnern. Da ist nur Wald, da bin nur ich. Und während ich raste und ruhe, begreife ich, was anders an diesem Wald ist, anders als in all den anderen Wäldern einer anderen fernen Zeit. Hier leben nur wenige Menschen, hier scheint nachts immer und ewig eine Volle Mondin, hier wechseln die Jahreszeiten so plötzlich von einem zum anderen Augenblick. Und auch die Tageszeiten: Ehe man sich versieht, und schon ist Nacht aus den Sternen gefallen, wo eben noch hell und flimmernd Licht und Schatten waren.

Oder aber es sind die Erinnerungen, die mich täuschen, jetzt, wo ich dir alles erzähle. So viel Vergessen! Nur die wahrhaft phantastischen Abenteuer meines Lebens, die Dinge, die nur einmal geschahen, fallen mir wieder ein. Deutlich erinnere ich mich noch an die für Menschen und Magier so winzigen Wesen der Nacht. Ihr Tag ist unsere Nacht. Und ein seltsames Wort fällt mir ein, das da lautet: Streichelzeit.

»Wach auf! Wachwach auf!«, hallt der Ruf in mir, »wach auf, die Nacht erwacht!«

Überall kriechen heraus, klettern und huschen empor die Wesen der Dunkelheit.

Ich sehe sie nicht. Doch höre ich ihr Klopfen und Zupfen, das Schwingen und Vibrieren auf Blättern und Gräsern. Denn Menschennacht ist Spinnentag. Zeit der leisen Vibrationen, Zeit des zärtlichen Tastens. Zeit der Liebe, Streichelzeit.

Tausendmal überlegen sind die sehenden Wesen den tastenden und hörenden am Tag.

Doch nun ist Schwärze aus den Himmeln gefallen. Zeit der Dunkelheit und nicht der Stille. Daran ändern das Licht der Vollen Mondin dort oben hinter den Wipfeln und der Leuchtende Pfad hier unten am Boden des Waldes, der jetzt zu allem Übel auch noch erlischt, nur wenig.

Ich liege auf der Erde am Rande einer Lichtung.

Hervor kommen tastend mit Palpen und Vorderbeinen aus ihren Höhlen achtbeinige Wesen, über und über von Haaren bedeckt. Mit ihren Becherhaaren hören sie die Schwingungen der Luft, denn sie bewegen sich beim kleinsten Hauch, bei Wind und Klang. Wenig sehen diese Wesen mit ihren acht winzigen Augen. Menschen aber nennen sie nach dem, was sie so meisterhaft können: Spinnen.

Noch immer schlafen andernorts, nein, jetzt erwachen sie zitternd aus Albträumen, Menschen im Innern ihrer Höhlen, »Häuser« werden sie von ihnen genannt, erinnere ich mich, die sie sich zum Schutz schufen für die Zeit, in der sie hilflos sind, in der sie schlafen.

Draußen aber hallen die Rufe, unhörbar für Menschenohren, draußen schwingen die Blätter unter zitternd werbenden Spinnenmännern.

Sie hört ihn.

Er gehört ihr.

So ist die Nacht die Zeit der Liebe, in der Schaben- und Grillenfühler tasten und Schwärmer die laue Sommernacht durchschwirren, dort flattern auch befellte Flügel durch Dunkel - Fledermäuse.

Und ich höre den Schrei der Eule.

Dort?

Hier!

Ich, der ich anders und dennoch ein Mensch bin, höre all die Wesen dieser einen wundervollen Nacht, lausche jetzt mit geschlossenen Augen auch anderen Klängen, höre und sehe - träume ich denn?

Gewaltige schwarze Schwingen erheben sich ohne Laut. Zappelnd und schreiend hängt da ein Menschlein in ihren Fängen.

Wenn aber alles eins ist und ... dann ..., denke ich schaudernd, bin ich nicht nur der Betrachter, sondern auch ihr Opfer, bin ich auch sie, die ihn, die mich ergreift, die schwarzgeflügelte Drachin, die den Menschenmann in ihren Fängen mit sich davonträgt. Dann bin ich also Beute und Räuber zugleich, Opfer und Jäger, Mann und Frau, tot und lebendig, esse meine eigenen Muskeln, mein Gedärm und schlürfe mein Blut gleich dem Vampir.

So liege ich auf dem Rücken, noch immer allein und doch nicht einsam. Geborgen in Gras und Kräutern schaue ich empor, bin, wie all die anderen auch, ein Wesen der Nacht, kann sehen im Mondinlicht. Die Wipfel der Bäume über mir dort oben schwanken im Wind.

Jetzt drehen sie sich im Kreis. Sehe sie tanzen und schließe die Augen. Träume von fernen Orten und Zeiten. Farnwedel unter den alten Eichen sehe ich sich dem Sturm beugen. Ich komme näher und lege mich ins Zentrum des Kreises, den die Farne um mich bilden. Stille ist dort, und doch höre ich ein sanftes Singen.

Draußen wütet der Sturm, entwurzelt Bäume. Schreie in der Nacht.

Ich begreife, dass es die Todesschreie der alten Riesen sind: Eichen und Buchen. Noch leben sie. Aber sie spüren bereits ihren Tod und weinen. Ich fühle ihren Schmerz.

Als ich erwache, ist es noch immer Nacht. Still stehen die Sterne über mir. Ich lausche ihnen, zurückgekehrt in den Schoß unserer Mutter Erde, wie schon einmal vor langer Zeit, als es noch keine Menschen gab. Auch damals lag ich irgendwo im Gras, Tau auf meinen Augen, und lauschte den Stimmen der Nacht. Doch nun erwacht, mit schärferen Sinnen als jemals zuvor, höre ich das Flattern der Flügel und die für Menschenohren unhörbaren Echoortungslauten. Die Sterne verschwimmen, verschwinden vor meinen Augen. Dunkelheit senkt sich nieder. Hohe, für andere unhörbare Schreie nehme ich wahr. Ich sehe die schwarze Wolke und weiß, was geschehen wird.

Sie haben mich umringt, tausend Wesen. Kopfunter hängen sie an den Ästen, schauen mich aus Augen an, die wie die meinen sind. Jetzt sprechen sie in mir, wie einst einmal vor langer, langer Zeit meine Mutter mir zusang: »Sei still, schlaf ein und träume süß!«

Ich schließe meine Augen ...

Ich öffne meine Augen. Erwacht aus magischem Schlummer. Alles hat sich verändert: Dort oben leuchtet keine Mondin, und der Wald ist ein anderer, wie auch die Rufe in ihm. Zikaden schnarren, es ist feucht. Von Zeit zu Zeit erschallt da das hohe Piepsen der Frösche auf den Blättern. Und da kommt er flatternd aus der Schwärze geflogen: der Vampir - nein, nicht dieser Dracula aus dem Roman, sondern der Echte Vampir, so winzig klein, eine Fledermaus, wie du und ..., also eine winzige Fledermaus, senkt sich nieder zu mir, fragt flüsternd in seiner Gedankensprache, rein rhetorisch, versteht sich, denn immer schlafen seine Opfer: »Schläfst du, Mensch?«

Ich antworte ihm, nein ihr, der Vampirin, ohne meine Lippen zu bewegen. Mein Geist, meine Seele, flüstert ihr lockend zu: »Komm! Komm zu mir! Ich habe dich erwartet.«

Wie sie zusammenzuckt. Ich fühle es, denn auch ich zucke zusam...: »Wer bist du?«

Nie zuvor - und niemals mehr danach - hat sie ein Mensch zum Mahl eingeladen, zum Biss, zum Schlecken seines eigenen Blutes. Denn immer schläft das Opfer des Vampirs.

»Komm!«, sprechen meine Gedanken erneut.

Sie flattert näher heran.

Ich stehe auf. Die Sterne sind wieder über mir, glitzernd in dieser Nacht der Nächte. Ein leiser, streichelnder Wind weht über meinen nackten Menschenkörper. Nirgendwo ist da jetzt und hier weder Tarnung noch Schutz noch eine zweite Haut. Alles liegt jetzt offen für sie da. »Komm!«, singen meine Gedanken ihr zu.

Sie tut es, landet sanft auf meiner linken Schulter, hakt sich mit ihren Hinterbeinen an meinem Schlüsselbein fest, hängt jetzt kopfunter an meiner Brust.

»Lebe dein Leben!«, denke ich ihr zu und schließe meine Augen, bereit zu einer Tat, die selbst die größten Helden schreckt: Sich beißen lassen vom Vampir. Ein wenig Blut verlieren, kein Problem. Aber da ist noch mehr. Ich warte.

Tastendes Suchen, einspeichelndes Lecken und dann der Biss, den ein schlafendes Pferd, ein schlafender Mensch nie spürt. Ich aber bin ein Magier und wach, ich spüre einen winzigen Schmerz, fühle das sickernde Blut auf meiner Haut und ihr leckendes Saugen. Ich spüre den pochenden Strom meines Lebens, fühle ihre Zunge mein Blut lecken, sehe es in ihrem Magen verschwinden und staune über die Kristalle aus ihrem Speichel, die in mein Blut eindringen. Tanzend lockt die Viren ein Licht, das Wesen aus anderen Welten in mir, auch nur Kristall. Sie alle treiben hin zu ihm, verschmelzen. Satt endet das Mahl der Vampirin. Nun bin ich durch mein Blut ein Teil von ihr geworden. Nun ist auch sie durch die Gabe ihres blutigen Kusses ein Teil von mir geworden.

»Wir werden uns wiedersehen«, höre ich die Vampirin sprechen - seltsam: Glaube, ihre Stimme mit meinen Ohren zu vernehmen, als wäre sie eine Menschenfrau. Also bist du es, die ich schon seit so vielen Jahren suche?

»Du und ich! Was sind schon Formen und Körper? Ich bin das blaue Licht deiner Sehnsucht, deine Liebe«, singt ihre liebliche hohe Stimme, die sich immer weiter entfernt. Noch immer aber hallt das eine Wort in mir: LIEBE, LIEBe, LIEbe, LIebe, Liebe, liebe, lie...

Zu spät. Meine Hände greifen ins Nichts. Schon ist sie ins Dunkel entwichen. Ich aber trauere ihr nicht nach, denn, was sie mir gab, sind weder Siechtum noch Tod, sondern Sehnsucht und Verlangen.

Aber seht doch! Seht! Neue Dinge geschehen in dieser einen Nacht, seltsame Dinge.

Wieder öffne ich meine Augen und bin in »meinen« Wald zurückgekehrt. Die winzige Wunde blutet nicht mehr. Sieben kleine Fledermäuse umkreisen mich, senken sich nieder. Drei landen auf meiner rechten und drei auf meiner linken Schulter, wo sie sich aneinander klammern, die Siebte setzt sich auf meinen Kopf.

»Sei nicht traurig, Mensch«, flüstern tröstend Tausende im Licht der weißen Mondin leuchtende Augen von Felsen und Bäumen hinunter zu mir. »Wir alle sind hier bei dir, wir alle«, singen ihre Stimmen. Und ich höre auch ihre Ortungsrufe, die kein Menschenohr je vernahm. »Wir alle sind hier bei dir.«

Jetzt, wo ich gehe, flattert das Heer der Fledermäuse empor, dreht seine letzten Kreise und verschwindet dann in die Tagesruhe. Sieben aber verlassen mich noch nicht.

Und weiter schreiten meine Füße in das Land meiner See ..., in die Tiefe des Waldes. »Ich komme!«, höre ich mich rufen, dem neu geborenen, noch so fernen Sonn entgegen. Und meine Stirn und meine zum Gruß erhobenen Hände fangen seine ersten Strahlen ein.

Irgendwann dann aber trennen wir uns. Sieben, denke ich noch, welch magische Zahl! Sieben Fledermäuse. Es wird andere geben: sieben Menschen, sieben Delphine, sieben ... So lasse ich diese Sieben unter einer alten Eiche zurück. »Schlaft und lebt!«, singe ich ihnen zu.

Sie flattern in ihre Höhlen davon, denn der neue Tag dämmert herauf.

Wenig später legte auch ich mich im Gebüsch zur Ruhe, verschlief den Tag wie alle Vampire, die kleinen und die großen in Menschengestalt, wie alle Nachtschwärmer und Nachtarbeiter, und träumte von Regenwäldern und - wen wundert's? - von einem Fledermaus-Menschenmann, den wir alle ein wenig kennen, zu kennen glauben. Wie er wohl heißen mag? Ist doch klar, bei all den Fledermausbegegnungen, geht es hier um Batman.

»Wer bist du? Batman vielleicht?«

Die Frage ging an ihn, den wir Manfred den Magier nennen.
Wer die Frage stellt, wunderst du dich.
Wir wissen es nicht, die Frage kommt aus dem hereinbrechenden Abend des Tages. Die Frage kommt aus dem Nichts. Niemand stellt diese Frage, doch sie wird gestellt. Du hast sie vernommen. Wir alle hören sie. Und sie zeigt Wirkung. Schau dir Manfred an, wie er sich wandelt! Ja, komm näher, sieh ihn dir ganz genau an!

Lächelnd öffnet Manfred seinen Mund. Lächelnd wächst die Öffnung seines Mundes, wächst und hört nicht auf zu wachsen. Oder scheint es nur so, weil wir uns nähern? Dann sehen wir nur noch die Öffnung, die einst sein Mund gewesen war. Sie ist der Eingang zu einer gigantischen Höhle, umwachsen und umrankt von den irrwitzigsten Pflanzen und Ranken, die Ränder blütenübersät, einfach fantastisch. Das ist der tropische Regenwald: Dschungel, den du jetzt auch ringsherum und überall siehst. All die Pflanzen in ihrem lautlos mordenden Ringen hin zum Licht dort oben, hinauf zum Platz am Sonn. Manche siegen, viele jedoch sterben, ohne das Paradies jemals erreicht zu haben, siechen dahin in ihren kleinen, dumpfen Traumgebilden, ohne den Traum aus Licht und Gesang wahrhaft ekstatisch geträumt zu haben.

Und jetzt ein Laut. Ein Ton von fern, schwillt an, immer mehr, wird ungeheures Tosen. Das Brausen tausender Flügel. »Batman!«, brüllt das Tosen in deinen Ohren. Es sind unzählige, Myriaden von Fledermäusen, die nun auf seinen unhörbaren Ruf hin am Abend ihre Höhle zur Jagd verlassen.

Und nur du, liebe(r) LeserIn allein weißt, dass diese Höhle nichts anderes ist als ein Mund. Ihn verlassen sie noch immer in ungeheuren Scharen, ihm entsprungen, in dessen Träumen sie schliefen, den wir den Herrn der Fledermäuse nennen, den Herrn der Nacht, den wahren BATMAN. Er aber ist Manfred der Magier, er aber war ich. Irgendwann erwachte ich aus diesem einen Traum. Denn wer lebt, der schläft nicht ewig. Und es war noch immer - oder wieder? - heller Tag, nicht Nacht mit voller Mondin, sondern Tag. Ich stand auf und ging weiter, erreichte wiederum eine winzige Lichtung im Wald mit einem seltsamen Bewohner - nein, er hatte keine Flügel, sondern Arme und stand mitten unter flatternden Wesen, Vögel vielleicht? Ja. Es waren weiße Tauben.

Er hebt seine Arme und dreht sich einmal um sich selbst. Und Hunderte von weißen Tauben umschwirren ihn ...
Sagte ich »Tauben«?
Eben noch waren es Tauben, doch schon wandeln sie sich in Krähen, dann in zwei mächtige Adler, dann wieder in eine lärmende Schar bunter Papageien, dann ... Es sind Vögel, die ständig ihre Form und Farben wechseln. Immer aber ist da das Flattern vieler Flügel, Musik in seinen/meinen, unseren Ohren.
Sieh an, ein Vogelmensch, ein Vogelmann, denke ich und tue es dem Alten auf der Lichtung im Wald gleich. Was ich aber nicht erkennen kann, ist das Gesicht des Eremiten, der schon so lange nicht mehr unter Menschen lebt, sondern bei den Vögeln im Walde, und so schon fast einer der ihren geworden ist.

Ich sah es nicht.
Ob es war, wie das meine?
Wieder ein Spiegel?
Also eine Tür, ein Tor zur Erkenntnis?
Ein Spiegeltor.

Traumverloren schreite ich auf den Spiegel zu, den spiegelnden See.

Ein See, der sich senkrecht stellt?

Könnte auch sein, dass ich nach vorn gefallen bin und dem Zentrum der Erde entgegen gehe?

Jede andere Umwelt fehlt. Woran sollte ich mich also orientieren? Nichts existiert jetzt mehr außer mir und diesem Spiegel, den keine Wellen kräuseln.

Meine nach vorne ausgestreckten Hände berühren seine Oberfläche. Doch da ist nichts. Meine Finger greifen ins Leere. Und doch trete ich ein ... und erwache irgendwann im Wasser, unter Wasser. »Luft!«, schreie ich keuchend und würgend und krampfend. So schwimme ich rasend von Panik befallen empor. Die Krämpfe hören auf, ich lege die Arme an den Körper. Schweigend in Stille - bin ich taub? - steige ich in den Wassern auf. Aufrecht mit dem Kopf voran durchbreche ich den Spiegel: Erst mein Haar, dann hören meine Ohren ein Summen, schließlich öffnen sich meine Augen hinter Kaskaden abfließenden Wassers, und ich beginne im Dunkel zu sehen, während ich noch immer emporschwebe.

Nein, es ist nicht dunkel dort unter mir, nur düster in dem wenigen Licht, das gigantische Bäume bis auf den Grund des Regenwaldes lassen. Während ich steige, sehe ich den Spiegel. Ich blicke auf den See hinab. Still ruht er, bis auf die sanften Wellen meiner Geburt.

Während ich noch staunend nach unten schaue und weiterhin nach oben falle, reißt das Regenwalddach dort oben über mir auf und der Sonn berührt sanft meinen dampfenden, nackten Leib. Ich schließe die Augen vor der Fülle seines Lichtes, meine Haut färbt sich schwarz. Dann öffne ich sie wieder und sehe und schwebe noch immer empor und hinein in die Kronenwelt, hinein ins pulsierende Leben der Erde.

Dort kommen sie: Tausende von bläulich schillernden Morpho-Faltern segeln heran. Lautlos schlagen ihre Schwingen. Zeitlupentraum. Sie gleiten heran, umschweben mein Haupt und setzen sich auf meinen nassen Körper. Hunderte von Rüsseln saugen lautlos und kitzelnd Wasser und Salz von meiner Haut. Und noch immer schwebe ich aufrecht empor. Wiedergeboren höre ich den Klang. Es ist ein tiefer Ton, er ist wie das Beben der Erde. Darüber singen die Falter im Licht, umschlungen vom Chor der Bäume. Und eine Stimme in mir stimmt in das universelle Lied des Lebens mit ein:

»Ich bin!«, summt jeder Ton.

»Wir sind!«, singt der Chor der Welt.

Ich gleite durch die höchsten Kronen des Waldes hindurch, steige noch immer empor. Trocken ist nun meine Haut, so fallen die Falter ab, kehren zurück in ihr Reich. Und auch ich falle nun nicht mehr weiter in Himmelshöhen hinauf, sinke wieder hinab, sehe unter mir, soweit mein Auge reicht, nur Wald, schaue mich unter den Wipfeln der Riesen um, während ich weiter sinke.

Hier unten aber scheint mir alles ziemlich europäisch: flach, sehr klein und wirklich niedlich. So bin ich auf altbekannte, lichte Wege zurückgekehrt. Ja, wieder liegt da eine Lichtung vor mir. Ich aber weiß, wer sie bewohnt. Denn die, die es vor langer Zeit schon sahen, die, die es für einen Augenblick erlebten, die, die hier starben, sprechen in mir und sagen nur immerfort die beiden Worte, nein, das eine immer mehr zu Einem verschmelzende Doppelwort: »Wald, Volk, Wald-Volk, Waldvolk.

Dieses Leuchten in der Nacht in einer Wiese auf einer Lichtung im Wald, wo Farne neben den Stümpfen gefallener, nein, verkohlter Bäume wachsen.

Staunend bleibe ich stehen. Hier leben doch keine Menschen!? Oder etwa doch?

Glühwürmchen leben nicht hinter hölzernen Gittern, sondern frei. Und dort oben steht die Volle Mondin, strahlend weiß leuchtet ihr kaltes Licht aus der Schwärze. Grillen singen im Chor. Dann ist da wieder vereinzeltes Flügelzirpen eines Heimchenmannes. Dies alles nehme ich wahr, dies und die Stille.

Keine Stille mehr. Da raschelt doch was im Laub der Büsche.

Ich schaue auf.

Da kommen sie. Klein wie Zwerge, Pygmäen vielleicht? Nein! Es sind Zwerge, kleine Menschen, die jedoch nicht in Gruben leben, nicht gierig nach Erzen suchen wie in alten Sagen und Märchen. Diese hier leben im Wald. Alte Männer mit Bärten und dicken Bäuchen auf kurzen Beinen. Also doch nur lebendig gewordene Gartenzwerge? Nein, da wären sie ja schon lange ausgestorben, denn mögen sie auch alt werden, ewig leben sie nicht. Warum sie noch immer hier existieren, wird mir jetzt klar, denn da sind Zwerginnen mitten unter ihnen, auch junge Männer, getrennt von jungen Frauen, sie schauen sich nach, geben sich Zeichen. Und

Kinder tummeln sich hier in allen Altersstufen. Ein ganzer Zwergenclan zieht da an mir vorbei, dreißig, vierzig mögen es sein. Doch ehe ich mich sattgesehen habe, sind sie auch schon im Dunkel des Waldes verschwunden.

Aber so ist es gar nicht, sie liefen nicht weit, versteckten sich nur, sind noch immer in der Nähe, wie ich gleich erfahren sollte. Verborgen hinter Büschen und Bäumen liegen sie nun auf der Lauer, mich sehen sie nicht, aber einen anderen, der jetzt kommt, das ist der Glühende Mann.

»Hohoho!« Ein dunkles Lachen, dröhnend und bebend, erklingt aus tiefsten Tiefen, es ist das Lachen vom Glühenden Mann. Auch seine Arme hebt er empor, hält sie angewinkelt zur Seite. So wird er zum wandelnden Kreuz. Die Innenflächen der Hände sind nach vorne, auf den Wald zu, gerichtet. Dreifacher Blitz, Laserpuls, Pause und wieder der blaue, brennende, dreifache Strahl aus Hand und Stirnzentrum und Hand lässt Flammen aus den Bäumen schlagen. Feuer steigen in die Abendhimmel auf. Prasselnd und brüllend fallen die Bäume. Der Wald brennt.

So also entstehen hier Lichtungen und Wiesen, begreife ich, nicht durch Gewitter und Sturm. Dann wächst wieder neuer Wald, Eichenwald, den der alte Förster pflanzt, der kein Mensch ist, sondern ein Vogel. Er sammelt Eicheln und steckt sie mit dem Schnabel in den Boden. Doch niemals findet er sie alle im Winter wieder! Menschen nennen ihn »Eichelhäher«.

»Hihihihihihi!«, kichern hell und schrill die für mich noch immer unsichtbaren Zwerge. Welch ein Kontrast zum Glühenden Mann, hier und jetzt, an diesem seltsamen Abend, am Rande des brennenden Waldes.

Jetzt schleichen sie heran, huschen vor: Sprung, Sprung, Sprung, wieselgleich.

Und schon stürzt der Glühende Mann zu Boden. Ein Strahl von leuchtend grünem Blut schießt aus seinem Hals. Denn scharf sind die Zähne der Kichernden Zwerge. Sie haben Hunger. So reißen die kleinen Wichte den noch immer leuchtenden Körper auf, schlingen die zuckenden Fetzen hinunter, zerren sich die Därme aus den Mündern.

Oh, das geht rasch. Ungeheuer rasch läuft das alles vor meinen Augen ab.

Immer mehr Zwerge kommen heran. Immer mehr bleiben hungrig sitzen, schauen mit leuchtenden, zitternden Augen auf einen zertrampelten Platz. Nichts ist von der Beute übriggeblieben: kein Fleisch, kein Blut, kein Glühen mehr. Da haben sie wohl auch seine Knochen verschlungen, falls er denn überhaupt welche hatte.

Jetzt aber haben sie mich erblickt, verschwinden im hohen Gras, schleichen bestimmt unsichtbar heran. Ja, ich höre sie kommen. »Flieh!« schreit die Angst in mir. »Dort kommt der Tod geschlichen. Flieh! Du weißt doch, was diese Zwerge suchen. Hunger haben sie, Hunger auf Fleisch.« Und schon höre ich sie kichern. So nahe sind sie also schon!

So beschloss ich nun doch, dem brennenden Wald und dieser Todeswiese den Rücken zuzukehren. Natürlich, was hätten sie mir, dem Magier, antun können? Aber da war dieser Fluchtimpuls. Und dann: Warum sollte ich mit ihnen kämpfen, weshalb sie alle töten?

So stehe ich mit ausgebreiteten Armen auf und verwandle mich in einen gewaltigen Steinadler, hebe ab von der Erde und schwebe in das Abendsonnrot hinein. Unter mir sehe ich sie mit meinem scharfem Blick staunend mit offenen Mündern und blitzenden Zähnen aus spiegelndem Glas stehen, sehe verzweifelt ihre Ärmchen die Luft durchteilen, höre sie ihre Wut und Verzweiflung hinausschreien, höre sie weinen.

Fast wäre ich damals umgekehrt. Und nichts von dem, was noch geschehen sollte, wäre geschehen. Es war der Hunger der Welt, der dort schrie. Wurde ich also zum Mörder, weil ich mich nicht essen ließ, weil ich an mein eigenes Überleben dachte, weil ich einfach weiter lebte?

Ich schwebe noch ein wenig, schlage mit meinen Schwingen und lande schließlich auf einem einsam dastehenden Baum, auf dem ich die Nacht verbringe.

Am nächsten Morgen treibt mich der Hunger an. Ich steige auf und schaue hinab. Mein Gott, diese Schärfe meiner Augen! »Wärst du ein Mensch, könntest du jetzt aus 60 m Entfernung ein Buch lesen«, flüstert eine Menschenstimme tief in mir, während ich noch immer hier oben schwebe und dort unten das Lamm erblicke, auch schon herabstürze, meine scharfen Klauen durch seinen Schädel bohre und mich mit dieser Last, die mich fast zu Boden zieht, erhebe und einen Hang hinab schwebe, nein, nicht hin zu meinem Horst, doch zu einem Ast auf einem Baum, wo ich es mir nun schmecken lasse.

Längst habe ich meinen Menschenkörper wieder angenommen. Ohne an meine Stirn zu tasten, weiß ich, dass dort im Zentrum ein Licht leuchtet. Nicht Tod, nicht Blitz, sondern Leben und Sein sind hier zuhause. Wie glücklich ich bin! Eine nicht zu fassende Freude: zu sehen, zu hören, zu riechen, zu fühlen. Schon Lied, fast Klang ist dieses Glück zu leben. So schwebe ich still durch die leuchtende Nacht.

Hinter mir löscht Regen den brennenden Wald. Nebel steigen auf. Auch unter mir zieht Nebel über den sumpfigen Fluss.

Ich verharre im Flug, bleibe nicht falkenhaft rüttelnd, sondern magisch schwebend in der Luft stehen. Einfach mal anhalten im ... ja, wieder ein Fluss ... anhalten im Lebensfluss. Nichts tun, nichts denken, einfach sein. Einmal im Leben wirklich nur leben und schweben. Wie mit angehaltenem Atem auf dem Rücken im Wasser liegen, doch ungleich höher. Hier in den Himmeln unserer Sehnsucht wie ein Vogel schweben, Kondor sein unter dem Sternenmeer. Ich bin es ja. Ich bin es nicht. Vogel und Mensch zugleich, mit allem eins.

Kein Windhauch weht. Staunend schaue ich in das Glitzern der Sterne empor. Dort bin ich geboren, dort wohnen meine Brüder und Schwestern. Brennend vor Sehnsucht, voller Liebe, einsam leuchten sie in der Nacht. Dorthin werde ich gehen. Einst, morgen vielleicht? Zugleich bin ich ja dort, denn die Erde kreist um den Sonn, unseren Stern, den einen von so vielen.

Dann irgendwann schwebe ich müde hinab in das weiche Moos des Waldes. Doch ehe der Schlaf mich vollkommen übermannt, ehe die magischen Träume der Nacht mich packen, taucht sie noch einmal auf, die in der Dunkelheit Sehende, Athena, die Eule.

Still, fast ohne einen Laut für Menschenohren, kommst du aus dem Licht der Mondin zu mir. Weißt du noch, einst nannte ich eine wie dich Fledermaus. Doch da ist kein Flattern, wenn du den Abend durchgleitest. Du kommst herab auf federnden Flügeln, mit gebogenem Schnabel und schwarzen und doch irgendwie leuchtenden Augen, du, meine Schwester Eule. Dreimal sehe ich dich mich umkreisen und schließlich auf meiner linken Schulter landen und spüre nicht deine scharfen Fänge, die sich in mein Fleisch krallen.

Und schon spricht die Waldkäuzin, ein Flüstern tief in mir, Worte, die keine Menschenworte sind, doch Sprache der verwandten Seelen: »Ich bin gekommen, dir eine Botschaft zu bringen von ihr, die du noch nicht trafst und doch schon lange kennst. Höre mich an!«

So erzählt sie mir von meiner Liebe und wie ich ihr schon bald begegnen würde. Dann fliegt sie davon. Und wieder umkreist sie mich, den langsam, aber sicher Entschlummernden, dreimal.

Du, denke ich noch verwundert und verstehe, begreife es wieder zu spät, du bist es ja selbst, die ich suche, schon schlafe ich ein.

Als ich erwache, erinnere ich mich an alles und auch an ihr zweimaliges dreifaches Kreisen zum Abschied und zum Gruß. Wirklich magisch. Wie magisch Kreise doch Menschen erscheinen.

Kreise.
Ein anderer Kreis war es, in dem ich einst in der ersten Welt mit Namen Stadt saß, das war einmal vor langer Zeit und unter den Platanen.
Was ich dort tat?
Vielleicht träumte ich von einer weiten Welt aus Wald und meinem Weg dorthin, darin. Ja, ich träumte auch dort einen Traum.

Ich sitze mit geschlossenen Augen auf einer Bank unter Platanen. Ewig sitze ich dort in einem nie endenden Sommer und sehe mich zugleich dort sitzen und ins Licht der Vollen Mondin empor schauen, die mich ruft und ruft und ...

Seltsame Träume träumte ich dort einst, die anderswo geschrieben stehen. Dort in der Stadt waren es Platanen, in der Welt Wald aber waren es Eichen und Buchen, auch Erlen und Weiden entlang der Flüsse, in den Bergen aber Tannen und Fichten, weiter im Osten dann Kiefern, im Süden gigantische Bäume ohne Namen und Birken in einer weiteren Welt hoch oben im Norden. Dort geschahen andere Dinge, von denen ich dir andernorts erzählen werde. Jetzt aber betrachte diesen einen Kreis aus Bäumen und schau, was mit ihm geschieht.

Ich stehe davor.

Einst vor langer Zeit schon sah ich das Bild in mir. Es ist ein heiliger Hain. Bäume so dicht, in den Räumen zwischen den alten Eichenstämmen leben die Eichenkinder. Eine undurchdringliche Wand.

Nirgendwo Rosen, und doch, Dornröschen fällt mir ein. Bin ich etwa der Prinz? Dort drinnen also wartet sie auf mich und meinen Kuss der Erlösung?

Ich steige aufrecht stehend in die Lüfte auf und schaue hinab, sehe unter mir einen Kreis aus Bäumen. Im Innern ist Schwärze. Nichts. Ich versuche, innen zu landen. Aber etwas zieht mich weg, drängt mich nach außen ab. So werde ich wieder an den Ausgangspunkt zurückgeworfen. Also bin ich noch immer draußen.

Sie müssen sehr alt sein, die Riesen unter den Eichen, denke ich. Welch gewaltige Stämme. Uralt.

Ich umrunde den Kreis und sehe vor meinem inneren Auge Kreise aus Steinen, finde - keinen Eingang, finde mich am Ausgangspunkt wieder.

All die süßen Geheimnisse im Innern sollen ewig vor mir verschlossen bleiben?

Das kann ich einfach nicht glauben, will es nicht wahrhaben. Er ist perfekt, denke ich, so was wächst doch nicht natürlich. Ich denke weiter darüber nach und finde die Lösung dieses Rätsels - nicht. Müde sinke ich nieder ins Gras, welches den Kreis umgibt.

Die Erde dreht sich, Zeit vergeht.

Dann in der Nacht geschieht es. Die Mondin leuchtet voll und klar. Sternenübersät ist der Himmel über mir. Ich sitze gerade im nun grauen Gras der Erde, aufrecht vor dem undurchdringlichen Wall aus Eichen im Lotossitz. Weiß leuchtet das Zentrum meiner Stirn. Tief in mir sehe ich den Leuchtenden Pfad. Ich sehe ihn vor mir sich winden. Ein wenig nur, nicht weit kann mein inneres Auge ihm folgen, bis er in Nebeln verschwimmt. Ich sehe in mir, dass er den Ring aus Bäumen durchbricht, ins Zentrum führt. Also gehe ich doch hinein, denke ich und höre von fern den Gesang der Bäume. Er schwillt an, und alles vibriert. Sirenen rufen, Klänge locken. Menschenworte formt mein Geist aus diesem Lied: »Komm zu uns!«

Ich öffne meine Augen und erblicke ein Tor im Eichenwall. Ein Tor, dessen Seiten die Stämme zweier Riesen bilden, den Boden bildet die Erde, zum Himmel hin wird es von höchsten Zweigen überspannt.

Ein Tor, unter dessen Bogen dort oben die Volle Mondin scheint. Es hat mich gerufen. Es ruft mich noch immer. Es zeigt sich nur denen, die bereit sind, wie ich es nun bin, das aber heißt: still und offen und leer.

So hebe ich nun meinen Körper von der Erde ab und schwebe sitzend durch das lebende Tor.

Zurückgekehrt in die Außenwelt stehe ich auf und schaue mich um. Ich bin im Innern, im Zentrum.

Ich drehe mich im Kreis.

Nirgendwo ist da ein Tor. Um mich herum stehen still und stumm die Stämme der Bäume, wieder zum Wall vereint.

Hier und jetzt aber erinnere ich mich an die alten Riten derer, die einst hier lebten: lachten und tanzten, sich liebten und weinten und - starben.

Ich setze mich nieder in den Lotossitz, atme mit geschlossenen Augen tief ein und aus. Da geschieht es: Kundalini erwacht. Dort unten entrollt sie sich, steigt in mir auf, aber nicht einer Ameise gleich, eher noch wie ein Fisch im Wasser, nicht wie ein Vogel, der von Zweig zu Zweig hüpft, fast wie ein Affe mit weitem Sprung, der aber den höchsten Ast verfehlt, sein Ziel. Also schlängelt sich die Schlangenkraft im Zickzack durch die Chakren empor. Dann durchbricht ihr grünes Schlangenhaupt das Zentrum meiner Stirn.

Kundalini wiegt sich auf ihrem langen Schlangenkörper, dreht ihren Kopf zurück und schaut den an, dem sie entsprang, den Menschenmagiermann, der da noch immer lächelnd mit geschlossenen Augen in Versenkung sitzt. Sie schaut ihn an mit offenem Rachen, die gespaltene Zunge zuckend, züngelnd zwischen glühenden Dolchen.

Ich tauche wieder aus der Versenkung auf, öffne meine Augen und - staune. Vor mir tanzt ein gewaltiger grüner Schlangenkopf an einem dünnen langen Schlangenleib, der dort oben - ich fühle ihn mit meiner rechten Hand - aus der Mitte meines Kopfes kommt, nein, sich jetzt gänzlich von mir, aus mir löst und weiter wächst.

Die Schlange schaut mich an. Wie groß ihr Kopf doch ist, wie wunderschön ihre schwarzen, runden Augen. Und dann erst ihr Züngeln bei geschlossenem Mund: Wie lang doch ihre an der Spitze so weit gegabelte blaue Zunge ist,

die nimmt auf in ihren Mund die Luft und mit ihr den Duft
- von mir.

Ein Biss, und Manfred hinge zappelnd oder bereits leblos in ihren Fängen, denkst du.
Da aber irrst du dich gewaltig.

Ein wenig verändert scheint mir nun ihr starrer Blick, trübe oder ...
Träumend schaue ich zurück, bis ihre Gedanken in mir sprechen. Und vor meinen Augen verwandelt sich die Spitzkopfnatter, einst Feuerschlange, in eine gewaltige Drachin.
»Willkommen, mein Sohn!«, spricht sie, »willkommen im Reich der Drachen, das jenseits dieser Lichtung, jenseits des Großen Waldes und jenseits der Steppe beginnt. Willkommen bald im Nebelland. Doch meine Sehnsucht war zu groß. Verwandle dich! Werde, der du bist! Werde wieder, der du warst!«

Für einen Augenblick sähe der Beobachter, wenn es ihn denn gäbe, wie sich der Körper des Magiers in einen Drachen verwandelt, wie er sich fauchend und tänzelnd erhebt, den anderen Drachen umarmt, und wie sie beide Kopf an Kopf und Bauch an Bauch verharren.
»Geschah das aber wirklich oder war es nichts als Magiertraum oder Drachenmagie?«
Ja!
»Was?«, fragst du? »Ja oder ja? Sein oder Nichtsein? Was denn nun eigentlich?«
Ja, ein Mensch sähe tatsächlich den Magier auf einer Lichtung in Versenkung sitzen, nur ihn, sonst nichts. Denn die Schlange, die er ruft, die Schlange mit Namen Kundalini hat keinen Schlangenkörper, ist eine innere Kraft.
Dann sähe er aber doch für einen Augenblick so etwas wie einen Schlangenkopf, eine ganze Schlange, gigantisch über Manfred sich wiegen und sich in einen Drachen verwandeln.
Dann sähe er den Magier selbst für einen Augenblick in der Gestalt eines grünen Drachens.
Dies alles sähe er.
Aber gottlob gibt es diesen Beobachter vor Ort ja gar nicht - zu seinem Glück! Denn wir wissen ja alle, was Drachen mit ungebetenen Gästen machen.

Ich tauche wieder aus der Versenkung auf und schaue mich um. Alles ist, wie es war. Keine Drachin weit und breit. Und ich bin immer noch Mensch.

Doch - zunächst der Ton - höre ich da nicht Klänge aus einer anderen Zeit? Ja, ich höre sie, ich lausche verzückt dem Gesang aus Menschen-Männer-Kehlen, ich höre die Mönche singen.

Dem Ton folgt das Bild, dem neuen Klang die neue Landschaft: Der Kreis aus Bäumen tritt zurück, es öffnet sich der Wald zu einer ungeheuren - Licht - Lichtung. Geblendet zunächst und dann verwundert ragen vor mir gewaltige, zerfallene Mauern auf. Aus den Räumen hinter ihnen klingen von Menschen gesungene Worte in lateinischer Sprache:

»Terribilis est locus iste: hic domus Dei est, et porta caeli: et vocabitur aula Dei.«

»Wer lebt hier noch in Ruinen?«, frage ich mich, rufe es laut und denke und weiß: Eine Kirche des Herrn, des christlichen Gottes, erbaut an einem heiligen Ort, der wahrlich älter ist, wie so oft, erbaut auf einem Fundament aus Zyklopensteinen, den Resten einer älteren Kirche, 10 000 Jahre vor unserer Zeit. Mein Gott! Und ich weiß es, sehe es vor meinem inneren Auge: Niemand hat überlebt. Kein Mensch ist dort außer mir, kein anderer Mensch weit und breit. Und doch klingt das Lied in meinen Ohren und tief in mir fort und fort. »Schrecklich ist dieser Ort des Herrn.«

Wieso eigentlich »schrecklich«?

Neugierig beschließe ich, ein wenig an diesem Ort zu verweilen, in der Hoffnung, dass sich mir in der Stille der Nacht vielleicht das noch schweigende Geheimnis offenbart?

Nichts tut sich.

Ich werde müde, schlafe ein. Ein Traum?

Von fern ein Chor von Männerstimmen, darunter diese eine hohe Kastratenstimme. Ein Sänger singt allein, dann folgt der Chor mit immer gleichem Refrain. Es ist wieder nur dieser eine Teil des einen Liedes, den ich verstehe:

»Terribilis est locus iste: hic domus Dei est, et porta caeli: et vocabitur aula Dei.«

Sie singen von ihrem Herrn.

Wer ist dies?

Ihr Gott, unser biblischer GOTT?

Ja!

Sie singen aber auch von einem fürchterlichen Ort und einem Tor des Himmels - von einem der zerfallenen Tore dort vor mir auf meinem Pfad in die Ewigkeit?

»Welch gewaltiger Gesang!«

Staunend betrete ich die Kathedrale.

Männer in schwarzen Gewändern. Sie singen. Der Chor der Mönche singt das Lob des Herrn.

Also falle auch ich auf die Knie nieder. Tränen weinen meine Augen.

Dann ist da ein Tosen. Große blonde Krieger mit gewaltigen Schwertern, Streitäxten und Speeren bewaffnet stürmen herein. Sie zerschlagen die Bänke, fegen das Kreuz hinweg, schlachten den Chor, hacken die Mönche in Stücke.

Seltsam. Niemand schreit in meinen Ohren. Es ist, als wäre alles nur ein Film und als fehle darin der Ton. Und doch höre ich noch immer den Chorgesang tief in mir: »Terribilis est locus iste ...«, den niemand mehr singt. Keiner beachtet mich, der ich mich nun mitten unter den Kriegern befinde.

Sie haben sich, wie sie es immer tun, den Abt des Klosters aufgespart. Er ist nicht tot. Odin bieten sie sein Blut als Opfer an, als Dank, dass er sich ihrem Schamanen offenbarte und sie so hierher führte. Denn dem Obersten der Asen, Vater der Toten, Gott der Ekstase, der Runenmagie und des Krieges, raunten seine Raben Hugin und Munin die Kunde von diesem Schrecklichen Ort ins Ohr, den sie auf ihren Flügen durch die Welt fanden.

Es folgt das große Fressen und Saufen mit den Vorräten und dem Wein der Mönche. Heil uns, Heil dir, Odin!

Ich öffne meine Augen auf einer Lichtung im Wald. Der Kreis aus Bäumen ist verschwunden. Später Morgen, warm streichelt der Sonn mir übers Gesicht. Ich erinnere mich an die Zerstörung des Klosters, aber auch an das, was lange Zeit vorher war, 10 000 Jahre vor unserer Zeit, wovon das Lied der Mönche noch immer kündet. Dies ist der Ort, an dem einst das Feuer Gottes weilte, Uriel, Engel des Herrn. Terribilis! Schrecklich ist sein Angesicht. Licht!

Jetzt bin ich er.

»Schau mich nicht an!«

Jetzt bin ich du und ... Du siehst IHN und siehst nie mehr! Brennend liegst du im Sand, im heißen Staub vor IHM, der deinen Ruf vernahm, der dich erhörte, gebannt vom kleinen Pentagramm, das du schriebst im magischen Kreis mit mächtiger Hand, die führte dein Schwert nach allen Himmelsrichtungen hin, im Osten beginnend, viermal in die Luft. Und noch immer brennt dein schwarzer Körper lichterloh.

»Asche zu Asche, und Staub zu Staub, Eblis!«, singt eine Stimme aus der Ferne, so schrecklich hell und klar.

Das bin ich?, denkst du und wunderst dich. Wie kann das sei… Du denkst nicht mehr, nie mehr.

»Terribilis est locus iste!«, singen die Bäume des Waldes noch immer.

Schrecklich ist dieser Ort geblieben, schrecklicher als alle Monster der Menschen, als alle Wesen hier im Wald - schrecklich aber nicht für mich. Bei dem Begriff schrecklich fällt mir noch einer ein, den ich einst traf. Er war so groß wie ein Berg. Seinen wahren Namen kenne ich nicht. Aber das gilt ja für alle Dinge und Wesen unserer Welt, von denen wir Menschen nicht wissen, was oder wer sie wirklich sind. Doch kehren wir zu ihm zurück. Von himmelblauer Farbe war seine Haut. »Blauer Riese« nannte ich ihn daher.

»O ja, jetzt kommt der Kampf zwischen David dem Hirten und Goliath dem Riesen der Philister, sorry, ich meine, zwischen Manfred und dem Blauen Riesen.. Noch einmal Action! Viel mehr Action! Das will ich!«, rufst du begeistert.

Nun gut, dann mal los! Action ist angesagt. Doch alles wird sehr kurz und schmerzhaft sein.

Und schon wird Manfred winzig klein, verwandelt sich in ein leuchtendes Rad aus Feuer, ist rasender Feuerball, zischt hinaus in die Nacht, nach oben, dorthin, wo der Blaue Riese worauf auch immer warten mag.

Der Riese ist alt und krank und einsam. Er sehnt sich nach dem Ende, und seine Seele weint Tränen in die Nacht. Jetzt schaut er empor, dorthin, wo die Sterne leuchten, ein letztes Mal empor. Denn schon fällt hinter Tränenschleiern sein Blick wieder hinab zu den Kronen der Bäume. Seine letzten Worte stammelt er. Tief und traurig und immer leiser, ersterbend, tönen und dröhnen die Worte des Blauen Riesen über den Wipfeln des Waldes: »O, es ist in meinem Bauch! Dieses Feuer! Wie es brennt in meinem Herzen! … Dachte immer … es wär …«

Der Blaue Riese fällt.

Aus seiner Stirn bricht hervor unter Strömen von Blut und Fetzen von Hirn die Kugel aus Licht, die den Leib des Riesen im Bauch durchbohrte, sein Herz durchflog und nun neben seinem Kopf landet und sich wieder zum Magier wandelt.

Einmal noch schlägt der Riese die Augen auf, einmal noch, ein letztes Mal Gedanken: »DU? Du also?!« Und ein letztes Lächeln fällt in tiefe, ewige(?) Nacht.

Ich weine neben der Leiche meines Bruders. Dann hebe ich die Arme empor und rufe die Totengräber des Waldes.

Sie alle kommen gekrochen, gelaufen, geflogen. Sie alle, das sind Fuchs, Dachs und Wölfe, Wildschweine und Krähen, Totengräber, Sporen der Pilze und Bakterien. Groß und Klein, alle sind sie eingeladen zu einer wahrhaft gewaltigen Mahlzeit.

Nun aber braust die Luft. Ich höre die Drachen nahen und wende mich ab, verstehe, was anders ist in dieser Welt hinter dem Tor aus Bäumen. Hier existieren auch die Wesen, die der Fantasie und den Erinnerungen der Menschen entspringen: Wesen aus Märchen und Sagen, Fabeln und Religion. Hier können sie dir alle begegnen: ein Engel im Traum, ein wirklicher Riese und nicht zuletzt Drachen.

Die Drachen landen und zerreißen den Riesenleib. Dann teilen sich die anderen die Reste des Riesen, der mehr und mehr zerfällt. So kehren die Stoffe zurück in den Kreislauf der Natur. Nur die Knochen bleichen noch für längere Zeit.

Weiter wandere ich durch die Nacht. Mir aber kommt es vor, als stünde ich still, als ginge nicht ich, sondern als wandle sich die Erde unter meinen Füßen und die Welt ringsherum. Bin ich etwa im Zentrum des Baumkreises gefangen?

Und da ist es auch schon, das kein Suchender findet, so nah. Denn nur der Glückliche begegnet ihm. Es ist kein Engel, kein Riese, kein Drache, kein Elb, kein Zwerg und auch kein Mensch. Es ist in seinem Wesen wie ich. Sein Name aber lautet Einhorn. Und in mir flüstert es: Ewig ist es und ohne Geschlecht. Und für alle Zeit lebt es unter vielen Namen und Gestalten in uns. Es ist Chi-lin, das heilige Tier, das Himmelspferd, männlich und weiblich zugleich, das vollkommene Geschöpf, dem Mittelpunkt der Erde entsprungen, erst Kalb, dann Hirsch und schließlich Pferd. Einst war es mit glänzenden Drachenschuppen bedeckt und trug die magischen Zeichen auf seinem Rücken. Die aber gab es dem großen Kaiser. So kam die Schrift zu den Menschen. Sanft schreitet es, dessen Horn im Zentrum seiner Stirn magische Kraft besitzt, auf gespaltenen Hufen durch die Träume der Menschen.

Tiefe dunkle Nacht. Vor mir liegt - eine Lichtung, eine von so vielen, auf die mein Leuchtender Pfad mich führt. Ich trete aus dem Dunkel des Waldes hervor. Staunend halte ich inne auf meinem langen Weg.

Dort vor mir am Ende des Pfades schaut mein Traum mich an. Weiß strahlt sein Fell im Licht der Mondin. Grau aber ist das magische Horn auf seinem Kopf. So steht es vor mir.

Wie schwarz seine Augen doch sind! Und ich dachte sie mir einst leuchtend blau und hell wie Erdenhimmel, sah weiße Wolken darin ziehen.

Jetzt sehe ich sie blau, da es in der Tiefe des Wassers ruht und den Tag träumt, den es nie gesehen hat, vom gleißenden Licht des Mittagssonn träumt, vom hellblauen Himmel, an dem weiße Wolken wehen, zitternd den Alb des Tages träumt.

Jetzt bin ich mir sicher, dass es ein Wesen der Nacht ist und ein magisches Wesen wie ich. Wie groß meine Sehnsucht doch seit Langem schon war, einmal nur ihm zu begegnen!

Still und stumm steht es vor mir, so nah, sieht mit an mit seinen schwarzen Augen.

Noch immer schaue ich es an.

Dann geschieht es: Mein Geist, meine Seele, ich falle hinein in diese mich rufende Schwärze.

Und die Schwärze ist voller Sterne. Ich bin im All.

Tritt zurück und schau das ganze Bild: Manfred ist längst auf die Knie gesunken, seine Hände vor sich zusammengelegt wie zum Gebet. So neigt er still sein Haupt, verneigt sich vor ihm, dem uralten Wesen voller Weisheit und ... lächelt. Noch immer währt der Augenblick. Das Einhorn kommt leise näher, senkt sein Horn, das nun in blau-weißem Licht erstrahlt. Jetzt berührt es das Zentrum der menschlichen Stirn, welches nun ebenfalls zu leuchten beginnt.

Beide fallen wir gemeinsam in die Schwärze eines Kosmos, dorthin, wo ein weißes Band von unserer Mutter Erde bis hin zum Vater Sonn erstrahlt, der Leuchtende Pfad. Ich sehe mich in deinem Körper und dich zugleich neben mir.

Wie?

Ach, auch meine Seele lebt nun in einem Einhornkörper. So laufen wir beide, ja schweben fast dahin. Synchron bewegen sich unsere Beine, und auch Geist und Seele verschmelzen. Eins geworden und doch in zwei Körpern stürmen wir auf leuchtender Straße voran, dem Großen Licht entgegen.

Denn der Weg führt durch die Sterne. In ihnen sind die Tore zu den Räumen, sind die Tore zu den Welten, die da geboren werden, blühen und sterben und treiben in den Kosmen ohne Zahl!

Wir erreichen das Tor aus gelbem Feuer. Wir neigen synchron unsere Häupter, und die Spitzen unserer magischen Hörner berühren synchron das Feuertor, das sich nun öffnet. Wir treten hindurch und ...

Ich falle ... falle noch immer - Fall ohne Macht - Ohnmacht - Schwärze - Hitze.

Der Wald brennt. Ich erwache und drehe mich im Kreis, rufe die alten Worte: »Àtre ertá!«

Die Flammen erlöschen.

Jetzt sehe ich, dass es nicht der ganze Wald war, der da brannte, sondern nur die mächtigen uralten Bäume, die mich noch immer lautlos umkrei... Mein Gott, sie bewegen sich, sie tanzen um mich herum. Jetzt verschwimmen sie, verschwinden sie.

Ich bin draußen! Durch Einhornmagie befreit aus lebender Falle, aus Kreis und Traum?

Feuertor und Baumkreistor, ist alles eins. Brennt es dort, brennt es hier. Brennen die Eichen, öffnet sich das Tor. Wie oben, so unten, so überall.

»Ich bin frei!«, singe ich und atme die Luft des Waldes. Ja, sie fehlte mir dort drinnen. Tief atme ich ein und schließe vor lauter Glück die Augen - so warm spüre ich den Sonn, der da bricht durchs Laub, auf meiner Haut.

Ja, manchmal hatte ich Hilfe. Dann wieder war ich allein auf mich gestellt. Ich musste das Problem lösen, mich befreien, wählen. So war es auch bei den meisten Toren, die ich durchschritt. Eins davon, dessen wahren Namen ich nicht kenne, war gewaltig und schwarz. So nenne ich es einfach »Das Schwarze Tor«.

Dort vor mir wartet es. Es ist ein schwarzes Loch in roter Felsenwand, gewaltig. Ich weiß, was es mit diesem Tor auf sich hat, weiß, dass nur wenige bei dem Versuch, es zu durchschreiten, überlebten. Weiß ich es wirklich? Nein! So erzählten es mir die, die ich nie traf. Durchschritt wirklich jemals ein Wesen das Schwarze Tor? Alle haben es von anderen gehört, die es auch wieder von irgendwelchen erfuhren, die es sahen, mit eigenen Augen sahen. Gerüchte. Moderne Sagen. Nicht mehr!?

Und käme ich hinüber, was würde mich dort erwarten, wenn es denn ein Drüben gibt. Also steht das Schwarze Tor für den Tod, ist einer von vielen Eingängen ins Totenreich oder aber in die Schwärze, die endlos und ewig ist? Kommt also nichts danach? Wenn doch, was wird es sein?

Und wo überhaupt ist mein Leuchtender Pfad geblieben?

Verschwunden. Weiß nicht, was aus ihm geworden ist, weiß nichts.

Was ich aber weiß, nun ja, was ich will, ist, dieses Tor lebend zu durchschreiten und drüben weiterzugehen.

So nähere ich mich ihm nun, Schritt um Schritt und mit äußerster Vorsicht. Wer stirbt, hat versagt, denke ich noch, weiter geht nur der Lebende. Ist ja klar.

Jetzt stehe ich vor der Wand aus Schwärze. Nur noch ein einziger Schritt, und ich werde wissen, was kommt. Oder aber nichts mehr wissen, nie mehr. Traue ich mich?

Ich tu's: Schritt vor.

Etwas trifft mich wie ein Blitz.

Ich sinke nieder.

Ich sterbe, denke ich, Reise zu Ende, alles aus.

Schwärze ...

Ich öffne meine Augen. Ich bin nicht tot. Wo bin ich?

Ich stehe auf, drehe mich im Kreis, schaue mich um, sehe das schwarze Tor in der Felsenwand, aber der Wald ringsum hat sich verändert.

Muss drüben sein. Hab's geschafft.

Erinnere mich an den Blitz und die Schwärze.

Also war ich tot oder doch nur besinnungslos?

Und war ich wirklich tot, so wäre alles ganz anders, als ich dachte. Dann ginge hier nur weiter, wer stirbt. Sterben also alle, die dieses Tor durchschreiten?

Sind alle, die hier auf dieser Seite des Tores leben, drüben auf der anderen Seite gestorben?

Ist dies das Totenreich oder nur eine andere Welt, eine andere Seite der Welt Wald?

Lebt hier überhaupt noch irgendwer außer mir?

So viele Fragen. Und keine einzige Antwort fällt mir ein. Und alles beginnt zu verschwimmen.

Irgendetwas war - eben noch dachte ich über seltsame Dinge nach.

Freude brandet in mir empor. Ich rufe sie in die Welt hinaus: »Ich lebe!« Ich springe in die Luft. Dort oben verharre ich schwebend und drehe mich lachend im Kreis, schlage Purzelbäume in die Luft. Hurra!

Dann sehe ich ein großes Loch in der Wand. Da war doch etwas, aber was?

Bei mir hier oben in der Luft beginnend schlängelt sich bis in weite Ferne mein Leuchtender Pfad, der Weg meiner Träume, meine Zukunft und ihr lautloser Ruf.

»Ja!«, spreche ich leise zu mir selbst und zum Leben, »ja!«

Und weiter schritt ich auf meinem Weg durch Raum und Zeit voran. Dieses Tor würde nicht das Letzte in meinem Leben sein, das wusste ich auch damals. Da waren andere Tore. Diese Tore aber ruhen in mir. Und ich durchschritt nicht nur Tore von einem Ort zu einem anderen, sondern sehe nun so viele ineinander verschachtelte, übereinander- und nebeneinanderliegende Welten.

Irgendwer hat mich erschaffen. Das kann ich auch, dachte ich damals. So schuf ich mir meinen Sohn, ganz allein mit magischer Kunst aus Erde. Nein, es war kein Golem, sondern ein kleines Lebewesen, ein kleiner Mensch, ein Homunkulus. Ich nannte den Winzling Rainar. Welch niedliches Männlein! Wie passend sein seltsamer Name, den es sonst nirgendwo gibt. Es, Verzeihung, er kränkelte sehr, bildete sich ein, ein Dichter zu sein, lernte rasend schnell, alterte aber rasch. So starb er bald und liegt im Wald hier irgendwo, nicht tief, begraben. Was Rainar erlebte, wie er aussah, was sonst noch so geschah? Ja, das ist eine andere Geschichte und soll ein andermal ...

Hat das nicht irgendeiner einst irgendwo immer wieder gesagt? Klar, aber sicher nicht jetzt und an diesem Ort, hier an seinen Grenzen.

Irgendwann geschah es dann. Ich weiß nicht mehr, wann. Spielt es eine Rolle, wann es war? Dass es geschah, das könnte allerdings wichtig sein. Warum aber erinnere ich mich jetzt daran, nachdem ich dir von meinem kleinen Sohn erzählte? Ich weiß es nicht. Woran ich mich aber erinnere, ist dies:

Es geschieht alles so schnell, fast unbemerkt, ein Augenblick nur im Strom der Zeit. Am Waldrand sehe ich einen Menschen von großer Gestalt stapfen durch - das ist ja Schnee. Dieser Mann ist in einen grünen Mantel gehüllt. Um den Hals hat er sich einen langen roten Schal gewickelt, passend zur tief über die Stirn gezogenen roten Pudelmütze. Ab und zu bleibt er stehen, zieht ein kleines Bündel Papier aus seiner Mantelinnentasche, kritzelt etwas darauf und lächelt still wie über einen errungenen Sieg. Mensch, der sieht ja aus wie ich, denke ich noch und winke ihm zu.
Er aber sieht mich nicht und geht vorüber.

Und auch ich sah ihn nie wieder.
Etwas aber geschah noch.

Eine Stimme in mir von irgendwoher fragt mich: »Weißt du, wie deine Reise enden wird? Du weißt es nicht? Ich sage es dir: Es wird sein wie bei großen Reisen allgemein. Sie alle beginnen mit einem lachenden Herzen und enden mit zwei toten Augen.«
Ja, denke ich, meine Reise ist das Abenteuer aller Abenteuer: das intensive Leben, der Ausstieg aus dem Menschenalltag, mein Leben und ... mein Tod.

Aber nein, noch war nichts zu Ende. Alles war und ist im Fluss. Manchmal waren da auch Einsamkeit und Verzweiflung und ... Denn mein Geschöpf, der kleine Homunkulus, starb. Denn niemand antwortete meinen Rufen. Und nirgendwo war da die Frau meiner Träume.
Manchmal verlor ich meinen Leuchtenden Pfad. Dann irrte ich durch die nun wahrhaft endlos scheinenden Wälder.

Es lichtet sich der Wald. Erfrischend grün leuchtet da eine Wiese in meinen Augen auf. Ich höre Wasser fließen, lasse mich am Ufer unter Weiden nieder, beuge mich hinab, lege meine Hände zur Schale zusammen, schöpfe und trinke einen Schluck vom kühlen Nass.
»Ist es Durst?«

»Nein!«

»Trank ich je zuvor in dieser Welt?«

All dies frage ich mich und finde keine Antwort. Dann lege ich mich in das noch morgenfeuchte Gras. Noch immer wach beginne ich zu träumen.

Hinter den Bäumen sehe ich Gras und Steine und den Himmel darüber voller Sterne, die Volle Mondin so groß wie nie zuvor am heller werdenden Himmel und den Roshi, den alten Meister, der ewig lächelnd sich vor allen Wesen verneigt.

Er ist es, der mir drei Dinge zuschweigt, die ich verlor, die ich vergaß, die in mir sind, drei Namen für das Eine, die da lauten: Klang - Stille - Zen-Koan:

Hörst du

das Rauschen des Flusses?

Das ist der Weg!

Ich höre das Rauschen.

Ich werde zum Rauschen.

Ich war es schon immer.

Mein Schwert

Mein Schwert in meinen Händen über mir,
fällt mein Kopf mir in den Nacken
und dann das Schwert hinab
Kein Denken mehr,
kein Unterschied,
alles eins.

Worte des Magiers

Wie lange ist es her! Damals am Fluss unter Weiden fand ich zurück zur Stille in mir. Mir wurde bewusst, dass wieder ein Abschnitt meines Lebens zu Ende war. Denn ich sah etwas, das ich lange vergessen hatte, und es schien mir, als hätte ich es mir einst in einer anderen Welt erträumt. Ich sah ein Schwert, ein besonderes Schwert, nicht aus Bronze, noch aus Stahl, eine Waffe, nur wenigen Wesen überhaupt, nur einem Menschen zu einer Zeit bestimmt. Ich sah es in der Nacht leuchten, mal golden, mal bläulich, mal weiß. Es wechselte die Farben, wie dies Chamäleon und Tintenfisch tun. Zunächst sah ich es nur in mir. Dann gab es eine gewaltige Eruption, gleich dem Ausbruch eines Vulkans, als ich es zum ersten Mal ergriff.

Nein, ich fand es nicht in einer verlassenen Höhle und auch nicht neben einem Thron, ich nahm es nicht aus der Hand eines toten Gottes an. Dieses Schwert fand mich.

Es ist Nacht.
Ich tue es, ohne zu wissen, was ich da tue, ich tue es einfach. Ich stehe auf und strecke meinen rechten Arm nach vorne links empor, greife mit der Hand in die Luft und - schon halte ich das bläulich glühende Schwert, das donnernd aus den anderen Räumen hervorbricht.
Blitze zwischen Erde und Himmel.
Ich schreie.
Mutter Erde bebt.
Schwert und Arm schwenken in weitem Kreis nach rechts hinab, von dort zur Mitte zurück, wo auch meine Linke zugreift, und dann empor.
Ich sehe zu ihm auf.

Sein Feuer schlägt über in das nun leuchtende Zentrum meiner Stirn.

Mein Schrei verstummt, ich sinke auf die Knie und höre einen tiefen, nicht endenden Ton, von oben, von unten und aus meinem Bauch.

Das Schwert singt seinen Namen, den ich noch nicht verstehe. Es hat seinen neuen »Herrn« gefunden. Brüllend ist es aus den anderen Räumen hervorgebrochen - und verhält sich jetzt plötzlich so friedlich und still?

Weil ich es halte?
Ja, natürlich.
Tatsächlich?
Ich halte es nicht.
Es hält mich, reißt meine Arme empor.

Ich lasse nicht los. Noch immer berühren meine Knie die Erde. Kraft strömt aus ihr in meinen Körper. Ich fühle mich stark wie nie zuvor, spüre meine magischen Kräfte ins Unendliche wachsen. Wir haben uns gefunden. Ein vor langer Zeit geträumter Traum hat sich erfüllt. Jetzt halte ich das Schwert ohne Mühe hoch empor in die Nacht. Ich schaue es an und weine vor Glück. Still und in der Farbe der Mondin leuchtend steht es da über mir.

Ich hielt es, noch immer kniend, als der Morgen dämmerte, dem aufgehenden Sonn entgegen.

»Vater, schau!«, ruft stolz mein Mund in den Tag.

Glühend rot, dann gleißend gelb färbt sich das Schwert in Seinem Licht.

Und das Feuer greift auf Hände und Arme, meinen ganzen Körper über.

Jetzt stehen wir in Flammen.

Ich und du, denke ich nun abgekühlt, sind eins geworden, vollkommen eins nach Mondinnacht und Feuertaufe.

Ja, das war unser erstes Treffen, unvergesslich für mich, für dich, für uns in alle Ewigkeit. Doch dann trennten wir uns wieder. Es verschwand ganz anders, als es gekommen war, so leise, so lautlos - ganz unbemerkt.

Jetzt rufe ich mein Schwert zum ersten Mal bewusst. Aufrecht stehend greife ich mit meiner rechten Hand zum zweiten Mal nach links oben in die scheinbare Leere. Denn ich brauche es: Ist es Liebe oder Sucht? Wir müssen und werden uns besser kennen lernen.

»Hier bin ich!«, singt das Schwert in mir - jetzt höre, verstehe ich Worte, jetzt spricht es, das da bläulich-leuchtend aus dem Sternenmeer gefallen sich nun sanft, fast zärtlich in meine rechte Hand schmiegt.

Ich setze mich auf die Erde und lasse es los.

Es fällt nicht, sondern schwebt. Aufrecht steht es, die Klinge nach oben, vor mir.

»Heute so friedlich und so gesprächig?«, frage ich verwundert.

»Ich bin dein Schwert«, singt es mir zu.

»Wie ist dein Name?«

»Finde in dir, was du schon weißt!«, flüstert es so nah, so intim, so tief in mir.

»Du ... du ... du ...,« ist das Stottern meiner lautlosen Stimme, ich kenne deinen Namen, ich kannte ihn schon immer. DU bist es ja!«

»Du weißt es.«

Mein Geist, meine Seele, mein Ich reißt auf und fährt ins Schwert. OM singt die heilige Silbe in meinem Bauch, in meinem Kopf. »OM sei dein Name!«, denkt es in mir, singt meine Stimme im Schwert, das bebt und zittert und klingt. Wir verschmelzen, werden für einen Augenblick eins: OM und Manfred, OManfred.

Tief atmet die leuchtende Klinge ihr Glück hinaus in die Wärme der Nacht: nicht mehr allein! Dunkel und dröhnend singt das Schwert seinen neuen Namen OM.

Und die Felsen der Welt werfen das Wort zurück, das sie immer schon seit Anbeginn aller Zeiten träumen, denn es ist ein uraltes Wort und Mantra zugleich.

Es klingt mir wie der Chor der Tausend Mönche hoch oben in den Bergen einst in einer anderen Welt zu einer anderen Zeit.

Ich weine.

Warum weine ich?

Später nach dem Erwachen aus Rausch und Tränen, später erst werden Fragen geboren.

»Lass sie gehen, vergehen!«, riet mir einst ein Roshi.

Irgendwo müssen Antworten sein, die ich nie bekommen soll?

Und wieder die Fragen, immer wieder, die ich denke, die ich spreche, die ich singe, die ich träume: »Wer schmiedete dieses Schwert, falls es je geschmiedet wurde? Wo wurde es geboren, OM, das Schwert und der Klang, das Beben in tiefsten Tiefen, in mir, in dir? War dies immer sein Name? Wem »diente« es zuvor? Und bei wem wird es sein, wenn ich nicht mehr bin?«

Dann, mit dem Vergehen der Fragen, mit dem Verschwinden der rasenden Gedanken, kehrte wieder Stille ein, wohltuende Leere. Ich schlief ein, erwachte früh am Morgen eines neuen Tages. Vogelgesang. Ich sah mich um. Etwas fehlte. OM. Wieder war es lautlos gegangen, so wie alle Dinge gehen, vergehen. GATE GATE PARAGATE - gegangen gegangen vorübergegangen. Und auch der Tag verging im Flug. Ich sah empor am Abend. Dort strahlte hell und groß und klar die Volle Mondin. Auf sie war immer Verlass. In keiner Nacht fehlte sie. Wölfe heulten in der Ferne. Und überall leuchteten Sterne über mir. Glücklich lächelnd kniete ich am Fuß einer gewaltigen Eiche. Um Mitternacht zog ich wieder mein Schwert aus den anderen Räumen, hielt es zum dritten Mal in meinen Händen. Und wieder geschah es ein wenig anders. Jedes Mal ist es anders als zuvor. Nichts kehrt ewig identisch wieder. Niemand steigt zweimal in denselben Fluss.

Wieder greift meine Rechte nach links, zieht es aus dem Nichts - nein, da ist eine Schachtelung von Räumen, in die meine Hand greift, Räume, die sich zugleich in mir öffnen. Ich spüre die Erde beben, doch sanft und fern. Wasser brausen in meinen Ohren. Leuchtend erscheint OM in der Schwärze dieser Nacht, singt sein Lied der Stille. In weitem Kreis schwingt es hinüber, fällt nach unten, rast empor, meine Linke greift zu. So halte ich es mit beiden Händen, sinke vor ihm nieder auf die Knie, das sich herabsenkt. Und mein Kopf fällt mir in den Nacken. Schwert und leuchtendes Zentrum meiner Stirn, Ajna-Chakra, werden eins.

Eine wilde Katze wird von dem Licht geblendet: so hell und grell in ihren Nachtjägeraugen. Ihre großen runden schwarzen Pupillen werden klein und schmal. Jetzt sieht sie einen Menschen, eingehüllt in Licht mit einem seltsam geformten Kopf - etwas Langes darin. Doch schon wendet sie sich ab, denn ganz in der Nähe hört sie ein Rascheln im Laub.

So halte ich kniend OM ein weiteres Mal der Mondin entgegen. Und ihr magisches Licht fließt ins Schwert. Mondinfeuerwellen laufen vom Schwert in Kopf, Hals und Brust, zugleich in meine Hände, die Arme hinab in Brust und Bauch, in Beine und Füße, in Erde.

Irgendwann dann findet uns das Rudel. Die Wölfe sehen uns an, setzen sich im Kreis ringsum, heben ihre Köpfe und beginnen zu heulen. So rufen sie die Kunde von dem neuen Licht hier unten ihren Nachbarn zu.

Dann singen wir alle, Schwert, Magier und Wölfe, jeder in seiner Sprache, mit seiner Stimme, das mächtigste Wort, das Mantra der Erde: OM. In alle Welten dringt der Klang. Wir singen.

Zeit steht still.

EWIG.

Singen wir also noch immer dort, schon immer an jenem Ort? Denn das wäre ewig.

Nein, das kann nicht sein.

Erde und Mondin und Sonn, wir alle singen das Sternenwort.

Verharrte ich also an dieser einen lichten Stelle unter einer gewaltigen Eiche oder ging ich weiter durch die Weiten dieses einen gigantischen Waldes? Übte ich dort mit meiner neuen Waffe? Kamen wir uns dabei noch näher?

Ja, so muss es gewesen sein, dort fand das Training statt.

Jetzt ziehe ich mein Schwert auch am Tag aus den anderen Dimensionen hervor, in denen es liegt und träumt? Denn immer wieder verlässt es mich. Empor halte ich es, den dunklen Wolken entgegen.

Sie zerreißen ohne einen Laut und lösen sich auf. Und Vater Sonn bricht hervor und streichelt sanft meine leuchtenden Augen.

Welch wundervolle Waffe OM doch ist, wie wunderbar geeignet für faule Menschen und Magier. Denn niemals musst du sie mit dir schleppen, hast sie dennoch immer zur Hand, wenn du sie brauchst. Niemand kann sie dir nehmen und gegen dich verwenden. Nie liegt sie unerreichbar - und wenn es nur wenige Zentimeter von deinem schlafenden

Körper entfernt wären -, während das Monster sich grinsend und zähnefletschend hinter deinem Rücken erhebt. Nie wird es dich töten, gar noch mit deinem Schwert in seiner Hand, nie kannst du dein Schwert verlieren, immer wird es in der Gefahr bei dir sein.

Das dachte ich zumindest damals, als ich noch jung, stolz und mächtig war und mich für unbesiegbar und unsterblich hielt. Jugendträume eines Magiers. Doch OM war mein Schwert, so weit zumindest, wie alle Wesen - Pflanzen, Tiere, Menschen - einem Menschen oder Magier gehören können, nicht mehr, viel weniger noch. Denn es wurde mir nur auf Zeit gegeben.

Jetzt sehe ich es wieder vor mir im Dunkel der Nacht leuchten. Es sieht aus wie das einschneidige Schwert eines Samurai: leicht gebogen, weich und hart zugleich, so scharf! Welch strahlende Klinge! Dunkelrot glüht mir das Bild des Drachen vielfach vom Griff, aus Tsuba, Fuchi, Menuki und Kashira, entgegen.

Ich trainierte ständig mit OM, Tag und Nacht. Und immer wieder überraschte es mich, dass da nichts Starres, Monotones war. Dieses Schwert lebte, und Leben ist Veränderung, Anpassung, Wandel. So stellte ich fest, dass es selten so theatralisch mit Donner und Blitz wie bei unseren ersten Begegnungen erschien. Es konnte plötzlich und völlig lautlos in meiner Hand liegen, schon beim ersten Gedanken an eine Gefahr, der Simulation des Ernstfalls. Wir verschmolzen immer mehr. Bald schmiegte es sich schon an meine Hand. Sehnsucht und Liebe wuchsen zwischen uns. Obwohl oder gerade weil wir uns immer wieder trennten, wurde das Band zwischen uns immer enger.

Seltsam mag sie dir erscheinen, die Liebe eines Magiers zu seinem Schwert. Noch seltsamer aber ist die Liebe eines Schwertes zu einem Menschen. Und wie oft sollte dieses Schwert mit dem Namen des mächtigsten Mantras OM mir das Leben retten! Aber nicht immer setzte ich es ein, nicht immer.

Jetzt erinnere ich mich. Da war doch noch etwas mit Zwergen, nein, es war nur einer, ein Zwerg allein. Dieses Mal war da auch kein Kichern, kein triumphierendes Schreien nach erfolgreicher Jagd, kein Glühender Mann, sondern »nur« der Tod eines Zwerges.

Nacht ohne Mondin und Sternenglanz, dunkle Wolken am Himmel.

Das schwarze nach Blut lechzende Wesen schleicht durch die Schwärze, ist Schatten inmitten der Schatten des Nachtwaldes.

Und auch ich gehe durch Stille und Dunkelheit.

Ein Rascheln, ein rasender Schatten neben mir. Ein Schrei dort vorne. Blitzende Dolche.

Ich kenne die Stimme. Es ist der letzte Schrei eines Zwerges. Ich springe hinzu, dann stehe ich vor ihm, mein bläulich strahlendes Schwert erhoben in meiner Rechten. Doch ich schlage nicht zu. »Komm her!«, befehle ich.

Und der schwarze Schatten hebt seine blitzenden Zähne aus dem Opfer und gehorcht. Zitternd kriecht er heran.

»Komm her!«, spricht mein Mund in einer anderen Sprache, die flüsternd und süß in Menschenohren klingt, einer Sprache, die außer mir nur noch die dunklen Wesen seiner Art kennen. »Du hattest Hunger?«, frage ich nun mit der mächtigen, donnernden Stimme der Erde. Dann höre ich tief in mir und auch mit meinen Ohren das Zischen des zitternden Wesens, das mir gehorchen muss. Jetzt weiß ich, dass es von Zwergenblut lebt. »Geh!«

Es kriecht mit seiner Beute davon. Und auch mein Schwert verlässt mich wieder ohne Laut. Und schließlich folge ich weiter meinem Pfad aus Licht.

Nicht lange nach dem Tod des Zwerges aber geschah es, dass OM mir das Leben rettete, dass wir beide zum ersten Mal Blut vergießen sollten.

»Blut?«, fragst du, gierig nach Sensation. »Was für Blut?«

Also gut, ich erzähle dir von meiner Begegnung mit den Wesen einer anderen Zeit, die lebten, als es noch lange keine Menschen gab und nie gegeben hätte, wenn alles ein wenig anders geworden wäre. Ich nenne sie weder Räuber noch Raubtiere, sondern Nachtjäger.

Donnernd und sonnengleich erstrahlend bricht mein Schwert OM aus den anderen Räumen hervor.

Das reinste Imponiergehabe.

»Also alles nur Show? Kein Kampf? Keine Action?«

Ich halte OM mit beiden Händen vor mich empor. Mein Kopf fällt tief ins Genick zurück. Dann sinke ich vor der Macht dieses Schwertes auf die Knie nieder und frage mich mit Recht, wer hier eigentlich wessen Meister ist. Wundere mich dann doch einen Augenblick lang über meinen Gedanken, wo wir beide doch eins sein sollten, da geschieht die Verwandlung - mit mir?

Ja, ich sehe mich, meinen Körper und OM dort vor mir, sehe mich in ein strahlend leuchtendes Wesen verwandelt. Doch ich sehe noch mehr, nehme zum ersten Mal die andere Seite wahr, das Schwarze Schwert, das irgendwo zu dieser Zeit an anderem Ort die Erde erreicht und IHN krönt, den Schwarzen Mann, dem ich irgendwo und irgendwann begegnen werde. Denn immer wartet das Licht auf Schwärze, sehnt sich die Schwärze nach Licht, immer wieder treffen sie sich und dann ...

Ich finde mich wieder in meinem knienden Körper, aber die Welt Wald hat sich verändert. Da sind keine Eichen, sondern Lärchen und Zedern und gewaltige farnartige Pflanzen. Etwas wie eine Spitzmaus huscht vorbei.

Bin ich das?, denke ich verwundert. Denn ich bin es ja nicht, sehe jedoch ihre Nachkommen sich zu Affen, Affenmenschen, Menschen aufrichten.

Ich lausche, höre und rieche und schaue, was nie ein Mensch zuvor traf. Ich erhebe mich, bin bereit.

Dort kommen sie.

Wandernde gelbe Augen huschen durch die Nacht, von Baum zu Baum, flink durch den Wald.

Dort vorne aber ist er, den wir alle kennen, den wir jetzt noch nicht erkennen können, dort steht er und wartet, den Rücken geschützt an einem Stamm, nicht mehr leuchtend weiß, eher grau und unscheinbar, jetzt rindenfarben, gut getarnt.

Doch die leuchtenden Augen kreisen ihn ein. Sie kommen von allen Seiten heran. In der pechschwarzen Nacht können sie nichts reflektieren. Sie müssen selbst Licht sein. Die gelben Lichter kommen näher.

Ich höre sie, höre ihr Denken, das ist wild und voller Gier. Ich warte, ich lächle.

Sie schnüffeln, schnüffeln in die Nacht. Noch riechen sie ihn nicht, hier, in diesem großen Wald, wo die Luft stillsteht. Sie haben ihn anders wahrgenommen. Sie nehmen sein Denken wahr, sein scheinbar ruhendes Hirn. Erst in der

Nähe, erst jetzt wittern sie den Geruch der Beute. Das lässt sie zittern, das macht sie wahnsinnig an. Sie riechen ein einzelnes Wesen, das nicht flieht. Ob es wohl schläft? Oder aber es ist schon alt, gar krank? So kann es nicht mehr fliehen, wird es erst gar nicht versuchen, denn es Zeit sich hinzugeben. Ihre Münder öffnen sich. Hunger!, knurren ihre leeren Mägen. Jetzt haben sie ihn umzingelt.

Ich aber warte noch immer, höre ihre lautlos flüsternden Stimmen, Gedankenstimmen, die in mir wie Krähen krächzen. Dann verstehe ich, was sie denken. Soso, sie haben also Hunger, wittern eine leichte Beute. Ha, sie haben mich schon zerrissen, denken sie. Nun ja, auch ich will leben. OM leuchtet hell über meinem Kopf. So wird es Tag im Wald der ewigen Nacht.

Die Nachtjäger sind geblendet, aber nur für kurze Zeit. Denn sie jagen ja auch auf den wenigen Lichtungen unter dem Licht der Vollen Mondin, am Rande des Waldes und draußen, wenn auch im schwindenden Abendlicht. Ihre Augen passen sich an. So sehen sie ihr Opfer, das ihnen seltsam und nackt erscheint, unter einem leuchtenden Ding stehen.

Auch ich sehe sie jetzt hinter den Stämmen hervorspähen. Schwarze Gesichter mit leuchtend gelben, zuckenden Augen. Sie sind nicht groß von Gestalt, reichen mir sicher nur bis zur Brust, laufen aufrecht wie ich, balancieren mit einem langen, starren Schwanz. Nichts wird groß in diesem Nachtwald. Aber was besagt das schon. Ich kenne ja die Gier gewisser Zwerge.

Ich warte, und mit mir wartet OM. Jetzt ist mein Rücken mit dem Stamm hinter mir verwachsen. Wie mächtig wir drei jetzt wohl sind?

Aber nein, ich bin nicht »erstarrt« zur Pflanze, das wäre mein Untergang, mein Tod.

»Auch ich bin Wald!«, brülle ich sie mit Worten an, die sie nicht verstehen. Zugleich denke ich ihnen zu: »Sucht euch eine andere Beute! Nicht ihr seid mein Tod!« Dann atme ich tief ein, wieder getrennt vom Baum, bin Stille nun und Kraft. Ich warte.

Sie greifen an. Sprung und Schrei sind eins. Münder öffnen sich. Nadelspitze Reihen von Zähnen werden sichtbar, nach hinten gebogene Zähne zum Zupacken, zum Schneiden, Zähne, die Fleisch von den Knochen schneiden, aber auch Knochen brechen. Jeder will der Erste sein. So stürzen sie heran - dieser Hunger in ihren Mägen! - mit ausgestreckten Klauen an Armen, die schon lange keine Vorderbeine mehr sind, zum Halten der zappelnden Beute, die einmal gepackt nie mehr fliehen wird. Und erst die mörderischen Krallen an ihren Füßen, die sich im Rücken des angesprungenen Opfers festhaken. So stürzen und springen sie schreiend von allen Seiten heran.

Doch all ihre schwarzen Klauen und klappenden Kiefer greifen ins Leere.

Wir sind Schwert und tanzende Kraft zugleich, weichen ihrem Sturm aus. Körper, Geist, Seele und das Sirren des glühenden Schwertes sind eins. Kein Denken, nur Handeln. So rollen ihre Köpfe, noch beißend, zu Boden, greifen ihre Klauen ins Nichts, abgetrennt von zuckenden, sterbenden Körpern. Überall spritzt Blut, strömt und läuft und beginnt im Boden zu versickern.

Aber sie haben ja auf Blut gewartet, wollten es haben.

Da haben sie es. Da ist es! Doch es ist ihr Blut.

Also greifen die Lebenden in ihrer Gier, Haien gleich, die zuckenden Körper ihrer Brüder und Schwestern, verschwinden mit ihnen in rasendem Lauf im Dunkel des Waldes.

Ende des Spuks. Nur eine Minute dauerte der Kampf. So kurze Zeit nur?! Dehnte er sich doch gewaltig in meinem Geist. Nur eine Minute, und alles ist vorbei.

Ich sehe mich um. Da liegen noch Teile der Räuber auf nackter Erde: hier ein abgetrennter Kopf, der sich noch bewegt, da einer der kleinen Räuberarme, Beine mit der mörderischen Klaue, kleine Stücke Muskelfleisch und Därme. Irgendetwas aber zieht sie jetzt alle in die Tiefe. Kreislauf der Stoffe, Totengräber des Nachtwaldes. OM ist erloschen. Und ich?

Schaue mich um. Ein wenig Licht nun, denn die Kronen der Bäume sind zur Seite gewichen. Dort oben funkelt das Sternenmeer. Ich staune und merke völlig weggetreten gar nicht, wie OM verschwindet. Denn dort sehe ich meinen Pfad über dem Wald leuchtend empor in die Weite steigen, Berge hinauf vielleicht oder weiter als je ein Mensch vor mir gelangte, hinauf, hinab, hinein ins All?

Tränen der Sehnsucht fallen.

Nur die Lebenden weinen, denke ich glücklich.

Ich lebe!

Ja noch immer lebe ich, bin jetzt wieder wie du, erinnere mich an die Abenteuer, die ich einst bestand. Aber nicht nur ich, der ich damals Manfred der Magier war, trage Erinnerungen in mir über Ereignisse, die längst Vergangenheit sind, nicht nur ich. Auch mein Schwert, auch OM erinnert sich. Es sind die Erinnerungen eines Schwertes.

Das glaubst du nicht?

Stell dir ein äonenaltes Schwert vor, Jahrtausende irdischer Jahre alt. Wie viele Meister und Meisterinnen hielten es wohl in ihren Händen? Was muss es alles erlebt haben? Es könnte dir viel erzählen, so viel! Niemals könntest du das Ende seiner Erzählungen erleben, wie alt du auch immer würdest.

»Aber wie soll ein Stück Stahl sprechen?«, fragst du verwundert.

Lausche! Denn dieses Schwert ist ein magisches Schwert. Lausche seinen Erinnerungen! Vielleicht sind es ja nicht nur Worte und Lieder, sondern Bilder mit Ton, dreidimensional oder wirklich real? Schließe deine Augen! Ja, jetzt träumt es dir zu, was es einst erlebte. Jetzt!

Du siehst Manfred den Magier im Wald stehen, still und starr und lächelnd. Er aber hält diesmal sein Schwert nicht in den Händen. OM schwebt über seinem Kopf. Dann kommen die Bilder, die es ihm, die es dir zeigt. Die erste Welle brandet empor, geboren aus Wut und Zorn, es ist die Geschichte von einem Dieb.

Irgendwie war es ihm gelungen, das Schwert, dessen Name nun OM ist, zu erbeuten. Irgendwie mit List und Magie? Wie auch immer. Irgendwie.

Jetzt hebt er es empor zum tödlichen Schlag - ja, Tod soll es bringen, aber ... Er hält es mit beiden Händen hoch über seinem Kopf, ein höhnisches Grinsen. »Stirb, du Hund!«, murmelt er nach unten, wo irgendwer winselnd im Staub liegt. Dann erscheint ein Ausdruck von Schwachsinn, Blödheit, Verblüffung in seinem Gesicht. Das Schwert bewegt sich keinen Millimeter. Es ist, als stünde da eine unsichtbare Mauer im Weg oder als klebe es in der Luft fest. Doch seine Verblüffung währt nur kurz. Schon spürt er eine Kraft, die gegen ihn andrückt. Seine Arm- und Rückenmuskeln spannen sich maximal. Doch etwas - oder gar das Schwert selbst? - drückt nach unten, einfach hinunter. Sein Gesicht färbt sich rot. Schweiß rinnt hinab. Verdammt!, denkt er noch, hier geht was schief.

Wie recht er doch hat, alles geht schief.

Denn jetzt brechen seine Unterarmknochen mit einem lauten Knacken. Er schreit nur kurz. Ein Sausen durch Luft. Schon dringt das Schwert durch Haar und Haut, durch Knochen, Hirn und Hals und ... mittendurch, bis zum Geschlecht ... fallen die beiden Hälften seines Körpers, schön ordentlich, die rechte nach rechts, die linke nach links - im Zeitlupenfall zu Boden. Und überall sind da Blut und Lymphe, Urin und Kot, Hirn und Gedärm.

Senkrecht steht das blutige Schwert in der Luft, die Klinge zur Erde gerichtet, langsam fließt, tropft das Blut hinab. Zeit der Reinigung. Strahlend, in bläulichem Licht dreht es sich um, Griff nach unten, singt das Lied seines Sieges über dem toten Körper seines Opfers. Und auch die Bäume und das Gras stimmen ein. Einklang und Harmonie. Höre dieses süße Lied! Es ist ein wehmütiges Lied, das Lied vom Leben, vom Sterben, vom Überleben.

Alle hätten wir geweint und mitgesungen und würden noch immer Tränen vergießen. Aber es gab dort keine Menschen und niemanden sonst, der hätte weinen können. Denn das zerschnittene weiße Wesen, der Dieb, und auch das schwarze Wesen auf dem Boden trafen sich in einer Welt, die war weder Wald noch Erde. Und also geschah alles in einem fernen Land einer fernen Zeit in einem anderen Universum, wo weiße Planeten um schwarze Sterne kreisen, wo das All strahlendes Licht ist - und Weiß die Farbe des Bösen!

So öffnet sich nun der Untergrund des wüsten Landes, nur einen Spalt weit. Das Schwert fährt hinein - Akt der Liebe, Akt der Erfüllung.

Lange schon zuvor war das Bild, die Simulation seines am Boden winselnden schwarzen Feindes, die Verlockung, die Falle des Schwertes verschwunden.

Aber noch andere Bilder zeigt dir OM, diesmal aus einer späteren Zeit, von einem anderen Planeten in unserem Universum, Bilder zeigt es dir, die eine Frau einst sah. Sie erinnert sich und erzählt es irgendwem.

Halt! Dieser Irgendwer, ein Schatten ihr gegenüber, scheint mehr zu wissen und ihr Dinge von ihrem Mann zu zeigen, die sie nie gesehen haben kann. Aber höre selbst und schau das Erinnern an das Erinnern einer nicht getanen Tat, von der eine Frau erzählt:

Ich glaube, ja doch, er muss davon geträumt haben. Denn schon am Morgen sprang er aus dem Bett und rannte, ohne ein Wort zu sagen, auf den Acker hinaus.

»Wo willst du hin?«, rief ich ihm nach.

Er aber antwortete nicht, drehte sich nicht um, sondern lief einfach weiter, glücklich lächelnd wie ein Baby, das wir niemals hatten.

Ich lief ihm also hinterher und fand ihn schließlich dort am Ackerrand vor einem funkelnden Ding kniend wieder. Ich ging näher heran und sah, was es war: ein Schwert, das da einfach so in der Luft vor ihm schwebte.

Er kniete davor und rührte sich nicht. Es war, als betete er es an.

Nein, er fasste es nicht an, noch nicht, das geschah erst viel später.

Dann kamen auch die anderen aus dem Dorf hierher, gafften und wunderten sich und begannen zu tratschen.

»Tu's doch!«, sprach unser Dorfältester.

»Tu's nicht! Wir sind Bauern. Wir dürfen kein Schwert besitzen!«, rief unser Neunmalklug, der sogar ein wenig lesen und schreiben konnte, was ja bekanntlich völlig unnütz ist.

Doch Olaf, mein Alter, der sture Bock, schaute weiter auf das Schwert. Hörte er unsere Worte nicht, weil er träumte? Und ich wusste ja, dass er nie Nein sagen konnte, nicht mein Olaf, der nicht.

Gesummt hat es also und die alten Lieder gesungen, und geleuchtet hat es auch.

Nein, wir haben nichts gehört und kein Licht gesehen. Aber jetzt wird mir alles klar. Er hat's schon vorher glühen gesehen, noch bei mir im Bett. Das also war sein Traum. Deshalb war er schreiend aufgewacht und hatte mich geweckt. Ein leuchtendes Schwert, das aufrecht in der Luft einen Meter über dem Acker schwebte, hatte er in seinem Traum gesehen, voller Staunen zunächst und dann voller Gier. »Ich muss es haben, koste es, was es wolle! Ich will es!«, hatte er geschrien und war erwacht. Schlaftrunken noch war er aus dem Haus und über »sein« Feld gerannt, das ihm natürlich nicht gehörte, wie alle wissen, aber in das er säte und von dem er erntete, seit Jahren, Jahrzehnten, bis zu diesem Tag.

Jetzt!, dachte er. Ich muss es tun!

Doch irgendetwas in ihm schrie: »Nein!«

Schon streckten sich seine Hände. Er konnte dem lockenden Gesang nicht widerstehen. Er griff nach dem Griff des Schwertes, seine kräftigen Hände packten zu. Er war warm und pulsierte.

Angst ließ ihn seine Arme zurückreißen.

Doch seine Hände klebten fest, sollten sich nicht mehr von diesem Schwert lösen, nie mehr?

»Was macht er da?«, fragten die Leute, »was hat er nur?«

»Der hat es angefasst.«

»Lass das, Mann, komm mit!«, brüllte ich ihn an und versuchte ihn wegzuziehen.

Nichts zu machen. Olaf grinste, machte den Mund auf, und schrie wie ein Irrer, heulte wie ein Wolf, hörte einfach nicht mehr damit auf, dieser Mann, der mich schon so oft bis fast in den Wahnsinn trieb. Warum nur, warum tut er das?

Dann sah ich es, war starr vor Schreck, konnte nichts tun. Deshalb also, Mann-o-Mann!

Seine Finger glühten. Schon brannten sie lichterloh, dann seine Hände, seine Arme, der ganze Mann.

Stumm standen die anderen da, hielten sich die Ohren zu, schauten gebannt. Keiner half.

Niemand hätte helfen können.

Noch immer schrie das brennende Wesen, das einst ein Mensch gewesen war, unter dem singenden Schwert, dessen Lied die anderen nicht hörten, dessen Glühen die anderen nicht sahen, dessen Licht und Ton nun niemand mehr sah. Denn das Schwert war verschwunden, und schwarze Asche war alles, was von Bauer Olaf blieb.

So war er heimgekehrt, zurückgekehrt in seinen Traum, heim zur Scholle und zu Mutter Erde.

Asche zu Asche und Staub zu Staub.

Andere Bilder steigen auf, Erinnerungen an tiefere Tiefen.

Das Schwert erinnert sich an etwas, das es nie erlebte.

Wie kann das sein? Es kann nicht sein, denkst du, und war doch so.

Da war ein Spalt in der Erde. Und es geschah zu einer anderen Zeit an einem anderen Ort. Dort lebte ein anderer Mensch, also gab es auch ein anderes Schwert und – einen Höllenspalt.

Er sitzt entspannt am Abend, die Beine gekreuzt mit aufrechtem Rücken im Lotossitz auf einem grünen Hügel. Still ruht seine Seele in Erde und Sonn.

Jetzt hebt er seine Arme empor, den Blick ins schwindende Licht, die Augen geschlossen. Lautlos ruft er in die Weite.

Und es wird Nacht. Noch immer sitzt er da, ein Magier alter Zeiten.

Da geschieht es. Aufrecht stehend, den Griff zur Erde, schwebt es heran, als käme es direkt aus der gleißenden Helle, aus dem Licht des Sonn, funkelndes Metall. Kommt rasend näher.

Er steht auf und hebt die Hand empor, um es zu ergreifen. Denn es ist ein Geschenk seiner Eltern, geschmiedet aus dem Metall der Erde, gehärtet in den Feuern des Sonn, ein Schwert ohnegleichen. Und doch ist da noch mehr in ihm. Ein Keim, ein Geist, eine Seele gar, die von anderen Welten stammt?

Er packt den Griff.

Und die Erde reißt direkt vor ihm und dem Schwert auf, hier am Fuße des Hügels, öffnet sich mit gewaltigem Donner. Licht bricht in die Spalte ein. Erde und Sonn sind nun vereint.

Und er steht staunend am Rand des Schlundes, das Schwert erhoben in seinen Händen, und schaut hinab.

Dann springt er und fällt in tiefste Höllentiefen.

Und ward von da an oben auf Erden, wo Bäume in sich endlos erstreckenden Wäldern wachsen, wo Menschen leben, die sich seltsame Geschichten von Bäumen erzählen, nie mehr gesehen. Ach ja, eine dieser Geschichten trägt den Titel: Wie du mir, so ich dir.

Einst schlug ein Magier mit seinem Schwert zu.

Und die Eiche schrie. Vergebens. Denn es traf sie der Schlag des zornigen Mannes. Und blutend stürzte sie gefällt zu Boden.

Das Schwert aber entglitt seinen Händen. Und seine Arme wurden zu Ästen, sein Körper zum Stamm, sein Kopf zur Krone.

Der gefällte Eichenstamm aber stand singend auf. Aus Baum geboren, so neu geboren war nun ein Mensch, losgelöst aus Mutters Schoß, ein Lächeln auf den Wangen, mit strahlenden Augen, stand da - eine junge, nackte Frau.

»Eines schönen Tages vielleicht«, sprach sie - noch fasste sie sich kurz - und sah lächelnd auf ihn herab, der da als neu geborene Eiche stand, »eines schönen Tages vielleicht geht es dir wie mir.«

Dann nahm sie das Schwert des Magiers, das sie erlöst hatte und schritt, leicht unsicher noch - ein wenig schwankend?, nein, beschwingt und fröhlich, singend hinaus in den heraufdämmernden Morgen.

Er aber blieb an ihrer statt als Eiche zurück.

Seltsame Geschichten träumen Schwerter doch von Menschen, erzählen von Bäumen, die Menschen sind, und von Menschen, die Bäume werden?

Wer soll das schon glauben?, dachte ich still bei mir. Dabei hätte ich es doch besser wissen müssen, gerade ich als Magier. Erinnerte ich mich denn nicht an meinen eigenen Wandel, damals, in der Gabel des Baumes am Rande der Lichtung, als vier Jungs einen Eremiten überfielen? Oder geschah das später? Und wo ist überhaupt gestern oder morgen in einer magischen Welt?

Damals erinnerte ich mich nicht.
Aber hätte es irgendetwas geändert?
Nein!

So plötzlich und unerwartet halte ich OM in meiner rechten Hand.

Ich schaue es verwundert an. Denn es brennt lichterloh in schwarzer Nacht und sieht nicht aus wie ein Schwert, sondern mehr wie eine Fackel, die den Feind vertreiben - doch wohl nicht anlocken? - soll?

Welchen Feind?, wundere ich mich und hebe die Fackel empor, halte sie nun mit beiden Händen hoch über mich.

Zeit vergeht. Die Flammen erlöschen. Knospen treiben aus dem Stab, der eine Fackel war und brechen - lautlos für Menschen- und Magierohren aus dem Holz hervor. Zweige und Blätter und Blüten wachsen heran. Und meine Arme, ja, mein ganzer Körper, alles an mir verwandelt sich in einen blättertragenden Baum.

So ruhe ich also in der Nacht und warte auf den Tag - den Beginn meiner Blütenträume.

»Der Magier ist jetzt also ein Baum und im Baumzauber seines Schwertes gefangen. Pflanze ist er nun und nicht mehr Mensch, also auch kein Magier mehr. Wie aber soll er sich dann befreien?«, fragst du mit Recht. Doch schau! Da geschieht doch was.

Eine Rabin fliegt heran. Weit hat sie sich von ihrer Heimat, den Grenzen des Nebellandes, entfernt. Sie setzt sich auf den Wipfel dieses einsamen Baumes.

»Hallo!«, ruft sie dem Baum zu, der sie nicht versteht.

Wen wundert das, denn Raben sprechen rabisch, und jede Baumart hat ihre eigene Sprache.

»Hallo, Bruder! Ich kenne dich. Du bist kein Baum. Manfred, wach auf und werde wieder Mensch!«

Und schon fliegt sie singend (für Rabenohren, in Menschenohren ist es ein Krächzen) davon, schaut nicht zurück und sieht so nicht, wie der Baum, von ihrem Ruf geweckt, aus seinen Träumen erwacht.

Denn in ihm hallen ihre Worte wider: »Manfred, Manfred, Manfred, wach auf, Mensch!«

Und so geschieht es: Nach und nach verwandelt sich sein Körper in den eines Menschen zurück.

Fast wäre sie also schief gegangen, diese Wandlungsmagie in einen Baum. Ja, auch als Magier ist das Überleben kein Kinderspiel. Da lobte ich doch einst ein magisches Schwert wie OM, das immer da ist, wenn du es brauchst, das dir niemand stehlen kann. Aber keine Regel ohne Ausnahmen - wir hörten ja schon von einem Dieb einer anderen Zeit. Manches wiederholt sich wohl immer und immer wieder. Doch niemals in derselben Form.

Diesmal ging es um Blütenblut und Blütentraum - und um einen tödlichen Fehler?

Ja und nein!

OM kehrte nicht in seine Dimension zurück. Es blieb bei mir, blieb neben mir im Laub liegen.

Und was tat ich?

Ich schlief.

Und schon streckten sich gierig Finger aus, mein Schwert zu ergreifen.
»Wie konnte dies geschehen?«, fragst du.
Wurde ich damals alt und vergesslich?, könnte ich mich fragen.
Nein! Etwas anderes war geschehen. Schau!

Dort liegt Manfred auf der Erde. Er schläft, scheinbar. Oder wurde er betäubt, ist gar tot?

Etwas schläferte ihn ein.

Das letzte, was er sah, war, wie sich die weißen Nachtblüten der Dunkelheit öffneten. Ein grauer Saft quoll aus ihnen, wie immer schon in solchen Nächten. Die Wärme seines Körpers ließ das Blütenblut verdampfen, und die Dämpfe schläferten den Magier und auch das magische Schwert ein, das kaum erschienen tatenlos aus seiner Hand fiel.

Betäubt liegen nun beide auf dem Laub im Schoß von Mutter Erde, das den Saft der weißen Blüten trinkt, den nicht versiegenden Strom von Blütenblut. Schon hat sich eine Pfütze um ihn gebildet, dann ein Teich unter ihm, schließlich ein See, auf dem er liegt und träumt.

Lange Zeit geschieht nichts.

Dann aber kommt er geschlichen, der Wächter, der unter den Blüten lebt. Er erwacht erst dann, wenn seine Opfer im Rausch der Blütendüfte schlafen. Er ist der Traum, der kommt, um zu rauben, um zu töten, um das Blut, das tierische und menschliche Blut, das Blut des Opfers zu trinken und auch der Pflanze, mit der er zusammenlebt, Symbiose ist das Zauberwort, ihren Teil zu geben.

So schleicht er nun heran, sieht einen Menschen betäubt dort liegen und lacht, als er das Schwert seines Opfers daneben erblickt. Wie praktisch, denkt er. Dann spricht er, selbst ein wenig der Magie mächtig, die Worte, die nur ein Murmeln in menschlichen Ohren wären.

Und das Schwert steigt empor.

Er ergreift es.

OM beginnt zu leuchten.

Welch glücklicher Tag! Einfacher als üblich, denkt er: Nimm das Schwert des Opfers und erschlag damit seinen Herrn. Wie leicht und wunderbar zugleich. Und schon nimmt er OM in seine rechte Hand.

Doch er ist nicht der Träger des Schwertes, sondern sein Dieb. Daran hat er nicht gedacht.

Jetzt hebt er es, wie leicht es doch ist, er hält es noch immer nur in seiner Rechten, zum Schlag empor: »Hahaha, stirb du Wurm!«, ruft er lachend im Triumpf.

Und glühend und zischend zieht das erwachte Schwert nach links hinüber, reißt seinen Arm mit, senkt sich nur ein wenig, dreht sich in seiner Hand, zeigt ihm die scharfe Seite der Klinge, bewegt sich unendlich langsam, zeitlupengleich, im Halbkreis Richtung Hals.

»Nein!«, schreit er noch, versucht, mit seiner Linken den rechten Arm zu stützen, die Bewegung des Schwertes zu bremsen.

Doch es kommt, wie es kommen soll. OM vollendet den Kreis: Mit einem plötzlichen Ruck durchschlägt es seinen Hals. Der staunende Kopf trennt sich vom Rumpf, der Körper des Diebes sackt in sich zusammen. OM aber streift das Blut des Diebes ab und kehrt zurück in seine Heimat. Und die Wurzeln der Bäume saugen das Blut des Wächters ein, ranken empor, umhüllten Kopf und Rumpf des Schwarzen Magiers, geben ihre Sekrete ab, lösen alles auf, saugen das Menschenmagiersaftgemisch ein. Gleich Spinnen nehmen sie alles in sich auf. Und nichts bleibt von der Tat zurück.

Ich erwachte irgendwann und hatte von alldem nichts mitbekommen. Erst später flüsterte mir OM alles zu. Ja, aber es kam damals noch viel schlimmer. Irgendwie ging es mit meinen magischen Kräften, meinem Mut und mir bergab, zumal als ich sie erblickte, ja, dabei fiel es mir zum ersten Mal auf.

»Sie«, fragst du, seine große Liebe?

Das wäre schön gewesen. Es waren aber die Höllenhunde.

Manfred, der große Magier auf der Flucht. Gibt's denn das?

Das gibt's!

Sie sind hinter mir her, die Höllenhunde, wie ich sie nenne. Mondinhell ist die Nacht, wie es meistens ist, wenn nicht gerade schwarze Wolken die helle Scheibe dort oben verdecken. Diese Bestien sind also hinter mir her. Und ich weiß, dass mein Schwert gegen sie machtlos ist.

Ist es das wirklich?

Wie auch immer, es ist nicht erschienen. Also gibt es keinen Kampf, bleibt mir nur die Flucht. Und ich weiß noch mehr, weiß, weshalb Hunde und Höllenhunde so erfolgreiche Jäger sind. Weil sie vieles gemeinsam tun, weil sie geniale Strategen sind, weil sie einfach nicht müde werden, weil sie sich bei der Hatz ablösen. Sie werden mich kriegen. Diese Gedanken rasen in mir, während ich zu laufen beginne.

Der große Magier, jetzt ganz klein, aber erstaunlich schnell. Wer hätte das gedacht.

Ich lege noch einen Zahn zu, renne um mein Leben, als wäre der Teufel hinter mir her.

Langsam aber werde ich müde. Ich spüre, dass sie näher kommen. Sie werden mich kriegen. Alles aus, denke ich. Ende der großen Karriere als Magier, noch ehe sie so richtig begann. Doch da blitzt die Idee auf, die da lautet: Verwandle dich! Nimm ihre Gestalt an! Werde einer von ihnen! Stürze dich unter sie! Nimm ihren Geruch an, den besonders! Sonst werden sie dich erkennen. Schalte dein Denken ab, imitiere ihre Gedanken! Die perfekte Tarnung, Mimikry par excellence. Wohlan, dort kommen sie.

Kaum gedacht, schon geschehen. Manfred springt mit einem gigantischem Salto - rückwärts aus dem Stand - vielleicht fünfzig Meter weit zurück und landet abseits des Weges hinter einem Busch, auf dem sie jetzt herangestürmt kommen. Schnüffelnd mit leuchtend roten, jetzt grünen, sich immer wieder wandelnden, wunderschönen Augen stoppen die Höllenhunde, wo die Spur des Opfers endet. Nach und nach kommen sie alle zusammen. Zwölf sind es an der Zahl. Dann schließt noch ein dreizehnter Höllenhund auf, der blitzschnell ihren Geruch annimmt und ihre Gedanken zu denken beginnt.

»Hunger. Hunger. Hunger. Sucht!«, knurren wir, rufen unsere telepathischen Stimmen einander zu. »Sucht! Wo ist? Weg! Wo ist ...? Sucht! Hunger!«

Hunger hatten die Höllenhunde. Welch großen Hunger ES aber wohl gehabt haben muss - bei SEINER Größe? Und Hunger worauf? Nur auf Fleisch und Blut? Oder auch auf Seelen?

Ich wache auf und finde mich als Mensch auf einer Lichtung inmitten dieses jetzt dunklen Waldes wieder. Verwundert reibe ich mir die Augen. War ich nicht eben noch ein - Höllenhund?

Ja, jetzt fällt mir alles wieder ein. Ich erinnere mich an meinen schnuppernden Hundelauf, die Trennung von den anderen und daran, wie ich schließlich diese Lichtung fand.

Doch wie viel Zeit mag seitdem vergangen sein?

Und wer oder was hat mich zurückgebracht?

Ich weiß es nicht, aber aus einem Tier zur Menschengestalt zurückzukehren, scheint einfacher zu sein, als aus einem Baum.

Es ist Nacht. Ich ziehe mein Schwert - sieh an, das klappt ja wieder wunderbar - mit Blitz und Donnergrollen in weitem Bogen aus dem »Nichts«. Nun halte ich es in meiner Rechten. OM strahlt im blau-weißen Licht gleich einer zweiten Mondin.

Vor mir aber, irgendwo dort vorne über mir dröhnt ein gewaltiges Lachen.

Die Erde bebt.

Oder bebe ich?

Ich bin es, der zittert und bebt vor ... Ich, Manfred der Magier habe Angst, schon wieder, wovor?

Aber so ist es. Ich habe Angst!

Weil wieder meine Magie ohne Wirkung sein wird?

Weil ich noch so unerfahren bin, so wenig von mir und meinen magischen Kräften weiß?

Kenne ich denn schon all meine Stärken, Schwächen und Grenzen?

Wie vielen Wesen dieser Welt bin ich schon begegnet? So wenigen nur.

Nichts weiß ich von dem dort oben, das da über mich lacht.

SEIN Lachen aber ist nicht von dieser Welt.

Noch sehe ich nichts, zerrt nur dieses hämische, überlegende Gelächter an meinen Nerven. So halte ich mir OM vor die Stirn. Hell wird die Nacht zum Tag. Aus dieser zweiten Mondin wird ein kleiner Sonn.

Dann dringen die höhnenden Gedanken der Überheblichkeit als Worte zu mir durch.

Tief atme ich ein, Kraft, unendliche Kraft, mit jedem Atemzug immer mehr. Zittern und Beben verstummen. Ich bin Stille, ich bin Leere.

»Hahaha, der Affe zückt seinen Stachel!«, grölt eine Stimme dort draußen, zugleich so klar und deutlich in mir. ES ist nähergekommen.

Jetzt sehe ich ES vor mir aufragen: tausend Münder

an tausend Armen. Aber die Münder schweigen. Irgendwo muss da ein Gehirn sein oder tausend zu einem verbundene Zentren, das die Gedanken spricht. Jetzt nicht, erst später wundere ich mich über den Kontakt zwischen Wesen aus verschiedenen Welten und darüber, dass ES auf dieser Erde leben kann. ES grinst, ES grinst mich an. ES ist ein Berg, ein grinsender Berg von einem Wesen, groß und stark. Immer hat ES gesiegt. ES kennt keinen Gegner, der ihm nicht unterliegt. ES ist wie ein Gott, vielleicht ist ES ein Gott auf seiner Welt. ES ist anders als die Wesen dieser Erde. Aber warum ist ES hier? Wer hat ES mir geschickt? Ein Hindernis, eine Probe, eine Tat auf meinem langen Weg zu mir?

ES sitzt auf meinem Leuchtenden Pfad. ES wird mich nie vorüberlassen, ES wird mir immer folgen, wohin ich mich auch wenden mag.

Aber ich halte ja ein magisches Schwert in meinen Händen. ES steht mir im Weg, ein Alb für einen Ritter, der Köpfe und Arme und Beine abhackt. Denn seine zuckenden, tastenden Arme sind Legion. Vielleicht wachsen sie ja auch immer wieder nach, wenn ES denn wie Hydra ist? Ja, daher kommen sein Hohn und sein Gelächter über mein Schwert, dass ES Stachel nannte. Wohlan, der Stachel soll stechen. Tief atme ich ein und halte den Atem an.

ES rückt lautlos heran. Seine Arme, die tausend zuckenden Wesen, strecken sich vor und zu mir herab.

Noch immer ist es ein grölender Berg. Wie ein Baum ragt ES auf über mir, gierig, hungrig mit tausend Armen und tausend Mündern, die mich fressen wollen.

Und meine Lippen, mein Mund, die Stimmbänder meiner Kehle, die Luft meiner Lippen, mein Atemstrom bilden im Ausatmen den einen Ton. »OM« singe ich. Kopf und Brust und Bauch vibrieren, und auch die Erde bebt. Alles klingt zusammen wie ein Chor aus höchsten Bergen, den ich einst hören werde, wenn ... OM, der eine Ton, der Klang, das Wort, das ist die Welt und ist auch der Name meines Schwertes. Bei diesem Ton entgleitet mein Schwert meiner Hand, schwebt vor mir - ich singe das Mantra immer wieder. Leuchtend schwirrt das Schwert, die Schneide voran, wie ein Pfeil durch die kurze Nacht, die mich von IHM trennt.

ES zögert einen Augenblick.

Dann sehe ich OM in IHM verschwinden.

ES kommt noch immer näher - einen »Schritt«.

Was für ein Schritt!

Dann erstarren seine blinden Arme.
Blitzschnell springe ich zur Seite.
Lautlos stürzt ES zu Boden, dorthin, wo ich eben noch stand. Selbst noch im Sterben wirkt sein Wille zu töten weiter. Die Erde bebt. Alles ist dunkel. Mondin und Sterne scheinen vergangen.

Langsam wird es wieder hell, denn OM steigt aus SEINEM Körper und tausend toten Armen empor. Es ist, als verneige es sich vor seinem toten Feind und mir. Dann ist es auch schon verschwunden.

Vor mir aber liegt ein Berg aus totem Fleisch. Wie winzig klein ich doch neben IHM bin. All SEINE »Nerven« brannten. Nun qualmt SEIN Fleisch. ES stinkt.

Ich weiche aus Vorsicht ein wenig zurück.

Aber ES qualmt nur und zerfällt vor meinen Augen. Nichts bleibt zurück von IHM und meiner Tat, nichts außer Erinnerungen.

Ich knie nieder. Dann lege ich mich mit dem Rücken ins Gras, in den Schoß von Mutter Erde. Ich lebe, denke ich, ich lebe noch immer.

»Du lebst«, flüstert ein sanfter Wind mir in mein Ohr.

Und wieder, denke ich, habe ich getötet, wo ich doch das Leben so liebe. Denn ich bin kein grimmig schauender Krieger, der lachend über Leichenteile schreitet. Mag sein, dass ich deshalb jetzt weine. Doch vielleicht auch nur, weil ich ihm eben noch dem Tod so nah an ihn denken muss, und an meine Mutter, die erst vor kurzer Zeit gestorben ist.

Meine Mutter?, wundere ich mich. Ich habe gar keine Mutter, es sei denn eine Drachin, die lebt nicht fern im Nebelland. Und auch keinen Va...

Er Dort Oben hat mich geschaffen. War es etwa Seine Mutter, die starb?

Ich hebe meinen Kopf mit tränenüberströmten Augen, schaue in den Nachthimmel auf und kann dort nichts und niemanden erkennen.

»Wer bist du? Warum? Was habe ich getan?«, flüstere ich. »Was hast DU getan?«

Aber ich weine auch aus Mitleid mit mir, denn ich bin allein, ein einsamer Wanderer in der Nacht. Und nichts hat sich geändert, seit ich aus der Welt mit Namen Stadt aufgebrochen bin. Gibt es die? Hat es sie jemals gegeben? Oder erträume ich mir jetzt und hier nur eine Welt, in der es von Menschen ameisengleich wimmelt, weil ich hier so allein, ganz ohne andere Menschen bin? Kann es überhaupt solch eine Welt geben? Kaum zu glauben für den, der hier im Wald lebt. Bin ich ein Mensch oder nur ein Wesen aus dem Traum eines Men... - Gottes dort oben, nach seinem Bild geformt?

»Wer bin ich?«, rufe ich hinaus in den Wald.

Niemand und nichts antwortet mir.

Auch finde ich keine Antwort in mir außer dieser einen: Ich bin Staub, nicht mehr als ein Staubkorn am Strand eines Meeres.

Unzählig sind die Meere der Welten, unzählig die Sterne, um die Planeten kreisen, unzählig die Galaxien und Kosmen.

Und doch, Kosmen schlummern auch in mir.

Und alles besteht aus Leere. So viel Leere zwischen den Welten und in den Atomen.

Ich strecke meine Arme zur Seite, entspanne meine Muskeln, atme tief Prana, die Lebenskraft, ein, lasse ein Licht, ein weißes strahlendes Licht, im Zentrum meiner Stirn leuchten.

Dann atme ich langsam aus.

Kundalini, die Schlangenkraft, die keine Schlange ist und sich jetzt auch nicht in eine Drachin wandelt, rast die Chakren empor.

Ich lege mein Denken ab.

ICH BIN ICH BIN ICH BIN ...

Irgendwann tauche ich wieder aus der Versenkung auf, von einer Gefahr geweckt? Ich stehe auf und lausche. Und da ist so unverhofft ein Sirren in der Luft.

Doch das Schwert trennt meinen Kopf nicht vom Rumpf. Es biegt sich der Stahl der Klinge und wickelt sich um meinen Hals, wickelt sich wie eine große Schlange immer weiter herum.

Ich spüre es und sehe es zugleich in mir, als blickte ich von oben auf meinen Körper hinab. Da ist niemand hinter mir, der das Schwert führt.

Denke: Will mir wohl die Luft abdrehen!? Das war doch nie so lang.

Dann lächle ich - Erkennen - und das Seil aus Stahl zerfällt zu nichts.

Jetzt erst drehe ich mich langsam - nur keine Panik! - um.

Aber dort ist tatsächlich kein Mensch, kein Monster, noch sonst irgendwer. Niemand wollte mich köpfen, niemand mich erwürgen. Niemand und nichts bedroht mich. Da ist keine Gefahr, kein ES, das grinsend in meinem Rücken erwacht.

So gehe ich nun doch, noch immer lächelnd - es öffnet sich der Wald - in die Weite der Wiesen hinaus, wo wenig Schatten ist und keine Schattenkrieger lauern und Vater Sonn mich wärmend umarmt.

Sieben Samurai

shi mon yori irite
sei mon ni iru

Wer durch das Tor des Todes geht
geht in das wahre Leben ein

Geisterdrache ist sein Name, von dem ich einst träumte und den ich weit im Osten auf einer großen Insel traf.

Gewaltig ragt vor mir dieser gigantische Drache auf. Er besitzt den blauen Körper einer Schlange - nicht ganz. Denn da sind auch noch und doch vier kurze Beine mit Füßen, die vier Klauen tragen. Zwei zweifach gegabelte Hörner zieren sein Haupt mit schlangenartigem Haar und Bart seit über tausend Jahren. Seltsam erscheinen mir die astartigen Schwingen, die da an den Körperflanken hinter den Beinen entspringen. Nun ist er schon 4000 Jahre alt, gewaltig und mächtig und so weise, wie es nie ein Mensch sein kann. Ich weiß, dass er keiner von den Himmelsdrachen ist und auch nicht einer von denen, die im Wasser leben, noch wacht er unter der Erde über Erze und Edelsteine. Denn er ist ein Geisterdrache, blau wie der Frühlingshimmel, dann wieder schwarz im Sturm, wandelt sich, ist Herr über Wolken und Wind. Dort oben über den Köpfen der Menschen ist seine Heimat. Nun aber ist er auf die Erde hinabgestiegen. Still sitzt er hier unten vor mir und betrachtet mich mit seinen großen starren smaragdgrünen Augen.

Der Drache grüßt mich in Gedanken, spricht mich mit einem Namen an, den ich gar nicht kenne. Dann verneigt er sich - vor mir - was er nie vor einem Menschen tut, niemals!

Er öffnet sein Mau... - seinen Mund.

Kein Feuer!

Aber etwas anderes kommt hervorgeschossen. Er spuckt sie alle sieben aus. Die Samurai erwachen wieder zum Leben.

Ich aber schaue aus den Augen des Drachen auf meinen Menschenkörper hinab und finde ihn verwandelt.

Das bin ich?, frage ich mich.

Denn ich sehe dort vor mir einen kleinen, zierlichen Mann mit vollem schwarzen Haar, Stupsnase und dunkelbraunen mandelförmigen Augen.

Ich kehre in meinen neuen Menschenkörper ein. Bin nun von Gestalt Japaner, doch weder Fürst noch Samurai. Denn ich wuchs nicht unter ihnen auf, habe weder Land noch Volk auf der Göttlichen Insel und trage nicht zwei Schwerter wie die sieben Sa…, auch sie, die sich dort so tief vor mir verbeugen, tragen ja nicht alle zwei.

Ich grüße sie in einer Sprache, die ich nie zuvor gesprochen habe.

Sie wissen, wer ich bin: ein Mahô (Magier), der ich immer bleiben werde, in welcher Gestalt unter welchem Namen auch immer.

So verharren wir für Sekunden, Minuten, Stunden?

Ich lausche dem Flüstern des Drachens in mir und sehe mit seinen Augen die Vergangenheit, seine Vergangenheit, sehe, wie er die Sieben fand, wie er sie dort auf der kleinen Insel aufnahm und dann mit dem Sturm über das Meer herüberbrachte, hierher zu mir.

Wer aber schickte ihn, sie zu holen?

Wer oder was führte zuvor die Sieben auf dieser Insel zusammen? Warum?

Geschah dies alles nur aus einem einzigen Grund? Damit ich nicht so einsam bin, weil ich Freunde brauche oder aber Helfer in der Not?

Irgendwo auf einer kleinen Insel vor der Nordwestküste von Honshu in einer fernen Zeit.

Sieben Samurai erwachen auf einem Hügel bei einem Fischerdorf. Sie schauen sich an, sie schauen sich um. Sie kennen sich nicht. Nie zuvor trafen sie sich. Alle waren sie tot und wurden wiedergeboren. Und sie wissen es!

Die Fischer sind mit den Booten draußen auf dem Meer und holen die Netze ein, denn der Himmel hat sich verdunkelt. Sturm kommt auf. So sehen sie nicht den Drachen nahen.

Der Geisterdrache senkt sich brausend herab, und seine Augen schleudern Blitze.

Blitzschnell ziehen sechs Samurai ihre Schwerter, einer aber hält seine Naginata bereit.

Doch der Hauch des Drachens bläst sie alle nieder.

Meterhoch branden die Wellen an der steilen Küste empor und sprühen Wasser über ihre leblosen Körper.

Nein, sie sind nicht tot. Einer nach dem anderen erwacht, erhebt sich, noch halb betäubt, aus dem Staub der Erde, hebt sein großes Schwert, das Katana, auf, steckt es zurück in die Saya, steckt das kurze namens Daishô ein, nimmt die Schwertlanze namens Naginata wieder an sich. Einer nach dem anderen folgt dem Ruf. Noch immer halb weggetreten betreten alle sieben zombiegleich torkelnd das Drachenmaul, das sich hinter ihnen schließt.

Donnernd erhebt sich der schwarze Drache.

Die Frauen des Dorfes und die Kinder liegen betend vornübergeneigt mit den Gesichtern im Staub.

Und auch die Fischer in ihren Booten verneigen sich tief und schauen in wilder See nicht auf.

Der Drache aber erhebt sich mit dem Sturm und fliegt nach Osten über das aufgewühlte Meer davon.

Lächelnd erwachte ich aus meinem Traum vom Drachen, der mir sieben Samurai brachte, erwachte und wusste noch nicht, welch gewaltige Strecken ein Magier bisweilen im Schlaf zurücklegen kann. Denn dieser Traum brachte mich weit weg nach Osten, fort von dem großen westlichen Wald, fort von Waldrand und Wiese, über die Ebenen hinweg, die ohne Bäume sind, in ein anderes Land jenseits des Meeres mit anderem Wald, ein gebirgiges Land von atemberaubender Schönheit, in dem die Erde bebt, Vulkane Asche und Lava speien und der Fuji schneebedeckt sich über dem Horizont erhebt. Also hatte ich die Wald-Welt noch immer nicht verlassen. Samurai!, dachte ich, der Krieger, der zwei Schwerter tragen darf - Bushi - Bushidô, der Weg des Kriegers, ruhig wie der Wald im Kampf und unbeweglich wie der Berg, kalt wie der Nebel und schnell entschlossen wie der Wind, wie Feuer im Angriff und Ruhe im Schatten der hohen Halme. Ehre im Tod? Stille? Ja. Dann aber hörte ich den Flötenklang.

Ich erkenne ihn wieder, kenne ihn von früher her. Doch niemals zuvor vernahm ich ihn draußen unter dem Sternenhimmel in einer klaren Sommernacht wie dieser. Es ist der Klang der Bambusflöte, der Shakuhachi. Ich folge ihm. Dort oben muss der Flötenspieler sein, dort oben in den Bergen.

Jetzt bleibe ich stehen und lausche dem Lied voller Sehnsucht und Trauer, entspanne mich, schon sehe ich meinen Leuchtenden Pfad vor mir. Ja, er führt in die Berge hinauf. Dort am Fuße ist wieder Wald. Er führt zum Flötenspieler, dem Komosô, dessen Gesicht sich hinter dem »Bienenkorb« auf seinem Kopf verbirgt. Nur die Flöte schaut unten heraus, auf der er spielt, nicht das Lied vom Kranich, nicht das Lied von den läutenden Glocken im leeren Himmel. Wie winzig die Augenschlitze wirken. Ich sehe den Leuchtenden Pfad beim Klang der Flöte sich wiegen. Vor mir tanzt mein Weg. Ich schwebe auf ihm dem Lied entgegen. Sieben, denke ich, sieben habe ich mir erträumt. Sieben sitzen an einem Feuer. Einer spielt nicht weit entfernt, sieben lauschen dem Klang der Shakuhachi. Diese Sieben sind es, die auf mich warten. Wer aber ist dann der flötenspielende Bettelmönch?

Ach, wie doch manchmal Träume am Morgen eines neuen Tages in Erfüllung gehen. Amaterasu, die Schönste unter den Schönen, steigt glühend im Osten auf.

Tat er das nicht einst, der Sonn«?, frage ich mich einen Augenblick lang, dann ist da nur noch ihr Licht.

Der Flötenspieler, dessen Name niemand kennt, ist längst auf seinen Klängen entschwebt.

Mein Traum hat sich erfüllt. Ich bin hier, verwandelt, trage andere Kleidung und einen neuen Namen, bin nicht mehr Manfred, doch noch immer ein Magier, der jetzt und hier ein Mahô ist. »Mangetsu no fushi« - das heißt: »Melodie des Vollmonds«, wie wunderschön! - werden mich die sieben Samurai nennen.

Alle Sieben verneigen sich vor mir bis zur Erde. Sie haben mich gefunden, die der Geisterdrache noch einmal aus dem Jenseits zurück und in den Wald dieser Insel brachte. Sie lebten und starben an unterschiedlichen Orten zu verschiedenen Zeiten. Hier und jetzt aber sind sie die Drachenkrieger mit dem Drachenwappen RYU auf Kleidung und Schwert.

Ich sehe sie an, die sich jetzt auf einen Gedanken hin - »Steht auf!« - wieder erheben.

Sie neigen noch immer ihr Haupt und sprechen die Worte des Hagakure, alle zugleich: »Wo wir auch sein mögen, tief in den Schlupfwinkeln der Berge oder vergraben unter der Erde, jederzeit und überall ist es unsere Pflicht, das Wohl unseres Herrn zu wahren. Das ist die Pflicht eines Samurai. Das ist das Rückrat unseres Glaubens, unwandelbar und ewig wahr.«

Sie schweigen einen Augenblick und fahren fort: »Ihr seid unser Herr, Mangetsu no fushi-sensei.«

Ich schaue sie an, und kaum erblickt, kenne ich auch schon ihre Namen und mehr, erinnere mich darn, wer sie waren. In mir höre ich ihre Seelen flüstern: »Niemals in meinem Leben habe ich meine Gedanken über die meines Herrn und Meisters gestellt. Und ich werde auch alle Tage meines Lebens nicht anders handeln. Selbst wenn ich sterbe, werde ich siebenmal zum Leben zurückkehren, um meines Herrn Haus zu bewachen.«

Ja, sie sind zurückgekehrt, aber zu einem neuen Herrn.

Lautlos grüße ich sie alle, neige ein wenig mein Haupt und spreche sie an, einen nach dem anderen. So stelle ich jeden jedem vor. Und während ich rede, entstehen die Bilder und Töne und Gerüche ferner Zeiten wieder neu in uns. Wir alle lauschen, wir alle sehen, was einst geschah.

»Ich grüße dich, Yamato Takeru, Krieger des alten Japan, dessen wahrer Name verloren ging. Also nennen wir dich auch hier einfach nur Takeru. Denn du warst es, der das Schwert des wolkenschweren Himmels, Ame no murakuno no tsurugi, von der Priesterin des Ise-Tempels erhielt. Das ist es also! Mit ihm hast du allein die Ainu (die Ureinwohner) besiegt?

Ich grüße dich, der du mich an einen Samurai erinnerst, der die Wakô bekämpfen sollte und dann der neue Anführer der Seeräuber wurde. Ich sehe an deinem Lächeln, dass du ihn gut kennst. Sei gegrüßt, Fujiwara Sumitomo.

Ich grüße dich, Kumagaya Naozane, noch einmal wirst du Krieger sein. Doch nie mehr geht es um Ruhm. Ich erinnere mich. Es war bei der Schlacht von Ichinotani, bevor du nach langem Kampf den jungen Prinzen Taira Atsumori tötetest, da schworst du ihm, in ein Kloster zu gehen. Renshô wurde dein neuer Name. Noch in fernen Zeiten wird man sich an einen erinnern, der beim Ausreiten auf seinem Pferd verkehrtherum saß, damit es alle sahen, dass hier einer dem Ruhm den Rücken gekehrt hatte. So war es doch? Ich aber frage mich hier und heute, wie kommt ein Mönch zu einem Pferd?

Ich grüße dich, Shiaku Shinsakon Nyûdo, in dieser neuen Welt. Schau deinen Bauch, Hara ist wieder heil. Fühle deinen Kopf. Hier hast du ihn wieder, den dein Sohn Shiro dir nahm, bevor er dir folgte. Ich habe dein Jisei gelesen, das du schriebst, bevor du Seppuku begingst. Wie wunderbar, wie wahr. Hier ist es, lest es alle!«

Wir alle schauen empor.

Dort oben malt ein unsichtbarer Pinsel mit schwarzer Tusche die Kanji-Zeichen seines Todesgedichts in den blauen Himmel:

> Indem ich dieses Schwert halte
> schneide ich die Große Leere entzwei.
> Inmitten des hohen Feuers
> ein Fluss von erfrischender Brise.

»Ich grüße dich, Musahibo Benkei, erster Meister einer neuen Waffe. Da ist sie ja, deine Naginata, welch scharfe Klinge auf langem Schaft. Das aber glaube ich nicht, die Zahl ist einfach viel zu rund. Hast du, wie man sagt, tatsächlich mehr als tausend Gegner mit ihr niedergemäht?

Ich grüße dich, Miyamoto Musashi. Ich sehe einen Kämpfer mit Namen Takezo auf dem Schlachtfeld von Sekigahara verwundet mitten unter den Toten. Du erinnerst dich? Alle Schlachten hast du überlebt, alle Zweikämpfe gewonnen. Wer kennt dich nicht in einer fernen Zeit. Zwei Hände hat der Mensch, zwei Schwerter der Samurai. Also nahmst du beide Schwerter in beide Hände. Das war die Geburt der Zweischwertertechnik, die dich berühmt machte bis in fernste Zeit und die doch niemand so beherrscht wie du. Und wer las nicht dein Buch der Fünf Ringe, Gorin no sho.

Ich grüße dich, Ohoishi Kuranosuke. Wenige nur werden einst deinen Namen kennen. Doch jedes Kind erinnert sich dann an die Tat der 47 Rônin von Akô, deren Führer du warst. Ja, es war am Hof von Edo, wo der Zeremonienmeister Kira Kotsuke euren Herrn, den Daimyô von Akô, Asano Takumi no kami, öffentlich beleidigte. Euer Herr zog sein Schwert innerhalb des Palastes. Darauf stand der Tod. Herrenlos nach seinem Seppuku legtet ihr den Kopf des Zeremonienmeisters auf eures Herren Grab als Zeichen eurer Ergebenheit. Dann musstet ihr euch entleiben. Und so geschah es, so ist es für alle Zeiten.«

Also haben wir uns gefunden, weil wir uns finden sollten, hier an diesem Ort zu dieser Zeit. Nun sind wir alle zusammen: Sieben und Einer.

Acht. Welch glückliche Zahl.

Wohnte nicht andernorts GOTT im achten Stockwerk, im lichtlosen Raum des Tempels? Die großen acht Inseln, die unsere Heimat sind, acht Winde, acht Pfeiler des Himmels, acht Pforten für die Regenwolken, acht Kostbarkeiten und der achtgliedrige Pfad zum Nirwana. Sie alle fallen mir ein. Doch wie auch immer: Acht sind wir. Gemeinsam werden wir ein wildes Land durchqueren.

Und so war es. Als Erstes begegneten wir Wesen, die menschlich waren und doch keine Menschen wie wir. Wir kannten ihre wahren Namen nicht. Aber sie waren grün, so nannten wir sie einfach Grüne Menschen.

»Bushidô, das ist der Weg des Kriegers in den Tod, das ist unser Weg«, höre ich sieben Seelen flüstern, jetzt und hier im dämmernden Abend dieses ersten gemeinsamen Tages. Und ihre Augen glühen vor Kraft und Freude auf den ersten Kampf in ihrem neuen Leben.

Ich aber schließe meine Augen und lasse meine Gedanken gehen, wie sie kommen: unser Weg? Ihr Weg. Aber auch der meine?, frage ich mich. Bin auch ich jetzt Samurai wie sie, mehr noch als sie, einer, der ihnen befiehlt und ihr Lehrer zugleich? Oder lehren sie mich zu kämpfen? Sind wir etwa alle Schüler und Lehrer zugleich? Einst war ich allein, aber was war, ist vergangen. Was zählt, ist nur die Gegenwart. Manchmal aber weiß ich, woher auch immer, was kommen wird. Ich sehe unsere erste gemeinsame Tat, sehe das große Schlachten, noch ehe es begonnen hat, sehe es unausweichlich vor mir, vor uns. Grüne Wesen sehe ich, sie sind die Wächter.

»Sensei, dort sind sie!«, weckt mich Sumitomos leiser Ruf aus meinen Gedanken. Er zeigt nach vorne.

Alle sehen wir auf. Ja, dort sind sie. Sie stehen an einer Grenze, die weder Zaun noch Mauer noch Schlagbaum hat, am Rande ihres Waldes, der voller Zauber und Geheimnis ist. Denn sie sind die Wächter der Grenze. Sie sehen aus wie Menschen, doch ihre Haut ist so grün wie das Laub ihrer Bäume. Vollkommen nackt ist ihr Körper, der Kopf bedeckt von langem grünen Haar. Sie schauen uns aus grünen Augen an. Dort vorne stehen sie, gestaffelt in drei Reihen. Mein Leuchtender Pfad führt mitten durch sie hindurch. Es scheint mir fast, als hätte sie jemand dorthin gestellt. Und ich weiß, kampflos werden sie uns nie passieren lassen.

Stumm stehen sie da, als warteten sie - auf uns? Scheinen gar mit der Erde verwachsen.

Aber nein, jetzt kommt Bewegung in ihre Reihen. Winzige mit Pflanzen- und Froschhautgiften versehene Blasrohrpfeile schießen sie auf uns ab: grüne Pfeile aus grünen Bambusrohren grüner Menschen am Rande des ach so grünen Frühlingswaldes.

Doch mein magischer Schirm hält. Alle Pfeile stürzen zu früh zu Boden. So bleiben wir alle unverletzt.

Wir greifen an. Meine Samurai, die Drachenkrieger, die das Drachenbild und das Zeichen RYU auf dem Rücken und an den Ärmeln des Haori tragen, auch an der Tsuba ihrer Schwerter, stürmen voran, stürzen über die Wiese zum Waldrand hin.

Sirrender Stern durch den Abend, Shaken, Stern in der Stirn des ersten Grünen. Er fällt ohne Schrei.

Und dann sirren die anderen Wurfsterne durch die Luft, und die erste Reihe ist gelichtet.

Die Übriggebliebenen und die zweite Reihe fallen unter den Hieben der Schwerter und der Schwertlanze. Und auch keiner der Grünen der dritten Reihe sieht die Samurai. Denn deren Körper sind in aus meiner Stirn quellendes magisches Dunkel gehüllt, der ich hinter ihnen mit glühenden Augen stehe.

So fallen auch die letzten der grünen Wesen, niedergemäht wie Wiesengras beim Schlag der Sense. Denn alles geht fast ohne Laut. Sie schreien nicht, nie mehr!

Hatten sie eine Stimme, eine Sprache gar? Blitzende Schwerter in anbrechender Nacht, rote Blitze vor sinkender Sonnengöttin. Alles geht ungeheuer rasch. Du atmest ein, du atmest aus. Schon liegen sie da, ihre grünen Köpfe im Schoß von Mutter Erde.

»Nicht ihr Tod, nicht ihre Körper, es ist ihr Blut, das öffnet den Weg«, flüstert eine Stimme in mir.

Und mein Mund gehorcht und ruft: »Fangt ihr Blut mit euren Händen! Bringt es zu mir! Ihr Blut ist unser Schlüssel zum Tor.«

Und seltsam, kein Tropfen geht aus ihren hohlen, zu einer Schale geformten Händen verloren. Sie kommen zu mir, Musashi vorneweg. Er und die anderen sechs, sie alle geben mir einen Teil des grünen Blutes in meine Hände.

Nun spreche ich die Worte, die die Stimme in mir flüstert, und wundere mich nicht, wer denn da in mir spricht.

Das Blut in unseren Händen beginnt zu brodeln.

Wir alle trinken das grüne Blut der grünen Menschen.

Und - vor uns öffnet sich der Wald, ein grünes Meer aus Ahorn, Lärche und Zeder.

»Das ist unser Weg, denn seht den Leuchtenden Pfad, wie er sich windet, verschwindet im Pflanzenmeer. Kommt!«, spreche ich.

Alle Sieben schauen auf und erblicken - ich weiß es - sie sehen ihn auch, meinen - nun unseren Leuchtenden Pfad.

»Hinein!«, ruft freudig meine Seele.

Und so betreten wir alle den Wald. Hinter uns schließen sich die Bäume zu einem Dickicht, und ich weiß: Wir könnten es nicht durchdringen, weder mit Schwert noch mit Magie, niemals!

Doch vor uns Acht, die wir nun das grüne Blut in uns bergen, vor uns treten die Bäume zur Seite. Es ist, als würden ihre dicken Stämme sich nach außen biegen, und noch mehr: Auch ihre Wurzeln ziehen sich ein, bewegen sich, wenn immer wir nahen, und nehmen hinter uns ihren alten Platz wieder ein. Junge Bäume und Farne und Moose tun es ihnen gleich. Alles öffnet sich für uns. Wir setzen unbehindert unseren Weg fort, und die Pflanzen bleiben unbeschädigt, denn kein Fuß zerquetscht sie oder knickt sie ab.

So wird aus Dunkel Licht.

Einmal noch, bevor sich die Pflanzenwand schloss, sah ich zurück, sah die toten grünen Körper im grünen Gras liegen, sah, wie sie zuckend, zischend flüssig wurden, schäumend und leuchtend im dunkler werdenden roten Licht, sah sie in der Erde verschwinden. Da wurde mir klar, was da geschehen war: Sie waren wahrhaft die Kinder des Waldes, der sie dem Wissenden sandte als Schlüssel zu einem der vielen Tore auf seinem endlosen Pfad. Der Wald, dieser unendliche Wald, er nahm sie wieder auf in seinen Schoß. Ich hörte ihn um seine Wesen »weinen«, dann spürte ich sein Lächeln. Denn Ewigkeit ist ohne Tränen, ist ohne Schrei, ist ohne Lachen. Ewigkeit ist Lächeln. Ein alter Wald, ein weiser Wald, ein erleuchteter Wald.

Wir gehen weiter hinein in diesen Wald, den manche Wesen den Nachtwald nennen.

Jetzt sind wir in ihm. Und nicht nur hier, sondern auch über ihm und außerhalb ist Nacht. Denn längst ist Amaterasu (Sonne) glühend und gigantisch über den schwarzen Silhouetten dieser Berge untergegangen. Längst ist die Nacht hereingebrochen, von Tsukiyomis (Mond) Licht nur wenig erhellt.

Also erscheint die Welt dunkel in Menschenaugen.

Ich aber sehe hier unten so gut bei Nacht wie Katze, Eule und Vampir.

Der Mond blutet rot. »Blutmond«, wird er nicht hier, doch andernorts genannt.

Wir gehen weiter, unten am Fuß der Urwaldriesen schreiten wir lautlos dahin. Dort, wohin nie das Licht der Sterne fällt.

Ja, das ist es, dieses eine Wort, das sich immer und immer wieder in mir wiederholt: »Sterne - Sterne - Sterne ...«

Nicht die Sterne oben am Himmel, sondern Shaken, die Wurfsterne meiner Samurai, Sterne aus Eisen sehe ich. Sollte ich nicht auch welche haben?, frage ich mich in Gedanken und lache innerlich. Ja, antworte ich mir selbst. Also forme ich eine Reihe von Sternen, die niemand außer mir sieht. Denn ich bilde sie in einer anderen Dimension, wo ich weder Mensch noch Mahô bin.

Dort, wo ich so etwas wie eine Kugel aus Schwärze bin, umtanzen mich nun meine aus mir selbst geborenen Sterne. Sie strahlen in blau-weißem Licht.

Dort aber, wo ich rotes Feuer bin, sind meine neugeborenen Sterne schwarz.

Dort, wo ...

Überall summen und singen sie, neugeboren und schon bereit zu ihrem ersten Flug. Sie sind, sie warten, sie werden kommen, wenn ich sie rufe. Als Sterne am Himmel werden sie erscheinen, wie Blitze in lichtschnellem Flug auf die Erde stürzen, aufleuchten, erglühen und so unverhofft und heftig erstrahlen, wie es auf Erden nur eine wilde Liebe sein kann.

Der aber ist ohne Liebe

der aus der Nacht tritt und wieder mit ihr verschmilzt

Baum unter Bäumen, Halm im Gräsermeer, ewig Schlafender

Blitz jedoch, wenn die Zeit gekommen ist

Und dennoch Mensch

Ninja ist sein Name

Was für ein Gegner! Da macht das Leben, das Überleben auch für einen mächtigen Mahô wieder Spaß. Denn ich weiß es: Irgendwo im Dunkel liegt er auf der Lauer.

Nein: »Auf der Mauer, auf der Lauer liegt ne kleine Wanz'.« Blöder Spruch, der mir da von sonstwoher in den Sinn kommt. Hier liegt ein Mensch auf der Lauer und wartet. Niemand weiß, wie er den Wald betreten konnte. Eins aber ist klar: Ihn begleitet immer der Tod.

Sie wetzt ihre Krallen an der Rinde des Baumes. Katzengleich ist die Krallenhand dieser Schattenkriegerin.

Ich sehe sie, die niemand sehen kann, so gut getarnt ist sie. Ich sehe sie vor meinem inneren Auge. Was für eine Frau! Diese Sehnsucht, diese Erregung. Mein Gott, die Liebe!?

Shaken, das ist der durch die Nacht sirrende Todesstern aus Metall.

Die Hand, die dich warf, verfehlt nie ihr Ziel, denn sie gehört dir, der du jetzt eine Kunoichi bist, eine der Unsichtbaren.

Und da ist der Blitz im Mondlicht.

Sieben Samurai bilden einen lebenden Schild rings um ihren Herrn.

Zu spät. Sie konnten die Waffe nicht aufhalten.

Nein, noch bin ich nicht gekrönt und werde es auch niemals sein. Mein Name ist nicht Conan. Nicht gekrönt bin ich, sondern gesternt. Der Wurfstern, Shaken steckt in meiner ... nein, steckt vor meiner Stirn im Nichts. Gerade noch schnell genug stoppte ihn im Flug meine Magie. Denn ich war eins mit ihr und ihrer Waffe. So hielt sie mein magischer Schild auf.

Ein blauer Schein hüllt den Zacken ein, hält das Gift am Eisen. Dann schwebt der Stern, in bleiches Licht gehüllt, ein wenig von mir weg, doch noch immer vor mir in Stirnhöhe.

Ich schaue ihn an und zähle sieben Zacken.

Aha, ein besonderer Stern mit magischer Zackenzahl, doch auch geworfen aus magischer Hand?

Anscheinend beggenet mir auf meinem Weg immer wieder - ganz wie im Märchen - die Sieben: sieben Fledermäuse, sieben Samurai und sieben Zacken. Andere »Sieben« aber beggenen mir nicht - noch nicht?: die sieben Verführer und die sieben Dämonen. Die sieben Täler, durch die die Seelenvögel reisen. Die sieben Tore, die die Seele auf ihrem Weg zu GOTT, dem siebenfältigen Geist, durchschreitet. Die sieben Hörner, die sieben Siegel, die sieben Säulen der Weisheit und die sieben Augen des Herrn.

Alles liegt in der Sieben, also auch Hass und Liebe, Mann und - Frau, die mir immer wieder begegnet? Shichi Fukujin, sieben Glücksgötter leben auf der Insel. Ach, welch Segen, sie um mich zu haben: die sieben Samurai mit ihren sieben Tugenden: Treue, Mut, Rechtschaffenheit, Wahrhaftigkeit, Güte, Höflichkeit und Ehre.

Sieben Samurai lösen den Schutzkreis auf. Sie sehen ihren Sensei an.

Vor seiner Stirn schwebt in der Luft der siebenzackige Stern. Weißes Licht hüllt die Zacken aus Eisen ein. Und weiß verglüht Materie zu nichts. Dort jedoch, wo eine Wunde sein müsste, brennt das ewige Licht des Lebens.

Er lächelt.

So lächeln auch sie ihn an.

Noch leben wir alle und atmen die Lieder der Nacht, werden, je weiter wir ziehen, immer mehr Teil des Waldes, hören das andere Leben überall ringsum und in uns pulsieren: Stille, nur selten unterbrochen von Lebenslauten: einem Surren, einem Zischen und einem fernen Schrei. Auch der nahe und allgegenwärtige Heuschreckengesang aus den Büschen ringsherum ist Teil der Stille. Denn er ist Lied der Natur. Über allem aber scheinen die Sterne zu träumen.

»Wer ist sie, die den eisernen Stern warf?«, fragst du, liebe(r) LeserIn. »Was bedeutet 'wilde Liebe'? Das war doch ein Attentat auf den Magier! Wer gab den Auftrag?«

Ja, viele Fragen und keine Antwort - damals noch nicht. Wir wanderten weiter durch die Welt Wald. Mit der Zeit sprach es sich herum, dass da ein Magier von irgendwoher so plötzlich in dieser Welt aufgetaucht ist und dass er ein Schwert besitzt, welches er nie bei sich trägt, sondern von irgendwoher, aus den Himmeln vielleicht, zieht. Auch sollen ihn jetzt sieben Krieger bewachen. So erfuhren andere menschenähnliche Wesen von uns.

Wieder ein Kampf? Ein Gemetzel? Das hatten wir doch schon. Oder wieder ein vergebliches Attentat? Auch das kennen wir ja, meinst du, der du all dies noch immer liest.

Aber wer sagt denn, dass alles immer gleich verläuft? Überall ist Evolution und Gegenevolution, also auch in ei-

ner magischen Welt, in unserer Welt mit Namen Wald. Und so kam es dann irgendwann zu einem Schwertziehen ganz anderer Art.

Sie wissen, wie er sein Schwert zieht. Sie wissen, dass er es mit seiner rechten Hand tut. »Schlagt ihm den rechten Arm ab!«, brüllen sie, »schlagt zu, und er ist machtlos!« So stürmen sie heran, so überraschend aus den Tiefen des Waldes auf die Lichtung, wo Manfred und seine Samurai ruhen, so plötzlich. »Beschäftigt die Sieben, der Magier ist der wichtigste!«

»Wie konnte das geschehen?«, fragst du und erhältst wieder keine Antwort von mir. »Wer waren sie?«, fragst du weiter. Das kann ich dir verraten: Sie, das sind die Vielen, unzählbar viele Wesen, ameisengleich produzierte Klone, alles Kriegerinnen mit Männermuskeln. Ja, sie sehen noch ein wenig wie Menschen aus, scheinen dem Fremden alle identisch, und doch sind sie es nicht. Alle tragen sie ein Schwert in der Rechten und denken alle nur das eine (richtige, gerechte), das irgendwer - ihre Königin? - ihnen befahl: Tötet sie! Es sind Eindringlinge, und sie sind Männer, von dem Geschlecht, das wir nie mehr wieder brauchen.

Doch siehe da, ein schneller Griff meiner Linken nach vorne rechts in luftigen Raum, und schon surrt OM wie ein Blitz nach links hinüber, ich drehe meinen Körper im Kreis. Und das alles so schnell, dass es kein menschliches Auge erfassen kann. Alles im Fluss, Tai-chi-chuan, ohne Pause, alles in einem halben Atemzug: Luft raus. Und schon rollen ihre Köpfe in den Staub der Erde. Blut spritzt und sprudelt, pulsierende Körper fallen springbrunnengleich. Welch ein Anblick, der nur Sekunden währt, sich aber in meinem Geist zur Ewigkeit dehnt.

Und auch meine sieben Samurai sind zu Metzgern geworden. Auch sie. Jeder, nicht nur Bensei mit seiner Schwertlanze und Musashi mit seinen beiden Schwertern zugleich, auch die anderen fünf arbeiten mit ihren Katana wie Sensen, drehen sich im Kreis und mähen die Angreifer nieder. So schlagen wir alle gemeinsam Löcher in das Wuseln rings um uns. Und die Leichenstapel häufen sich.

Doch kein Ende ist abzusehen. Immer wieder treten andere an die Stelle der gefallenen Schwestern, und es werden immer mehr. Denn unzählig, denn Legion sind die Vielen.

Jetzt rufe ich sie in der Not. Denn die Schlacht brandet noch immer. So viele Gegner, immer wieder, immer wieder neu. Und wir sind nur acht in dem Gewimmel der feindlichen Scharen - wir werden müde. Jetzt ist die Zeit gekommen. Ich rufe sie mit einem lautlosen Wort in mir, das nur sie und ich kennen. Ich rufe sie in der Not, denn dafür schuf ich sie mir.

Und die Himmel öffnen sich über uns und dem Schlachtfeld und leuchten auf. Blitzen gleich stürzen meine »Sterne« lautlos rasend durch das von mir geöffnete Tor zur Erde hinab.

Ich sehe die Gegner, ich kenne die Ziele, ich schaue sie während des Kampfes an, während ich mich mit OM schlagend im Kreis drehe.

Meine »Sterne« rasen heran als blau-weiße Blitze, als schwarze Todesstrahlen aus strahlender Höhe, als weißes Feuer aus schwarzem Himmel. Beim Einschlagen in die Körper ihrer Opfer aber werden sie schwarz. Und auch ihre Zahl scheint unbegrenzt.

Der Kampf ist vorüber, alle Feinde sind erschlagen. Überall liegen die Vielen, geköpft durch Kaishaku, vom Schwert in zwei Teile geschlagen, getötet durch Ryo kuruma, das Doppelrad durch die Hüfte, Tai-tai, Karigane, Chiwari und wie die Hiebe alle heißen. Doch die meisten der Vielen starben nicht durch das Schwert, nicht durch die Naginata, sondern durch die magischen Sterne. In ihren Stirnen und Herzen stecken meine Shaken, nun dunkel, erloschen zugleich mit dem Leben ihrer Opfer, Sterne aus mattem Eisen, von Schwärze zu Dunkelheit erhellt, so, wie auch der Abendhimmel wieder zurückfällt ins irdische Mittelmaß.

Dies alles sehen sieben Samurai und wundern sich über ihren Herrn, der schweigend sich von ihnen abwendet und so sein Gesicht vor ihnen verbirgt. »Sensei, was ist mit euch?«, denken sie alle und würden es doch nie zu fragen wagen.

Ich höre ihre Gedanken und antworte ihnen nicht mit Worten, die sie nicht verstehen könnten, sondern schließe meine Augen und sehe einen, der ist wie ich, sehe ihn und wundere mich: Das bin ja ich! Sehe mich bei den Toten knien und doch zugleich das ganze Schlachtfeld überschauen, spüre die Tränen an meinen Wangen. Ihr seid Krieger einer kriegerischen Zeit, denke ich. Es gab andere Zeiten des Tötens und andere Krieger: Conan, Herakles, Siegfried und Roland ... Euer Ziel ist die Erleuchtung durch das Schwert. Euer Ende ist der Tod im Kampf. So werdet ihr sterben. Ich aber bin nicht nur der, den ihr vor euch seht, bin nicht nur Mangetsu no fushi, sondern viele andere zugleich. Ich habe ein anderes Gestern und ein anderes Morgen mit einem anderen für eure Ohren so fremden Namen. Dort nenne ich mich »Manfred der Magier«.

Und noch davor, ein wenig erinnere ich mich wieder, noch davor in einer anderen Welt mit Namen Stadt - wie war dort nur mein Name? - ist soeben eine Zeit des Wandels, des Übergangs angebrochen. Dort dürfen auch Männer wieder weinen, wenn sie traurig sind. Dort sehen einige wenige schon, und es werden immer mehr, in allen Männern und Frauen und Kindern, welcher Hautfarbe und Herkunft auch immer, einfach nur Menschen, die sind wie sie. Sie weinen nicht nur um ihre Familie, um ihre Freunde, nein, sie hören zugleich die Familie der getöteten »Feinde« über den verlorenen Sohn, Bruder, Vater und die verlorene Tochter, Schwester, Mutter trauern.

Ja ich weiß, das alles geschieht dort. Und hier ist hier. Und jetzt ist jetzt. Und heute sind wir hier im Osten dieser Welt mit Namen Wald, wo alles anders ist. Aber auch hier bei den Vielen, die keine Familien haben, wo niemand die Schlacht überlebte, auch hier gibt es einen, der um sie trauert. Hier weine ich um sie, die dort in ihrem Blute liegen, weine ich um mich, denn alles ist eins: ich und ihr und sie. Also habe ich heute nicht sie, sondern mich tausendfach getötet.

Ich sehe den Anderen sich erheben und weitergehen. So stehe auch ich auf und gehe hin zu meinen sieben Samurai, die ratlos noch immer dort verharren, wo sie standen, als ich mich von ihnen abwandte. Und während ich wieder zu ihnen gehe, taucht wie ein Blitz für einen Augenblick nur der Dritte von uns auf. Leuchtend in goldenem Licht schaut er und lächelt, denn er ist jenseits von Zorn und Hass und Leid.

So geschah es. Ich weinte nicht mehr, war wieder unter meinen Samurai. Wir setzten uns. Ich schwieg. Stille. Meine Augen sahen in weite Ferne. Lange Zeit saß ich schweigend im Gras. Dann sprach ich:

»Ich sehe die Rasenden sterben«, sage ich euch. »Alle, die als Erste am Ziel sein wollen, werden es niemals erreichen. Sie werden vergehen, sie werden lange vor ihrem Tod gestorben sein. Ja, ihr seid Stille im Lauf. Wenn ihr stürmt, ruht eure Seele, Körper und Geist sind eins. Und doch, ihr stürmt wie der Schatten der Schwalbe den Hügel hinauf, eins mit euren Schwerter seid ihr Blitz und Tod. Ihr werdet vergehen, lange vor mir vergehen. Dennoch werdet ihr sein, ewig sein, wie alle, wie alles ...«

Und wieder schwieg ich für lange Zeit.

»Auch Ihr, Sensei!«, spricht Musashi die Gedanken der anderen aus, »auch Ihr, Sensei, bewegt Euch doch durch Raum und Zeit, also ...!«
Auch ich, denke ich und nicke.
Und einer und sieben erheben sich und gehen langsam und schweigend durch die Nacht. Über ihnen leuchten still die Sterne. Dann irgendwann und irgendwo bleiben sie stehen.
Sieben sehen empor zu den winzigen Lichtpunkten dort oben. »Dort«,! rufen staunend und zitternd ihre Seelen: »Dort ... Das sind wir!« Stiller Schrei aus siebenfachem Hara, Herz und Hirn, siebenfachem Geist, nun eins.
Einer aber steht ein wenig abseits, lauscht allein in die Weite.

Ja, so war das damals. Distanz musste einfach zwischen uns sein, die wir aus verschiedenen Kulturen, Welten, Zeiten kamen, auch wenn ich von Gestalt ihnen glich. Also war ich im Grunde noch immer allein. Aber sind das nicht die meisten oder gar alle von uns Menschen? Und doch, Besucher kamen, ach ja, ich nannte sie »Vogelmenschen«.

Wir rasten auf einer Lichtung eines verzauberten Waldes.
Da kommen sie geflogen, schwarz wie die Nacht, schwärzer noch gekleidet, sieben an der Zahl. Dann lassen sie sich auf den Zweigen eines Busches ganz in meiner Nähe nieder - als Dank für ihre Mahlzeit auf dem blutdurchtränkten Feld?
Und ich spreche leise bei mir: »Oh, die Vogelmenschen besuchen mich.«

Meine Samurai aber wundern sich und sprechen ein anderes Wort aus, das da lautet: »Karasu.«

»Krähen. Ach ja, karasu nennt ihr sie«, lache ich. Es sind ja »nur« Vögel, kleine fliegende Dinosauriernachfahren, Krähen, Raben. Wie komme ich nur auf »Vogelmenschen«?

Vielleicht aber waren diese Sieben – seltsamerweise wieder sieben - einst Menschen, Brüder, vom Vater verwunschen und noch immer nicht vom Schwesterlein erlöst? Schwester, Mädchen, Frau - Geliebte? Ich denke es und erinnere mich an das, was ich niemals sah, was noch gar nicht geschehen war. Flog nicht einst eine Rabin zu einem Baum und löste den Bann und machte mich so wieder zum Menschen. Traf ich nicht einst eine Rabin an den Grenzen des Nebellandes?

Einst?

Irgendwann

Wir gingen weiter, atmeten Luft und Stille. Lange schon war da kein Nachtwald mehr, den wir durchschritten. So gelangten wir an ein Ufer, den Rand des Großen Waldes. Dort im Tal - es war einfach zu lange friedlich gewesen, es musste ja so kommen in dieser wilden, kriegerischen Welt - erwartete uns ein Heer.

»Sensei, ein Heer, ein gewaltiges Heer lagert auf unserem Weg, dort draußen auf der Ebene«, raunt mir leise Takeru zu, der das Schwert der Göttin Ise trägt.

»Sind es viele?«, frage ich.

»Es sind unzählige.«

»Und wie sind sie bewaffnet?«

»Sie starren vor Waffen. Wir sehen Schwerter, Schilde und Rüstungen glänzen. Auch Langbogen und Pfeile.«

»Um so besser«, lache ich. »Dann ist es ja ein Kinderspiel, das Kinder niemals spielen sollten. Je mehr Waffen sie haben, desto leichter ist es ja. Diese Narren. Einer hätte uns aufhalten können, nun ja, eine kleine Weile - ich denke da an diese Kunoichi, ja einer oder eine. Doch Tausende gegen uns Acht, da stehen ihre Chancen nun wirklich schlecht. Ich habe da so eine Idee. Wir werden nicht kämpfen, wir werden nicht ausweichen. Das können wir nicht, denn sie lagern auf unserem Leuchtenden Pfad. Vielleicht wissen sie, was mit den Vielen geschah. Vielleicht haben sie eine Abwehr gefunden. Aber wir werden anders handeln, immer wieder anders, das tun - Musashi, du weißt es nur zu gut -, womit der Gegner nicht rechnet. Handeln wir nicht, lassen wir handeln!«

Also schreiten wir ruhig den Hügel hinab.

Das Heer erhebt sich mit klirrendem Tosen. »Halt!«, schreien tausend Stimmen zugleich.

»Gehen wir einfach hindurch und hinauf zu den Hügeln dort drüben«, raune ich meinen Samurai zu und hülle uns in magischen Nebel ein. Wir gehen hinein und über die Ebene, mitten durch das mächtige Heer. Waffen klirren, Schreie, Todesröcheln erst vor, dann neben und schließlich hinter uns. Auf einem der Hügel angekommen, drehen wir uns um und sehen hinab in das brodelnde, blutende, schreiende Meer des Todes. Dort steigen nun langsam die magischen Nebel auf, lösen sich auf und enthüllen ein Bild des Grauens. Zuckende Leiber tauchen auf, noch rollen da Köpfe, abgehackte Beine und Arme und Hände überall, so viel Gedärm! Dort liegen die Waffen und Körper im Staub. Alle sind sie tot, haben sich gegenseitig hingeschlachtet.

»Mein Gott, was habe ich getan!«, rufe ich, der ich hier ohne mein Schwert stehe, erstaunt aus. Dabei wusste ich es doch. Bei mir im Stillen denke ich: Diese Wiese hat sich rot gefärbt. Und das ist kein Film - ich weiß, was ein Film ist, obwohl ich noch niemals einen sah, wie seltsam -, kein Film, der rückwärts laufen könnte. Nie mehr kehrt das Blut in diese Körper zurück, niemals mehr!

Ja, sie waren tot, alle tot. Wie hatten sie das nur geschafft? Einer hätte doch übrigbleiben müssen, einer zumindest. Unerbittlich wurde alles, was sich uns in den Weg stellte, niedergemacht. Ohne Gnade. Zunächst von uns und jetzt auch noch fast ohne unser Zutun, mit einem einfachen Nebeltrick. Aber so war es. So musste es sein aus Gründen, die keiner von uns damals kannte. Also gingen wir unseren Weg weiter, den wir gehen mussten, jetzt wieder durch Wald, Nadelwald, Fichten und Tannen, die Berge empor. Irgendwo legten wir uns ins Moos nieder, warm hüllte es uns ein, hielt uns so sanft umschlungen. Und alles war so friedlich im Schlaf. Wir glaubten noch immer zu träumen, als wir sie sahen, ja, vielleicht erträumten wir sie uns sogar als Gegenbild zum Kampfeslärm

Es ist früh am Morgen. Drei singende Greise mit langen weißen Bärten sitzen nebeneinander im Lotossitz auf einem grünen Hügel. Sie singen. Drei Greise wechseln sich ab im Gesang, sind dann wieder vereint, singen drei Töne in den dämmernden Tag. Ein Lied lassen drei Stimmen in Harmonie erklingen.

»Was tun sie da?«, fragt mich Naozane.

Ich antworte ihm: »Sie singen den Morgen, sie singen den Tag. Seht: Dort über den Bergen steigt Amaterasu, die am Himmel Leuchtende, auf.«

»Sensei, glaubt Ihr, wenn sie nicht mehr singen, wird es keinen Morgen geben und nie mehr Tag?«

»Ja. Dann wird ewige Dämmerung sein. Sprecht die singenden Alten an. Sie werden euch antworten müssen. Sie werden in ihrem Gesang innehalten. Dann werden wir Amaterasu nie mehr wiedersehen. Sprecht sie jetzt an, und die Dämmerung wird niemals enden.«

Wir gingen weiter. Niemand störte den Gesang der Alten. Sehen und staunen, dachten wir alle. Wir taten es. Doch nicht alles in der Welt ist Harmonie, ist Lied und Tanz. Nicht alles. Und das, was in Menschenohren dröhnt und donnert, nennt er nicht Musik. Doch die Lieder der Erde sind gewaltig. Wenn sie atmet, bricht der Boden unter den Füßen ihrer Kinder auf, und das heiße Magmablut, das ist Hino Kagutsuchi, der Feuergott, der einst seine Mutter Izanami bei seiner Geburt verbrannte, quillt hervor, empor und wälzt sich die Lavaberge hinab ins Tal. Regen aus grauer Asche spucken ihre Vulkane aus. Und all dies ist nicht mehr als ein Zucken in ihren Träumen.

Großer Magier, was nun?

Da helfen weder Schwert noch Zaubersprüche, nicht magische Nebel noch tötende Sterne. Da hilft nur noch eins, denke ich und rufe es den anderen zu: »Lauft! Rennt um euer Leben! Lauft!«

So rennen wir alle über die zuckende Erde.

Hinter uns brechen Spalten auf, Dämpfe und kochendes Wasser speien empor.

Wir springen über die Spalten hinweg.

Das ist ja wie in einem Hollywoodfilm, denke ich, als wir uns in Sicherheit an einem kühlen Platz ausruhen, und wundere mich über dieses Wort - aus einer anderen Sprache und - Welt? Und meine Gedanken wandern zu Ihm Dort Oben, eine Sphäre über uns. Ist Er unser Gott? Handeln wir nach Seinem Willen? Manchmal glaube ich Ihn zu sehen. Bin ich Ihm schon einmal begegnet, hier unten oder irgendwo anders? Überall, in allen Dingen könnte er sich verbergen: in jeder Pflanze, jedem Tier und Menschen. Ja, er könnte einer meiner Samurai sein oder auch der Bettelmönch, dessen im Bambusbienenkorb verborgenes Gesicht niemand jemals sah. Aber auch tief in mir selbst könnte Er leben. Jetzt sehe ich Ihn in seiner Welt. Er sitzt vor einem - Monitor. Seine Hände rasen über Tasten. Er flüstert, dann spricht er laut meine Gedanken, meine Worte und auch all unsere Taten, dann wieder lacht er. Manchmal aber weint er mit mir.

Wir schafften es also, der Lava zu entkommen, weil wir einfach nicht klein zu kriegen sind oder weil wir es eben schaffen sollten. Wir blieben am Leben. Doch bald türmten sich ungeheure Felswände vor uns auf, die mächtiger waren als alle Magie dieser Welt. Und nirgendwo leuchtete unser Pfad. Alle wurden wir jetzt, auch ich, ich besonders, ganz klein und still. Winzig kamen wir uns da vor. Da geschah es. Er selbst muss es gewesen sein, der erschien und uns den Weg öffnete.

Leuchtend weiß wächst Er aus der Felswand heraus. Ein Riese und doch ein Mensch wie wir. Wir sehen ein Lächeln in Seinem leuchtenden Gesicht. Jetzt löst Er sich ganz aus dem Stein. Einige Schritte geht Er nur - die Erde erzittert. Dann dreht Er sich zu dem Gebirge um.

Es liegt dort, wo es nicht sein darf, ist viel zu früh erschienen.

Er hebt seinen rechten Arm ein wenig, hält ihn vor sich und dreht die Handfläche nach oben. Ein Blitz aus Feuer, ein pfeifender kurzer Ton, und die Berge bersten und fallen in sich zusammen, ja schmelzen dahin.

Nichts bleibt.

Er schaut zu uns hinab und lächelt und an. Seine Hand ist leer. Sie war es immer gewesen.

Dann legt er seine Handflächen vor der Brust aneinander zum Gruß, Anjali-Mudra. So verneigt Er sich vor uns, als wäre Er ein ergebener Djinn, und schon hat er sich in Nebel aufgelöst.

Unser Weg ist frei. Einen Augenblick noch zögern wir und fragen uns: Ist Er es wirklich selbst gewesen, unser aller Gott, der zu seinen Kindern hinabgestiegen ist? Oder war es nur ein Gesandter, ein Engel von Ihm?

Wir wissen es nicht. Wir wissen wieder einmal weniger als wenig, genau genommen gar nichts.

Wir gehen weiter, zwischen den Felsen hindurch.

Ja, Er war aus dem Felsen gekommen und hatte ihn aufgelöst. Felsen, Steine, steinerne Bildnisse von wem auch immer? Wenig später trafen wir auf einen anderen Felsen, dem irgendwer eine neue Form gegeben hatte, nach seinem Bilde? Staunend standen wir vor dem Kopf aus Stein.

Da taucht er plötzlich ganz unverhofft aus dem Nebel der Berge auf, dieser gigantische aus Stein gemeißelte Kopf eines Menschen.

Seltsam, denke ich, ein Bildnis meines Kopfes, herausgemeißelt aus dem Stein dieses Berges. Hier in dieser Öde, von wem? Doch ich sehe, dass seine Lippen nicht verschlossen sind und den Leuchtenden Pfad in der Öffnung seines Mundes verschwinden. »Schaut mein Haupt!«, fordere ich sie auf.

Sieben Samurai betrachten still das Abbild ihres Sensei.

»Wohlan. Tretet in mich ein, lasst euch von mir verschlingen, aber passt auf, diese Zähne beißen!«

Und tatsächlich, kaum im Innern, klappt auch schon der Unterkiefer hoch.

Hinter Zähnen gefangen, denke ich noch, haha, aus Stein soll der sein, von wegen ...

Schon packt mich, uns alle, eine gigantische Zunge, schiebt uns den Rachen hinab. Hui, wir rutschen in die Tiefe, wo Augen nicht sehen, wo das Herz der Erde schlägt, wo ...

Jenseits des Tores strahlt Licht.

Zwei schwarze Augen schauen uns aus gleißendem Weiß an.

»Wer ist das?«, fragt Takeru.

»O, das ist Er. Nicht Izanagi no kami (männliches Geistergottwesen), sondern Er Dort Oben schaut uns an.«

Sie verstehen mich nicht.

Und schon versperrt uns ein feuerspeiender Drache den Weg.

Nun ja, er speit gar kein Feuer, doch ist er ein mächtiger Himmelsdrache, wie jeder sehen kann: Fünf Klauen an jedem Fuß, gewaltig sind Kopf und schlangengleich der Körper, gigantisch groß ragt der Drache vor uns auf.

»Wartet!«, befehle ich.

Sieben Samurai verharren im Lauf.

»Wartet hier auf mich! Ich gehe zu ihm.«

Dann nähere ich mich allein dem gewaltigen, grünen, schuppenbepanzerten Körper. Ich schaue in seine grün funkelnden Augen, in denen Kreise aus Feuer tanzen und - verstehe. Es sind ihre Augen, in denen ich versinke.

Sie senkt ihr Haupt und schaut mich an. Wie klein doch Menschen sind. Und doch so mächtig, erinnert sie sich.

Sie wird ihn verbrennen, denken die Sieben. Doch sie greifen nicht ein, dürfen es nicht und werden es auch niemals tun.

Ich schaue die Drachin weiterhin staunend an. Und schon rollen Tränen, heilende Tränen meine Wangen hinab. O, Mutter, weint meine Seele. Und nur die Drachin hört mich sprechen.

»Weicht zurück - dort hinter die Felsen!«, rufe ich mit mächtiger Stimme meinen Samurai zu.

Sie tun es. Und kaum geschehen, sehen sie auch schon ihren Herrn in Flammen stehen. Denn Drachenmund und Drachennase speien Feuer. Es hüllt Mangetsu no fushi vor ihren Augen ein. Er brennt lichterloh.

Irgendwann löschen Drachentränen das brennende Gras.

Du siehst dich in der neugeborenen Pfütze. Ein kurzer Schock, und dann Verstehen: Denn dein Äußeres hat sich doch sehr verändert. Dort aus dem Spiegel schaut dich keine verkohlte Menschenleiche, auch kein neugeborener, nirgendwo ist dort kein Mensch zu sehen. In dir singt deine neue Stimme: Ich bin Drache. Grün ist nun meine Haut wie Frühlingslaub, meine Zähne sind wie Messer und von blitzendem Weiß. Grün leuchten auch meine Augen. Wiedergeboren bin ich in deinem Körper. Für alle Zeit, so lange du lebst oder nur für eine Weile?

Noch bleibe ich in dir, der ich einst ein Mensch mit vielen Namen und ein Magier war.

Gemeinsam singen wir ein Lied aus alten Zeiten, ein Wiegenlied vielleicht, wie es Drachinnen ihren Kindern singen, ein Lied für Drachenseelen. Und die Zeit steht still. Am

Himmel leuchtet die Volle Mondin, die Sterne aber beginnen zu tanzen. Menschenleer ist die Welt um uns.

Dann irgendwann ist die Zeit des Abschieds und der Trennung gekommen.

Ich habe deinen Drachenkörper verlassen. Nun wieder Mensch geworden spreche ich dich noch einmal an. Winzig klein stehe ich vor dir. »Mutter«, denke ich dir dankbar zu.

Du nickst, du singst noch immer, du träumst von alten Zeiten. Und doch hörst du zugleich mein Wort und lächelst. So nimmst du mich von neuem in deine Drachenträume auf.

Ich gehe und höre dich in mir flüstern: »Wir werden uns wiedersehen, einst einmal zu einer Zeit an anderem Ort im Nebelland.«

Später, wieder bei meinen Samurai, fragt mich Nyûdo verwundert: »Sensei, was ist geschehen? Wir sahen Feuer, wir sahen Euch brennen, dann sahen wir Euch nicht mehr. Sagt uns, was geschah. Ihr ward tot? Verbrannte Euch das Drachenfeuer? Jetzt seid Ihr plötzlich wieder da.

Ja, denke ich, nicke und schweige. Erinnere mich auch nicht mehr an viel. So viel ist schon verblasst. War wohl nur ein Traum? Lassen wir ihn hinter uns. Nur die Gegenwart lebt.

Diese Begegnung ging trotz aller Dramatik glimpflich aus. Doch nicht alles verlief so problemlos. Nur wenig später schon hatte ich, hatten wir das altbekannte Rätsel zu lösen, dir sicher schon vertraut aus Märchen, Sagen und Geschichten, aber doch immer, immer wieder neu für jeden von uns, der ihm erstmals begegnet in seinem wirklichen Leben.

Wir müssen eine Lösung finden, uns entscheiden, das ist klar, wir haben die Qual der Wahl. Denn vor uns gabelt sich der Weg nach rechts, nach links. Wir bewegen uns schon seit einiger Zeit auf einem waldlosen, grasbewachsenen Hochplateau. Vor uns aber lauert das Nichts: ein Abgrund, bodenlose Leere, das Nichts. Und nirgendwo ist da eine Spur vom Leuchtenden Pfad, der uns führt. Halt! Ein wenig leuchtet er, leuchten beide Wege doch. Auch für Magieraugen fast nicht zu sehen in Amaterasus Licht. Ein Weg ist der richtige, wie jeder weiß, der das Problem kennt. Rechts oder links, das ist hier die Frage. Wenn es aber doch beide sind, sie leuchten ja. Oder keiner ist der richtige? Zudem könnte der ganze bisher zurückgelegte Weg ein Irrtum sein, ein Irrweg wohin? Oder aber alles endet hier?

Der rechte Weg, also der rechte (richtige)? - ist breit. Er führt durch eine Sommerwiese: Grün scheint alles auf den ersten Blick. Blütenduft. Schmetterlinge gaukeln von Blüte zu Blüte, verfolgen sich, jagen den Vertretern der eigenen und anderer Arten nach. Da ist ein Zirpen und Jubilieren, Lieder, nach denen unsere trockenen Seelen dürsten. Heller Tag, warmer Sonnenschein, paradiesisch schön.

Der linke Weg aber ist schmal. Hier weht ein kalter Wind pausenlos zwischen gigantischen Knochen hindurch. Die Rippen des Brustkorb dieses gewaltigen Skeletts bilden einen Tunnel, durch den der Pfad ins Dunkel führt, ins Dunkel der Nacht. Ins Grab hinein, in die Totenwelt, das unsichtbare Sein, das Land Yomi, wo Menschen nur als böse Geister leben?

Aber nein, auch gute Geister leben im Jenseits.

Glänzen dort oben nicht schwach die Sterne?

Ja, ein voller Mond leuchtet dort. Also sind da auch Götter?

Dort unten aber ist kein Zwitschern, kein Jubilieren, kein Lachen. Ewig heulen und jammern da die Knochen der Toten.

Die Qual der Wahl. Was wir brauchen, ist Licht, welches ins Dunkel fällt, Erleuchtung. Wir wissen, dass der breite, leichte Weg so oft in die Hölle führt, der gefährliche, schmale Pfad jedoch zur Erlösung, zum Ziel. Doch gibt es ja so viele Sinnestäuschungen. Was, wenn der helle in Wahrheit der dunkle Weg ist und der dunkle der helle? Was, wenn der richtige Weg in der Mitte liegt, wo wir keinen Weg sehen, weil er hinter scheinbarer Leere verborgen ist? Wenn also die beiden anderen Wege Täuschungen sind, uns ins Verderben zu führen, wie immer wir uns entscheiden mögen? Was, wenn alle Wege ans Ziel führen? Was, wenn es gar keine Weggabelung gibt und also auch kein Hochplateau, keinen Wald, keine Wege durch ihn hindurch und über Mutter Erde, keinen Leuchtenden Pfad, keine Samurai, keinen Magier, kein ...?

Jetzt reicht's. Ich setze mich schweigend auf die Erde. Letzte Gedanken, Meditation: Schalte die Gedankenströme ab. Ich bin Nichts. Heilsame Schwärze hüllt mich ein. Ich sehe ein wenig in meine Zukunft.

Ich komme wieder zu mir, richte mich auf. Auch meine sieben Samurai erheben sich nun.

Wir wählen den linken Weg.

Es ist der Weg gegen den Uhrzeigersinn, gegen die Drehung der Erde, gegen die kosmische Ordnung. Der Weg zurück und nicht voran?

Wir schreiten über die Schwelle.

Es donnert, als ob die Erde birst. Ein rasender Sog zieht acht winzige Menschen ein. Sie fallen durch das knöcherne Tor, das ist die schmale Pforte, fallen in den Tunnel aus Schwärze. Sie stürzen ins Nichts. Machtlos sind sieben und einer. Acht sind ohne Macht. Ohnmacht.

Ein Lied, so hell und klar und voller Sehnsucht, zart wie Flötenklang, sanfter noch und so ausdauernd und beständig, es ist, als ob da ein Synthesizer sänge, den niemand sehen kann.

Erst der Ton und dann das Bild, zuerst das Hören, dem das Sehen folgt.

Wir öffnen die Augen. Wir liegen in einer Wiese ohne Farben. Denn es ist Nacht. Der Vollmond steht groß und still über uns, Sterne funkeln in dieser warmen Sommernacht. Ja, sie könnten es sein, die dieses Lied singen. Wir liegen im Gras.

Jetzt stehen wir auf und schauen uns um. Dort vor uns sehen wir den Leuchtenden Pfad. Wie weit er hier doch sich schlängelnd in die Zukunft weist. Wir gehen weiter.

Grillen, Gräser, Sterne und Mond, alles ist ein einziges Singen, ein einziger Klang. Einklang.

Wir halten für kurze Zeit inne. Wir atmen ein, wir atmen aus, wir atmen ein und halten den Atem an. Jetzt fühlen wir, dass wir ein Teil des Ganzen sind. Wir sind es. Wie glücklich wir jetzt sind, hier im Paradies auf Erden.

Ein Paradies? Ja, zu dieser Zeit an diesem Ort für uns - jetzt und für alle Ewigkeit. Aber ich erinnere mich auch noch an ein anderes, wohin ich allein entschwand, in dem ich die Stimme vernahm, die Stimme im Paradies.

Nacht, sternenklare Nacht. Wir sitzen alle im Kreis um das Feuer, magisch mit Gedankenkraft entfacht, denn es ist Herbst und kühl hier oben in den Bergen.

Da schlägt ein Blitz ins Feuer. Oder steigt er aus dem Feuer ins Sternenmeer empor?

Sieben Samurai schauen sich um. Ihr Sensei ist verschwunden.

Jetzt erst kommt der Donnerknall.

Und einen Augenblick später leuchtet ein zweiter Blitz auf, dem ein zweites Donnern folgt.

Ich sitze wieder mitten unter ihnen, erzähle von dem Land, in das ich fiel, aus dem ich gerade wiedergekehrt bin:

Es war das Land der Stille, wo ich ihn traf.

»Sei willkommen«, sprach er mit einer Stimme, die mich dahinschmelzen ließ.

Meine Seele weinte Tränen.

Er sah mich lächelnd an.

Und ich verstand – nichts.

Warum bin ich so glücklich?, fragte ich mich. Liebe ich plötzlich alte Männer mit grauen Bärten?

Nein! - Ja!

Wir gingen einen Weg gemeinsam. Er sprach von seinem Garten, nannte ihn das Paradies. Auch dort leuchtete ein Pfad.

Ob es mein Pfad ist?, fragte ich mich noch, als ein Blitz einschlug und ich nicht mehr seinen Worten lauschte, sondern zu euch zurückgekehrte. Ja, so war es. Wollt ihr sein Paradies sehen? Dann schaut ins Feuer!«

So lasse ich meine Erinnerungen für alle sichtbar in einem Flammenspiegel aufsteigen.

Sieben sehen den alten Mann und mich im »Paradies«.

Und jetzt erst, wo ich es ihnen zeige, begreife ich, wer er war, wer er ist. Oh, diese Stimme, dieser Klang! Es ist ja meine Stimme, die da aus seinem Munde spricht. Meine Stimme! Und wenn ich ihn so ansehe, er sieht mir doch sehr ähnlich. Ich glaube – doch, ich bin es, um einiges älter zwar ... Ich bin er, der mir da zulächelt.

Er nimmt mich wie einen Blinden bei der Hand und führt mich durch sein Paradies: »Komm, Manfred, Mangetsu no fushi, ..., komm!«, spricht seine/meine Stimme.

Und wie ein kleines Kind, ein Kind, das alles wissen will, stelle ich ihm Fragen und Fragen und ... Meine Neugier, mein Wissensdurst sind grenzenlos: »Was ist das? Warum?«

Und die Zeit verfliegt. Aus Frühling wird Sommer, und dem Sommer folgt Herbst. Ich sehe die Blätter von den Bäumen schweben, sehe ihn an. Er nickt.

Wir stehen am Rande eines Sees. Wir sehen in spiegelndes, stilles Wasser. Denn der Wind ist eingeschlafen. Ich sehe im Wasserspiegel das Leuchten im Zentrum seiner Stirn und weiß um das Leuchten im Zentrum meiner Stirn und sehe mein Spiegelbild nicht mehr, sehe nur noch ihn dort unten. Sein Licht im Zentrum antwortet blinkend meinen Lichtpulsen. So ist es ein stiller Tanz der Lichter, Frage und Antwort, Antwort und Frage. Dann kommen wir uns näher - taucht er auf, sinke ich hinab? Wir verschmelzen und fallen mit dem schwebenden Laub, fallen den endlosen Fall, fallen hinein in das Laub der Erde, sinken hinab und hinein in dröhnenden Klang, in bebenden Ton.

Oben fällt Schnee. Eisige Kälte, ein kalter Wind, so fern von uns.

Irgendwer spielt irgendwo Orgel.

Wir sinken noch immer. Im dumpfen, tiefen Rhythmus des Orgelliedes flackert das Licht noch immer im Zentrum der einen Stirn.

Schnee bedeckte das Laub. Vergessen. Wusste ich damals noch mehr und zeigte es ihnen nicht, die noch immer gebannt in die Flammen sahen, als die Bilder längst erloschen waren und mein Mund, meine Gedanken schwiegen? Ich beendete das Schweigen mit einem einfachen Satz, der von grundlegender Bedeutung sein könnte - oder auch nicht. Denn da ist dieses Fragezeichen. Er lautete:

»Ist alles nur ein Traum?«

Und ihr seid nicht mehr als Gedanken, Traumgespinste: brausende Stürme, tosende See, aber auch stille Ströme und ruhendes Meer. Nicht mehr, nicht weniger und doch existent.«

Sieben Samurai antworten mir - wie seltsam - alle sieben zugleich, alle sieben mit einer Stimme - alle sieben mit leisem Flüstern: »Sensei, wir sind. Schau uns an! Berühre uns! Wir sind.«

»Ja, das ist es ja. Das ist es ja gerade«, antworte ich, »alles existiert. Es gibt keinen Unterschied zwischen ›Realität‹ und Traum. Alles ist ein Traum, ein gewaltiger Traum. Und ER/SIE/ES träumt den Traum. Weckt ES nicht auf aus SEINEN Träumen, denn wenn ES erwacht, stirbt dieses Leben, sterben die Kosmen. Ja, ES träumt alle Geburten, ES träumt alle Tode. Menschen gaben IHM so viele Namen. ES ist Ameno Minakanushi no kami, Herr der hehren Mitte des Himmels. Andere nennen ihn anders: JAHWE, GOTT, ALLAH viele Namen in vielen Sprachen für EINEN. Irgendwo aber in SEINEN Träumen ist ein Pfad, mein Leuchtender Pfad, der jetzt unser Pfad ist. Er ist unser Leben. Kommt! Er ist unser Lebenspfad. Dort, seht ihr ihn? Dorthin führt er, über unbekannte schlafende Hügel. Kommt! Folgen wir unserem Pfad in Licht und Dunkel!«

So gingen wir weiter unseren Weg durch eine Welt aus Wald, die wieder und wieder von Lichtungen und kleineren baumlosen Bereichen - Ebenen, Hochplateaus, Felsen - unterbrochen wurde. Doch wieder einmal verließ ich meine treuen Begleiter. Immer häufiger? Waren das schon Vorzeichen der Trennung, des endgültigen Abschieds? So fand ich eines Tages zu unserer Großen Mutter zurück, die andere anderswo ihren Großen Vater nennen. Sie aber, die mich anschließend fanden, nannten mein kurzes Abenteuer: »In Ihrem Atem brennen«.

Seine Gedanken waren Blitze, die empor in das strahlende Licht Amaterasus schossen. »Mutter!«, rief er und meinte nicht die Drachin und sah empor.
Da stieß das Feuer seiner Mutter herab.
Er brannte lichterloh.
Wir jedoch sahen ihn hinter den Flammen lächeln.
»Ich liebe!«, rief er jauchzend. »O, wie sehr ich diese Erde doch liebe!«, schrie er.
Und das Feuer um ihn herum erlosch.
Er stürzte zu Boden.
Musashi erinnert sich: »So fanden wir ihn. Wie oft einem doch Magier verloren gehen - und sich wieder finden! »Sensei«, sprachen wir ihn immer wieder an, Mangetsu no fushi-sensei.« Denn er atmete nicht mehr. Und doch war sein Körper unversehrt. Wir wachten bei ihm, wir würden ewig auf seine Wiederkehr warten. Wir entzündeten ein Feuer und betteten ihn daneben ins Gras.
Irgendwann in der Nacht öffnete er lächelnd die Augen. »Meine Drachenkrieger«, sprach er, »kommt, lasst uns dem Pfad weiter folgen!«
So trugen wir ihn die Hügel hinauf. Dort sahen wir den Leuchtenden Pfad wie Kristall im bläulichen Licht des Vollen Mondes glitzern. Und Mangetsu no fushi stand wieder auf,

erst wankend noch, dann schritt er immer sicherer voran. Wir folgten ihm, wie schon seit Anbeginn, unserer Neugeburt, in Ergebenheit und Treue bis zum Tod. Ja, wir erinnern uns an manche Dinge, die wir mit unserem Sensei erlebten, die kein anderer Mensch jemals sah. Da war die Nacht der Vereinigung von Lichtpyramide und Mond.

Mangetsu no fushi stand etwas abseits außerhalb des Feuerscheins und sah empor. Seine Augen leuchteten rot in der Schwärze der Nacht, rot wie die Feuer der Erde. Im Zentrum seiner Stirn strahlte ein weißes Licht gleich einem neugeborenen Stern. Dann verbanden sich weißes und rotes Leuchten, zunächst die Augen, ein roter Strahl von Auge zu Auge, dann Augen und Zentrum: vom linken Auge zur Mitte der Stirn, von dort zum rechten Auge. So war ein leuchtendes Dreieck geboren, das sich jetzt in Tiefe dehnte, nach innen, nach außen. Eine leuchtende Pyramide drehte sich träumend in schwarzer Nacht. Mit ihrer Spitze wies sie in den Himmel.

So sahen wir ihn leuchten und schauten hinauf ins Sternenmeer und wussten, einst würde er dorthin entschwinden. Wir aber würden hier unten auf Erden zurückbleiben. Irgendwann würden sich unsere Wege wieder trennen. Denn jeder Mensch wandelt auf eigenem Pfad.

»Wartet auf mich oder wartet nicht! Bald werden wir uns wiedersehen«, rief er uns ein anderes Mal zu und schritt auf Tsukiyomis Strahlen empor.

Wir hörten die Bambusflöte Shakuhachi das Mondlied singen, die Melodie des Vollmonds, Mangetsu no fushi, die Melodie, die ihn einst zu uns führte. Wir sahen ihn in die Scheibe entschwinden. Es war ein Tor, ein Schein von Schwärze im gelben Lichtermeer, im Leib des Mondes, das sich vor unseren staunenden Augen öffnete. Dorthinein schritt der Sensei. Irgendwann dann - so plötzlich, von einem Augenblick auf den anderen - war er wieder mitten unter uns. Doch niemals sprach er ein Wort über das, was dort oben geschehen war. Niemals.

So wird es gewesen sein. Auch Magier haben dunkle Stellen in der Erinnerung und lauschen gerne den Erzählungen ihrer Freunde. Das ist die Sicht von außen, eine andere Perspektive, wie wir sie alle kennen. Hören wir nun von seinem einsamen Kampf gegen Schattenwesen, als er sich in eine leuchtende Kugel wandelte.

»Bleibt hier oben!«, rief Mangetsu no fushi uns zu.

Wir blieben stehen, oben auf dem Hügel eines grasbewachsenen Landes, irgendwo, wo einst Wälder wuchsen. Wir sahen ihm zu, wie er niederkniete und die Erde küsste. Dann stand er wieder auf, schloss seine Augen, drehte sein Gesicht in Amaterasus Licht und malte ein Zeichen in die Luft.

Da brach aus den anderen Räumen sein glühendes Schwert hervor, ein blauweißes Licht. Er hielt OM in seiner Rechten, so wie er es empfangen hatte, senkrecht empor und der Abendsonne entgegen. So stand er da vor uns wie ein zur Erde herabgestiegener Gott, der den Mächten der Natur befiehlt. Größer als jeder Mahô und mehr als nur unser Sensei schien er uns da. Vielleicht ist er es ja, oder aber in ihm verborgen schlummert und träumt tatsächlich einer von den alten Göttern.

Wir fühlten alle, wie die Kräfte der Erde in ihn strömten, und sahen das Licht des Schwertes wachsen. Zunächst griff es über auf seine rechte Hand, dann auf den rechten Arm, die Schulter, schließlich leuchtete sein ganzenr Körper, der sich nun nach vorne - Kopf auf die Brust, Rolle vornüber bis zu den Oberschenkeln, Unterschenkel nach hinten - zu einer Kugel krümmte. Sein Schrei wurde zum Beben der Erde. Oder aber die Erde bebte, und deshalb schrie er. Oder alles geschah zugleich. Dann schoss er wie ein Blitz davon, eine leuchtende Kugel, aus der wie ein rasender Rotor ein strahlendes Ding ragte. Das war sein Schwert, welches, um sich schlagend im Kreis wütete. Wie ein Blitz raste er den Abhang hinab. Und die da lauerten, die dunklen Scharen der Unterwelt brannten lichterloh, brülltten vor Schmerz und rannten davon, stürzten, von Panik ergriffen, in die sich nun öffnenden Spalten der Erde, verpufften im Lavastrom. Dies alles sahen wir damals dort oben auf dem Hügel. Dann schliefen wir ein.

Als wir erwachten, stand der Sensei lächelnd über uns, lächelnd wie Amaterasus Erwachen an diesem Morgen. »Kommt!« sprach er. »Die Erde ist neu geboren. »Kommt, dort ist unser Pfad, dem wir folgen, wir alle, ein jeder bis zu seinem Ende.«

Ja, so war es. Das alles erzählten sich und mir meine sieben Samurai. Und ich fragte mich nicht, woher eigentlich die Dunklen kamen. Es gibt so viele Wege für den Menschen, sein Ziel zu erreichen, und so viele Ziele: deine Kinder, deine großen Werke, den Kreislauf der ewigen Wiedergeburten zu durchbrechen, Erleuchtung zu erlangen im Yoga, im Zen, im Kendo. Ach, es gibt ja so viele Wege. Jedes Wesen geht seinen eigenen Weg, folgt seinem eigenen Pfad. So geht auch jeder Mensch seinen Weg, also auch du ... ja DU, der du dies gerade liest, ja, dich meine ich, auch DU. Wie wunderbar es doch ist, dass wir beide ein Stück gemeinsam gehen.

»Und was bedeutet das für uns?«, frage ich meine sieben Samurai und antworte auch schon: »Es heißt, dass sich unsere Wege schließlich trennen werden. Wir waren nicht immer zusammen. Wir fanden uns. Wir werden uns wieder trennen. Doch noch ist es nicht so weit. Schaut, dort leuchtet unser Pfad! Nie zuvor war er so strahlend wie heute Nacht. Nie sah ich ihn je zuvor so hell und klar und lächelnd fast. Was ist nur geschehen? Was geschieht da? Seht und staunt!«

Sieben Augenpaare blicken auf, sehen den Pfad in der Schwärze der Nacht erstrahlen, sehen ihn in die Berge aufsteigen, wo dunkle Wolken die Sicht verdecken. Aber sie lauschen und hören ihn in sich rufen:. »Kommt!«

Die Wolken ziehen fort, verweht vom Sturm ihrer ruhenden Gedanken. Sterne funkeln, der Pfad aber gabelt sich. Sieben Pfade bleiben auf der Erde, führen hinab in schwarze Tiefe. Einer nur kommt wieder hervor, führt hinauf.

Sieben verstehen. Einer sieht sie traurig an.

»Warum seid Ihr so betrübt, Sensei?«, fragt Musashi.

»Ach«, antworte ich, »ich werde einsam sein.«

Musashi nickt.

Und so sollte es geschehen. Bald erreichten wir das Tor zur Unterwelt.

Irgendwann geschieht es immer, irgendwann ist für alle Menschen immer ein Ende. Dort liegen sie, alle sieben, wieder gestorben, heimgekehrt. Jetzt werden sie in die Erde gezogen, Kopf voran: Ohoishi Kuranosuke als erster, dann Miyamoto Musashi, Shiaku Shinsakon Nyûdo, Kumagaya Naozane, Musahibo Benkei, Fujiwara Sumitomo und zuletzt Yamato Takeru. Sie alle verlassen mich nun hier und jetzt, und ich schaue machtlos zu. Wie konnte dies geschehen?

So plötzlich?, frage ich mich und sehe noch einmal alles vor mir:

Am Abend dieses einen Herbsttages betreten wir den roten Tunnel. Denn unter unseren Füßen liegt abgeworfenes Laub, und über uns bilden die Äste und roten Blätter des Ahorns ein Dach. Wie sie leuchten in Amaterasus schwindendem Licht! Wurzeln kriechen über die Erde, als wollten sie uns am Vorankommen hindern. Wir schreiten mühsam hinüber. Dann ruhen wir im Dunkel auf einer kreisrunden Lichtung.

Geschah es dort? Nein. Samurai tötet man nicht einfach im Schlaf, nicht diese sieben, nicht hier bei mir, niemals. Jetzt erinnere ich mich wieder an alles. Ja.

Vor uns liegt ein schwarzes Loch. Wir haben das Tor gefunden. Steil hinab führt der Pfad, tief hinab ins Dunkel. Es ist das Tor zur Unterwelt.

Hinter uns neigt sich der Abend in die Nacht, in unserem Rücken versinkt die strahlende Schönheit Amaterasu - so rot.

Es dreht sich die Erde, es dreht sich das schwarze Tor in die Nacht.

Vor uns, unter uns beginnt eine andere Nacht. Dämonen und dunkle Götter thronen dort seit Ewigkeiten. Auch Izanami no kami muss dort verborgen sein, seitdem sie den Feuergott gebar.

Hier oben aber werden Sterne scheinen und Tsukiyomi, der Mond, wenn nicht ...

Wir drehen uns um. Wir sehen schwarze Wolken. Sie quellen aus der Tiefe empor, qualmen aus neu geborenen Spalten der Erde hervor, die uns umringen. Sie hüllen uns ein, trennen uns vom Licht der Nacht und auch vom Lied Daiko, das jetzt von allen Seiten ertönt. Hundert Trommler scheinen dort versammelt, die schlagen mit beiden Händen, Armen, mit ganzem Körper, Geist und Seele auf die großen Trommeln ein, die aufrecht vor ihnen stehen.

Wir hören sie, doch sehen wir sie nicht, niemals!

Denn sie sind außerhalb des Kreises. Denn sie versuchen, die Dämonen und bösen Geister zu bannen.

Wir aber sind im Innern. Wir sind hier, und der Leuchtende Pfad, den wir eben noch beschritten, ist erloschen. Und doch gibt es einen Weg, der aber führt hinab.

Wir wenden uns wieder der Tiefe zu.

Immer leiser werden die Trommeln, nun fern, so fern.

Jetzt entflamme ich ein Licht im Zentrum meiner Stirn und schreite meinen Samurai voran. Nichts wissen die Sieben von der lauernden Schwärze in ewiger Nacht. Aber sie spüren, sie lauschen hinein in die Stille, die nun wieder herrscht, denn Schwärze schloss das Felsentor hinter uns für alle Zeit. So gehen wir unseren Weg hinab, hinunter - unter?

Irgendwann dann hören wir es strömen und rauschen.

Ich erinnere mich an diesen Fluss mit einem heute für uns so fremd klingenden Namen. »Styx« nannten wir ihn einst. Dort, bei seinen Wassern schworen wir unsere Eide, wir alle: ich und du und ER und all die anderen alten Götter.

Das Licht in meiner Stirn erlischt. Gedanken schweigen. Erloschen ist auch der Lärm aus der Tiefe. Nur ein von bläulichen Flammen umzüngeltes schwarzes Schwert leuchtet vor uns im Dunkel.

Und ich weiß, was kommen wird, weiß, dass ich machtlos bin, verdammt, auf das Unausweichliche zu warten. Panik und Angst branden empor. Ich atme tief, Stille kehrt zurück und mit ihr Klarheit. Ich weiß: Ende ist Neubeginn. Einst werden wir uns alle wiedersehen, zusammen sein in dem Einen, das alles ist. Dort werden wir uns - Viele und Eins zugleich - an alles erinnern und lächeln.

Jetzt aber schwingt die Schwärze ihr schwarzes Schwert. Die Erde bebt unter unseren Füßen.

Wir alle sind starr vor Staunen, aber nur für einen winzigen Augenblick.

Denn schon bilden schnell wie der Blitz meine sieben Samurai um mich den lebenden Schild.

Ich aber stehe stumm und still und starr noch immer im Zentrum. Meine Augen sind geschlossen. Ich schaue meine Samurai im Dunkel. Sieben Tränen rollen. Sieben Drachenkrieger sehe ich, die leben, um im Kampf zu sterben. Meine Gedanken fallen ihnen zu, steigen auf in sieben Seelen. So singe ich ihnen meinen Dank für alles zu, was sie mir gaben, mir geben werden.

Das schwarze Schwert steht still. Noch wartet es. Es ist wie ein Schatten, ein wartender Schatten.

Jetzt geschieht es, was geschehen muss.

Sieben sehen den ersten Ansatz einer Bewegung im

Schatten. Sieben stürzen heran. Eine Naginata zuerst, dann durchschneiden Schwerter die Schwärze, die schwärzer ist als Höhlenhöllennacht.

Doch der Schatten stirbt nicht, kann niemals sterben, niemals hier auf Erden und auch sonst nirgendwo, sondern wandelt sich in einen lachenden Riesen von Menschengestalt.

Sieben Zwerge umringen ihn und schlagen auf ihn ein. Alle Schwerter und die Naginata fangen schwarzes Feuer und zerfallen. Sieben Samurai schreien ihren Todesschrei Kiai, sieben fallen sterbend, leblos, entseelt zu Boden.

Und die Erde beginnt zu brennen. Rotes Feuer erhellt die Höhlennacht.

Sieben Körper liegen entseelt in brennender Erde. Wind ist aufgekommen. Schon braust ein Sturm aus Höhlenhöllentiefen heran. Gehen auch diese Toten ins Land Yomi ein?

Noch fern, schwillt wieder an, wird Tosen, höre ich nun das Brausen fallender Wasser.

Noch wartet der schwarze Riese - worauf?

Still steht sein Schwert noch immer. Die roten Flammen treiben hinaus. Wieder wird es, wie es immer sonst war, dunkel und schwarz. Da ist nichts bis auf den leuchtenden Umriss eines schwarzen Schwertes und eine glühende Stirn nicht weit von mir entfernt.

Nun sind wir also nur noch zu zweit. Hier stehe ich, vor einem Augenblick noch Herr über sieben Samurai. Und dort, so nah bei mir, ist ER, der Schatten in Menschengestalt.

ER schaut aus der Schwärze. Schwärze schaut aus Schwärze. ER sieht einen weißen Zwerg vor sich.

»Bruder?«, fragt das weiße Licht in einer Sprache, die Äonen älter als die Menschheit ist und die niemals ein Mensch gesprochen hat. »Bruder!« antwortet es sich selbst.

»Bruder«, spricht die Schwärze zum Licht.

»Schwarzer Bruder, was hast du getan? Du hast sie getötet! Warum?«

Und die dunkle Stimme des schwarzen Riesen antwortet dem weißen Zwerg. ER zeigt auf sich, ER zeigt auf den Weißen mit seinem schwarzen, von blauen Flammen umzüngelten Schwert und spricht: »Hier ist mein Pfad. Dein Pfad ist dort. Du bist jetzt wieder allein, bis die Zeit kommt, wo du sie triffst. Hoho, sie, welch ein Vergnügen wird es auch mir sein, sie kennen zu lernen. In den höchsten Bergen der Erde werden wir uns wiedersehen, wenn tausend Mönche singen. Dort werden wir kämpfen.«

Und schon ist ER verschwunden.

Und mit ihm schwinden auch die Höllenhöhlentiefen dahin.

Alles ist jetzt fort, gegangen.

Alle sind sie tot - bis auf einen - und der bin ich!

Falle ich empor? Oder versinkt die Welt? Schwindel. Schwärze.

Wo bin ich? Wie kam ich hierher? Finde mich im Tageslicht auf einer grünen Wiese wieder, aus tiefer Nacht, Ohnmacht am Morgen erwacht. Nun gut, dann betrachte ich mich mal in einem Spiegel. Den forme ich im Handumdrehen in der Luft vor mir - durch das Kreisen meiner rechten Hand.

Aha. Ja. Ich erkenne mich im Spiegelbild: Kein Riese, kein Zwerg, kein Drache, sondern ein Mensch mit schwarzem Haar, braunen Augen, einer Stupsnase und heller bräunlicher Haut schaut mich da an. So sehen Japaner aus, denke ich, also auch ein Mahô, also ich, Mangetsu no fushi.

Ich drehe mich im Kreis, schaue mich dabei um. Der Spiegel aus Luft verschwindet hinter meinem Rücken. Sehe meine sieben toten Freunde in der Erde verschwinden.

Ich schließe meine Augen - doch nicht zum letzten Mal - und erblicke den Kirschblütenschnee: Zunächst lebt da ein Garten voller Bäume, mit blütenübersäten Kirschbäumen. Es ist Frühling.

Doch Sturm kommt auf, Kamikaze, der Götterwind. Nein, es könnte Susanowo sein, Takahaya Susanowo no Mikoto, der Mann des Ungestüms, Bruder seiner vor Schönheit strahlenden Schwester Amaterasu, die er wieder einmal neckt. Sturm rast vom Meer heran auf die heilige Insel zu und weht die Blütenträume von den Bäumen. Die Blüten fallen und sammeln sich auf der Erde. Kirschblütenschnee, Tränen und Lächeln zugleich.

So sterben die Samurai, denke ich und spreche die Worte:

hana wa sakuragi

hito wa bushi

Unter den Blumen die Kirschbaumblüte

Unter den Menschen der Krieger

Worte, Musik, Gesang. Die Erde singt ihren Söhnen ein letztes Lied.

Ich lausche und höre den weinenden Klang der Shakuhachi und die klagenden Kotolaute. Eine Frauenstimme singt ihren Söhnen die tröstenden Worte mit ins Grab. Ich knie nieder und weine. Tränen eines Magiers. Magische Tränen rollen meine Wangen hinab, tropfen ins Erdengrab.

So schmilzt auch Mangetsu no fushi dahin. Ein anderer Körper steht schweigend auf, ein anderer Mensch scheinbar. Neugeboren steht da wieder ein Mensch mit heller Haut und blaugrauen Augen vor uns. Wir kennen ihn alle. Es ist Manfred der Magier.

Drefman

Schwarzer Schatten
aus der Schwärze
Das ist ER
Das bist DU

ORAKEL DER TIEFE

Nun war ich also wieder zu dem geworden, der ich lange Zeit einst im Westen des großen Kontinents gewesen war: Manfred der Magier. Ja, der war ich nun und noch etwas – allein. Verharrte ich dort und wartete auf das Erscheinen meines Leuchtendes Pfades in der Nacht oder ging ich weiter. Ich erinnere mich nicht. Eines nachts jedoch geschah es: Ich fühlte mich im Schlaf emporgerissen, hinfortgeweht - öffnete die Augen und fand mich auf einem gräsernen Hügel stehend wieder, sah mich unter dem Licht der Vollen Mondin um. Ringsherum wuchs Wald, so weit, so grün und grenzenlos. Da wurde mir nun endgültig bewusst, dass ich die Heimat der Samurai verlassen hatte, die Inselwelt, jetzt und für alle Zeit. Müde legte ich mich ins Gras und schlief wieder ein. Im Traum sah ich eine Gestalt auf einem Hügel. Kein Gras wuchs dort, kein Strauch, kein junger Baum und auch kein Wald. Ringsum schwarz verbrannt war das ganze Land.

Ich höre höhnendes Gelächter. Es hallt zu mir hinab ins tiefe Tal der Schatten, dorthin, wo ich in Ketten liege.

Abend wird zur Nacht.

Und da steht ER. Sterne und Mondin werden von SEINEM Körper ausgelöscht. Denn Schwärze ist ER. Aus tiefster Tiefe ist ER emporgewachsen, aus dem Zentrum der Erde, ER, dessen Namen so viele nicht nennen, der dort steht, verborgen hinter schwarzem Gewand.

Ich aber sehe IHN, den kein Mensch in dieser schwarzen Nacht sehen könnte, ich, der ich nur ein weißer Zwerg in SEINEN schwarzen Träumen bin.

Jetzt steht ER vor mir in Menschengestalt - ein Riese.

Ein schwarzer Punkt erscheint zwischen den Sternen, wird größer und größer, rast heran und wandelt sich unter Donnern und Grollen zum senkrechten Strich, wird grüner Blitz aus roter Mondin, zeigt sich meinen Augen und meinem Verstand als ein schwarzes Schwert, das aufrecht vor IHM schwebt und wartet - auf SEINE linke Hand.

Ich aber, gefesselter Zwerg, lausche dem Lied des Schwertes, das seinen Namen singt, der da lautet MO.

Ich wache auf. Wer ist ER?, frage ich mich verwundert und reibe mir den Schlaf aus den Augen. Ist ER mein schwarzer Bruder, der meine Drachenkrieger tötete? Heißt das Schwert meines Bruders also MO? Wörter - Namen. Ich kenne den Namen meines Bruders nicht. Wie ER wohl heißén mag?

Ich sehe zwei namenlose Wesen männlichen Geschlechts. Das eine ist ER, der Schwarze mit dem schwarzen Schwert MO, der mich in meinem Traum fand. Das andere aber ist Er Dort Oben, der ungleich mächtiger als wir alle hier ist, denn Er lebt in einer anderen Welt, die irgendwo über der unsrigen exisitiert, da bin ich mir sicher, auch wenn ich nicht weiß, warum das so ist.

Und irgendwer oder etwas flüstert mir zu: »Du weißt nicht, wie ER, der Schwarze hier unten, heißt?

REIGAM ist SEIN Name. Ich buchstabiere ihn dir:

> R wie Rainar
> E wie ewig
> I wie irre
> G wie ganz
> A wie anders
> M wie Magier«

Aha, denke ich, der ewig irre Rainar, ganz anders als der Magier, anders als ich. Welch seltsame Botschaft in einem Namen! Und »Rainar«? Was ist denn das für ein Wort, ein Name für einen Menschen gar? Halt, ich kenne diesen Namen ja! Gab ich ihn nicht selbst einst meinem Homunkulus?

Dann verstehe ich und - »hahaha!« - muss einfach lachen. »Reigam - welch ein Scherz - ist einfach nur »Magier« rückwärts buchstabiert. Also kenne ich SEINEN wahren Namen noch immer nicht. Ein Magier jedoch könnte er sein, einer wie ich, doch rückwärts? Das heißt »schwarz«? Dann wäre ich ja der Weiße? Nein, ich bin ein Magier, aber noch immer ein Mensch, nicht gut, nicht weiß, nicht böse, nicht schwarz, sondern alles zugleich und mehr. Wenn ER, der Schwarze, aber böse ist, dann gibt es noch einen dritten, den weißen Magier. Erinnere mich: Ich wurde ja einst für kurze Zeit weiß, als ich meinem schwarzen Bruder in der Unterwelt begegnet bin. Und noch etwas geht mir durch den Kopf: Wwarum sollten wir alle Männer sein? Was ist mit der Magierin? Gibt es sie? Wie sieht sie aus? Ist sie schwarz oder weiß oder bunt? Wartet sie auf einen von uns oder auf uns beide? Wäre es so, wären wir dann alle nur Teile eines Ganzen, irgendwann und irgendwie aufgespalten in mehrere Wesen, in Schwarz und Weiß, in Frau und Mann, in Yin und Yang?

Bin ich nicht Yang, der Mann, der seinem Pfad folgt? So ist es. Also atme ich den Tag aus, unter den Strahlen von Vater Sonn. Yang bin ich!

Yin aber werde ich sein, der Schatten und das Dunkel am Nordhang des Berges, die wartende Frau. Ich werde sein, was in mir schlummert, einfach sein und die Nacht einatmen, den endlosen Raum im Anblick der Schwester Mondin. Ich bin Yang, denn ich bewege mich auf meinem Leuchtenden Pfad und suche Yin, die Stille, die Vollendung. Dann werde ich vollkommen Yin sein. Doch bin ich nicht schon jetzt Yin und Yang zugleich, Tai-chi, TAO. Schlummert nicht alles ewig in mir und wartet auf Erweckung? Erschuf ich mir nicht einst das Universum und die Tausend Dinge. Ich allein?

Nein! Wir waren es, ohne Anfang und ohne Ende, im ständigen Wechsel - so scheint es den Menschen - unwandelbar dahinter. Also schufen Wir auch alle Sterne, also auch Vater Sonn, Mutter Erde und die Volle Mondin. Also schufen Wir auch unsere Körper hier unten. Ich aber habe vergessen, wer Wir sind.

Erinnere mich jetzt in dieser Nacht aber doch an eine andere Nacht, da war ich nicht allein. Wir waren drei, die sich hier in dieser Welt mit Namen Wald trafen. Diese Nacht war sternenklar, wolkenlos und ohne Nebel, wie sie es sonst nur über weiten Wüsten aus Sand und Stein sein kann. Es war eine warme Sommernacht.

Schon am Nachmittag war die Rabin aus den Himmeln gefallen, hatte sich auf dem Wipfel der Birke niedergelassen, spähte seitdem immer wieder hinab und wartete auf das Hereinbrechen der Nacht, in der sie selbst nicht schlafen würde. Denn sie wusste, woher auch immer, dass sich da drei Wesen treffen würden, hier bei ihr in ihrer Welt, ein selbst für Raben einmaliges Ereignis, ein Wunder, das niemals wieder geschehen sollte. Sie sah von ihrer hohen

Warte aus, wie sich die Drei in der Dämmerung des Abends, an den Grenzen von Tag und Nacht trafen.

Drei Schwerter erheben sich über einem Hügel im endlosen Wald.

Lange Zeit geschieht nichts.

Dann verschmelzen die Spitzen, die Klingen der Schwerter über ihren Köpfen, erstrahlen in einem Licht.

Und schließlich werden die drei Körper in das Eine emporgezogen.

Ein Wesen schwebt dort nun über der Erde.

Und alle drei in Einem sind diesseits und jenseits zugleich: ER, der Schwarze, sie, die andere Seite und der dritte im Bunde, wieder ein Er, aber weiß.

Drei sind in dieser Nacht an einem Ort zusammengekommen, nah einer Birke, auf deren unterstem Ast seltsamerweise eine Katze mit rotbraunem Fell sitzt. Von ganz oben aus dem Wipfel schaut ein geflügeltes schwarzes Wesen herab: die Rabin.

Eine Nacht lang blieben die Drei vereint, bis ... Die ersten Strahlen von Vater Sonn lassen den Morgen dämmern. Und jetzt an der Grenze zwischen Nacht und Tag geschieht es: Schrei, Schrei, Schrei, dreifach schreit das Eine und löste sich auf.

Drei Schreie rasen über die Lichtung, verlieren sich bald im träumenden Wald, verschluckt von seinen endlosen Tiefen. Drei Wesen senken sich aus dem Einen nieder, landen mit den Füßen wieder auf Mutter Erde, trennen die erhobenen Schwerter, schreiten in ferne Räume und Zeiten davon.

Der Schwarze geht nach Westen, der Nacht entgegen, in das Dunkel, zunächst verschläft er den Tag.

Der Weiße schreitet dem strahlenden Sonn entgegen, nach Osten geht seine Reise.

Wohin aber wendet sich die Frau?

Nach Norden?

Nein, sie geht dem Süden, dem Mittag, der Großen Wüste entgegen.

Dort würden sie sich wiedertreffen, dachte Er Dort Oben, träumt die Katze mit dem rotbraunen Fell.

Erst dort und niemals mehr zuvor? Alle drei oder doch nur zwei? Weißer Magier und Frau oder Frau und Schwarzer Magier oder Weißer und Schwarzer Magier?

Ich öffne meine Augen und sehe den Wald. »Ich bin

Manfred der Magier!«, rufe ich in die Weite meines Waldes, damit es alle hören.

Aber kein Mensch und auch kein Magier antwortet meinem Ruf.

Also habe ich mein Revier für mich allein, denke ich und lache.

Ja, auf einem Hügel über dem Wald, irgendwo weit im Osten, hatten wir uns vor langer Zeit getroffen. Und dann in der Nacht, die der Nacht der Erinnerung folgte, so fern der Nacht, die einst war und ewig währt, träumte ich den Traum von Weiß und Schwarz.

Ein weißes Wesen sehe ich, dessen Stirn den Segen strahlt.

Ihm gegenüber steht ein schwarzes Wesen, dessen Arme ein schwarzes Schwert halten, dessen Klinge den Schädel des Menschenkindes spaltet, das zwischen ihnen schwebt.

Doch das Schwert zerfällt zu Staub, und das schwarze Wesen geht, und die Wunde am Kopf heilt. Das Kind öffnet seine Augen und schreit. Es lebt. Es ist ein neugeborenes Mädchen, das hüllen die Strahlen des weißen Wesens schützend ein. Rasch wächst es zur Frau heran. Sie lächelt den anderen an, den Mann. »Vater - Bruder – Geliebter«, singt ihre Seele vor Glück.

Ich erwache mit einem Lächeln. Ach ja, die Liebe, Nairra, lautet dein Name. Was aber bedeutet Liebe für einen Magier? Nie mehr allein sein? »Ewige« Liebe, die den Tod, die alle Tode überdauert? Für alle Zeit oder immer wieder neu? Und schon sprudeln die lautlosen Fragen aus meinem Geist hervor, Fragen, die meine Erinnerungen und Träume mir deuten sollen: Wer sind die, die ich im Traum sah?

ER könnte mein schwarzer Bruder sein, der meine Drachenkrieger tötete. Oder ist ER gar der Tod in Menschengestalt? Ich weiß, ER kann nicht lieben, mein Schatten, mein Bruder. Ist ER es, ein Bruder, nicht viel älter oder jünger als ich? Ist ER die dunkle Seite meines Menschen-Magier-Ichs? Wer ist ER, dessen Namen ich noch immer nicht kenne? Und wüsste ich alles über IHN, dann weiß ich noch immer nichts über den Weißen? Wer ist er? Nein, ich kann es doch nicht sein. So mächtig und von Dauer. Oder bin ich es doch? Denn einst, als pure Schwärze mir begegnete, wandelte ich mich für einen Augenblick in einen weißen Magier. Bin ich also die helle Seite des Menschen, Sohn des Sonn, strahlend am Tag und zitternd in der Nacht, also ängstlich und schwach in SEINEM Reich?

Jetzt, wo ich dir, liebe(r) LeserIn, alles erzähle, erinnere ich mich. Natürlich, wie sollte ich dir auch sonst von all diesen fantastischen Dingen berichten. Aber auch damals gab es Erinnerungen an ferne Zeiten und Welten.

Ja, denke ich, nicht nur mein Schwert OM, auch ich, auch ER, wir alle leben schon seit »Ewigkeiten«. Und ich höre wunderbare Klänge, wie aus einer anderen Welt. Meine Seele singt und schwingt, erklingt. Und dem Ton folgen die Bilder:

Irgendwann in den Weiten des Alls.

SEIN schwarzes Schwert MO öffnet mit einem gewaltigen Schlag das Tor zum Licht.

So werde ich geboren. Meine Seele wird frei und tritt in einen Menschenkörper ein. Ich lebe auf Erden, wo ich viele Namen trage: Dok, Manfred der Magier, Mangetsu no fushi.

»Wusstest du nicht«, spricht ER in mir, »erwacht die eine Seite, so erwacht auch die andere, erwachen alle Seiten.«

Jetzt verstehe ich wirklich, begreife die Existenz meines Bruders - das ist ER - und die Existenz meiner Schwester, das ist sie, du bist es, meine ewige Liebe!

So öffnet mein leuchtendes Schwert das Tor zur Schwärze. Licht und Schwärze, das ist ein ewiger Kampf. Damals war es die Lanze aus Licht, die den Schwarzen durchbohrte. Bedeutete das den Sieg des Guten?

Und dann traf der schwarze Pfeil den Weißen. War das der Sieg des Bösen?

»Hier bin ich«, spricht der weiße Magier zum schwarzen und sieht ihn aus lächelnden Augen an. »Komm!«

ER sieht in den Spiegel und zieht rasend vor Wut und Zorn sein Schwert, tötet sein Spiegelbild. Doch mit dem Bersten des Spiegelglases geht auch ER dahin.

An seiner Stelle steht der weiße Magier, nun aus der Spiegelwelt befreit. »Jaja, Hass tötet«, lacht er. Und lachend verlässt er den Ort seiner nie getanen Tat.

Doch nichts ist zu Ende. Kein Endsieg, niemals, nie! Und keine »letzte Schlacht«, wie es so schön und so oft in diesen Fantasy-Romanen heißt. Ich wusste, wir würden uns wieder begegnen, irgendwo und irgendwann und irgendwie, immer wieder. Ich erinnerte mich damals daran, wer ich war und wurde, wer ich bin.

Einst war ich Schwarz, dann wieder Weiß, und jetzt bin ich ein Menschenmagier. Deshalb also liebe ich Tag und Nacht und Erde.
»Ja, die kalte Nacht«, brummt es tief in mir aus eisigen Höllen.
»Nein!«, bricht brüllend der Schmerz aus mir heraus: »Das ist die dunkle Seite, der schwarze Mann, SHTN!« Dann hüllen Nacht und Schlaf mich ein, decken mich zu und lassen mich ruhen. Nacht.
Vater Sonn weckt mich streichelnd am Morgen. Von IHM, meinem schwarzen Bruder, träumte ich. ER nannte sich selbst nicht REIGAM, sondern verriet mir in meinem Traum seinen wahren Namen, der da lautet DREFMAN und sich so buchstabiert:

>D wie dunkel
>R wie Rainar
>E wie ewig
>F wie feurig
>M wie Magier
>A wie anders
>N wie Nairra

Also ist ER Drefman, der dunkle Rainar, ein ewig feuriger Magier, anders als Nairra!?
Ja, Nairra, meine große Liebe, denke ich. Wo mag sie jetzt wohl sein?

Nairra

Von Auge zu Auge
Von Auge, von Auge zum Zentrum der Stirn
Ein Dreieck aus Licht
Leuchtende Liebe

Die Prophezeiung

So traurig bist du und so allein. Denn einst flüsterte dir die Orakelstimme zu: »Du darfst nicht lieben.du bist die Tochter von Mondin und Schwärze. Er aber ist der Sohn von Sonn und lichtem Tag. Irgendwann werdet ihr euch begegnen, an den Grenzen, dort, wo die Nacht mit einem Schrei endet oder wo der Tag weinend vergeht. Dann werdet ihr beide Nacht und Tag zugleich sein, yin und yang im TAO.«

Und deshalb bist du so traurig, seit du erwachsen, eine Frau bist, so traurig, ja, das bist du. Doch allein bist du nicht, nein, niemals allein. Denn du trägst ja das Drachendiadem.

Immer, wenn sie als Mensch auf Erden weilt, trägt die Mondinprinzessin ihren leuchtenden Stirnreif, der voller Leben ist. Glühwürmchen malen den Drachen ins Zentrum ihrer Stirn. Silbernes Licht der Mondin umrankt ihr Haupt. In der Nacht trägt sie ihr Drachendiadem, in der Nacht, in der die Macht der wissenden Frauen ins Unendliche wächst.

Jetzt aber träumst du von der einen Nacht, der Nacht der Nächte, in der du ihn treffen wirst, den großen Magier. Du weißt, dass diese Nacht nahe ist und glaubst dich zu erinnern, ihm schon einmal, nein, schon so oft begegnet zu sein. In Gestalt von Tieren vielleicht, als Windböe gar oder als flüsterndes Laub? Jetzt aber träumst du von der Zeit der Vereinigung von Mensch und Mensch, von Frau und Mann. Jetzt um Mitternacht ertönt der Ruf deiner Mutter. Du richtest deinen Blick voller Tränen zur Mondin hinauf. Dort siehst du ihn nicht, aber vor deinem inneren Auge und tief in dir hörst du den sehnenden Ruf seiner Stimme am Mittag, siehst sein Gesicht empor in die Himmel geneigt, die Augen geschlossen, und all die tausend Tränen unter dem Licht des Sonn: »Vater!« Du weißt, dass er von dir weiß und sich so nach dir sehnt und gerade eben noch an dich dachte, sich fragte, wo du bist: »Ja, Nairra, meine große Liebe.«

Trug ich einen Wunsch, ein Bild in mir von ihr, der Frau meiner Träume?

Du bist die Frau, die ich liebe, denke ich. Trage ich also ein Bild von dir in mir? Blaue Augen, blondes Haar, du große Frau aus dem Norden. Die Frau, die ich liebe, mit wunderschönen braunen Augen, schwarzem Haar und dunklem Körper aus dem Osten dieses großen Kontinents. Du Katzenfrau mit grünen Augen. Du »Hexenfrau« mit rotem Haar. Du Frau, die ich liebe mit schwarzem Kräuselhaar, wild wie ein Tier, aus dem Süden, dem alten Kontinent, woher wir Menschen alle kommen. Alle sehe ich zugleich in deinem Gesicht, in deinem Körper und deiner Seele, in dir, die du mich ansieht und lächelnd lautlos nur zwei Worte sprichst: »Hallo, Manfred!«
Ich bin sprachlos vor Glück, denke nur noch das Eine, das ist dein Name. Ich spreche ihn aus: »Nairra!«
Sehe im Zentrum deiner Stirn ein Leuchten. Und auch deine Augen strahlen in blau-weißem Licht.
In dieser warmen Sommernacht, im Schatten der Mondin komme ich näher. Was sollte ich auch anderes tun? Dein Ruf ist unwiderstehlich! Sehnsucht meiner Seele. Es zieht, zieht mich hin zu dir.
Leuchtende Linien zwischen deinen Augen und dem Zentrum deiner Stirn verbinden sich zu einem Dreieck aus Licht, das in die Schwärze des Himmels weist.
Näher.
Fläche wandelt sich zum Raum: leuchtende Pyramide.
Und jetzt berührt mein Mund deine Lippen. Und schon falle ich Kopf voran, kopfunter purzle ich in dieses Pyramidenlicht. Überall ist Schwärze, und Stille. In der Ferne strahlt ein blauer Stern. Um mich herum leuchtet es rot, auch ich bin Licht. Rasend stürze ich, stürzt Rot dem Blau entgegen. Dann vereinigen wir uns, explodieren zu Weiß in Schwärze. Wir atmen Stille, Wir singen. Die Schwärze dieses Alls, die Weiße eines anderen wandelt sich. Wir gebären Sterne, Planeten, Leben. Lächelnd und träumend sind Wir in allen Dingen.
Da wache ich auf, und du bist nicht neben mir. Ich bin allein, und alles war wieder nur ein Traum oder doch die Vorschau auf kommende Dinge?
So gehe ich weiter meinen Weg, der kein Leuchtender Pfad mehr ist, seit ich meine Samurai verlor. So gehe ich

weiter durch den Tag und übersehe fast die wilde Katze auf grauem Felsen, der die Wärme des Tages am Abend speichert. Den Kopf geduckt, liegt sie behaglich und still und gut getarnt auf dem grauweißem Stein.

Das ist ja eine Wildkatze, staune ich. Grauer, gestreifter Körper, buschiger Schwanz mit schwarzer Spitze. Ja, das ist sie, wild, frei und unabhängig – doch auch allein Und die läuft nicht davon? Versteckt sich nicht vor meinen Augen? Bleibt einfach so liegen, hat keine Angst vor mir? Die ist doch nicht etwa krank?

In den letzten Strahlen des Abendsonn glühen ihre Augen, deren Pupillen noch nicht voll geweitet sind - aha, die Katzenaugenuhr.

Und ich weiß, die Katzenfrau schaut mich an. Für einen winzigen Augenblick glaube ich, dich in ihr zu erkennen. Bist du es, die ich schon immer suche?

Aber eine Katze ist nun einmal kein Mensch.

Doch auch ein Magier wechselt seine Gestalt.

Wer bist du?

Ich schließe meine Augen und schaue dich an, wilde Katze, schaue dich mit magischem Auge, mit Geist und Seele an und frage dich noch einmal: »Wer bist du?«

Doch da ist »nur« das Tier, die Katze, die jetzt ihre Augen wieder schließt.

So wende ich mich ab, gehe meiner Wege und spüre nicht, wie sie tief in ihrem Innern vor Erregung über die kommende Zeit der Nähe, dort fern im Süden, in weiten Wüsten, in klarster Nacht erzittert.

Doch das soll ein andermal erzählt werden. Ich ging weiter, ließ Katze und Abend hinter mir. Die Nacht brach herein. Da geschah es: Die Stille wurde von einem Brüllen zerrissen.

»Noch ein Miezekätzchen«, spreche ich lachend zu mir selbst. Aber kleine Katzen können doch nicht brüllen, fällt mir da gerade noch ein. »Gut, gut, war nicht so gemeint, große Katze«, korrigiere ich mich lächelnd und sehe ...

Grün leuchten die Augen der Schwarzen Pantherin.

Der Mensch, der Mann, der Magier schaut zurück.

Augen-Blicke.

Sie verschwindet wieder im Dunkel, schleicht weiter auf ihrer einsamen Jagd durch die Nacht.

Ich aber erinnere mich an alte, sehr alte Zeiten, erinnere mich an eine Frau, die noch kein Mensch war, vielleicht war sie ja mit mir und allen heutigen Menschen verwandt, wer weiß.

Wie klein und schwach sie doch ist. Ich sehe sie jetzt mit anderen Augen an der Wasserstelle knien.

Kein Laut, nur ein leiser Sprung, der wirft sie um. Schon knacken ihre Wirbel im Nacken unter meinen Zähnen.

Jetzt schaue ich aus den Augen des Geiers nach unten, sehe das ganze Bild.

Dort hält die schwarze Pantherin ein behaartes Menschlein in den Fängen. Jetzt lässt sie es los, dreht ihren Kopf zur Seite und öffnet mit ihren Reißzähnen den Bauch der Beute.

Nun wieder Leopardin, ziehe ich Darm und Magen beiseite und bedecke sie mit Erde und Gras. Herz, Leber und Nieren verspeise ich sogleich, dann auch Nase, Lippen, Zunge und Wangen und die Augen. Ich schleppe den Rest hoch auf einen Baum. Dort, in Sicherheit vor Löwen, Hyänen und Schakalen, esse ich das Muskelfleisch. Schließlich schleiche ich zum See hinab und schlecke das kühle Nass.

Schwärze. Licht.

Ich bin zurückgekehrt, wieder hier und gänzlich Mensch, gehe nun weiter durch Tag und Nacht und Wald, lasse Erinnerungen Erinnerungen sein. Irgendwann in irgendeiner Gestalt werden wir uns wiedersehen - irgendwo hier im Wald.

Alles lief damals auf Zweisamkeit hin. Es war beschlossen. Und ich wusste es. Wir kamen uns immer näher. Dann irgendwann war da nur noch eine Frage, die so verkürzt nur noch aus zwei Worten bestand, die keine Frage war, denn ich kannte ja die Antwort bereits, als ich sie stellte: »Du hier?«

Ich stehe da und staune und sehe - dich.

Dort stehst du im bleichen Licht der Vollen Mondin.

Ich weiß, wer du bist. Ich kenne dich seit Ewigkeiten. Ich gehe auf dich zu, langsam, ein wenig taumelnd vielleicht.

Jetzt habe ich dich erreicht. Ich falle vor dir nieder auf die Knie und senke mein Haupt.

Dann schaue ich endlich zu dir auf und sehe zum ersten Mal dein leuchtendes Glühwürmchendiadem, das dort oben aus dem Zentrum deiner Stirn herauswächst. Riesig wird der Drachenkopf, öffnet seinen Mund und spuckt - kein Feuer, sondern nur zwei Worte aus: »Hallo, Manfred!«

»Hallo, Nairra«, lache ich so glücklich dem Drachen und dir zu.

Du aber bist so schnell verschwunden, wie du aufgetaucht bist.

Ja, daran erinnere ich mich noch gut. Denn es war das erste Mal, dass ich dich in deiner menschlichen Gestalt sah. Das erste Mal, das nur einmal geschieht, das immer nur einmal geschehen kann. Dann geschah eine Zeitlang nichts Erwähnenswertes, bis zu dem Abend, als ...

Dort rast ein Schatten schnell wie der Blitz am Rande der Lichtung von Baum zu Baum.

Ich schaue nach innen, sitze am Feuer. Was ich nicht merke: Versunken versenge ich mir fast mein langes Haar in züngelnden Flammen, die auf geheimnisvolle Weise, magisch ihre Farbe von rot nach blau über gelb und grün nach blau und rot zurück wechseln.

Er sieht den Schatten nicht. Niemals wird er rechtzeitig aus seinen Träumen erwachen, sich noch rechtzeitig vom Feuer erheben. Der Schatten wird ihn fressen. Gleich ist alles aus, denkst du. Aber da irrst du dich.

Ich nehme deine Annäherung wahr, stehe jedoch nicht auf und öffne auch nicht meine Augen. Nichts geschieht scheinbar. Denn ich sehe dich, doch nicht als ruhlosen Schatten dort draußen, sondern andernorts und anders, wie in einem Traum. Darin bist du kein Mensch. Dort sehe ich deine wahre Gestalt, wie auch du mein wahres Wesen erkennst. Auch dort tauchst du am Rande einer Lichtung auf. Dort jedoch schaue ich vom Feuer auf. Dort begegnen sich unsere Blicke in Liebe. Dort ist wieder nur die eine Frage aus meinem Mund, wie ein Ritual oder eine Begrüßung: »Du?!?« Das eine Wort in mir, aus mir, hinaus in die Weite der Welt und hin zu dir, dieses eine Wort nur, hallend und hallend, verhallend: »Du!«

Ich schaue dich noch immer an. Ein hallendem Klang braust in meinen Ohren, meinem Geist, meiner Seele. Bilder werden Wirbel in meinen Augen, meinem Hirn, brausende

Wirbel. Und dann erst der Duft, der Schwärmermännchen durch Sommernacht torkeln und hin zu ihr schwirren lässt, zu ihr, zu dir ... Das ist zu viel, das hält kein Männchen, das hält kein Menschenmann und auch kein Magier aus, ist das letzte, was ich denken kann.

Schwärze.

Lächelnd und doch zitternd nimmst du ihn in die Arme. Ja, die starken Männer! Du spürst seine Verwirrung und seine Schwäche, der ein wenig empor getaucht, glaubt zu träumen. Liebe lächelt in dir. Die Magie der Liebe, die den Magier fällt, denkst du und schlummerst ein, zum ersten Mal so nah bei ihm. Geborgenheit. So spürst du nicht, wie dein Drachendiadem zerfällt. Frei, endlich frei, schwirren die Leuchtkäfer in die warme Frühlingsnacht hinaus. Die Mondinprinzessin ist nicht mehr.

Im Morgendämmern dann hier auf der Lichtung im Wald und in allen anderen Welten zugleich spreche ich, sprichst du, sprechen wir und hören die Worte zugleich in dir, in mir, in uns, Worte aus meinem Mund, meinem Geist, meiner Seele: »Ich bin der Tag, du bist die Nacht. Ich bin die Nacht, du bist der Tag.«

Wir stehen uns gegenüber, nein, tanzend umkreisen wir uns in einem langsamen, kaum sichtbaren Rhythmus. Jetzt wissen wir, wann wir uns, wo wir uns und wie wir uns trafen. Die Käuzin des Waldes, die Vampirin, die wilde Katze auf grauem Stein - das alles warst ja du, meine große Liebe. Aber immer waren da Tarnung, Angst und Eile gewesen, sogar Kampf, denn da fällt mir die Schattenkriegerin Kunoichi ein.

»Ich bin die Nacht, und du bist der Tag.« So war es damals gewesen. Denn alles ist Wandel.

»Ich bin der Tag, und du bist die Nacht.« So war es davor und ist es jetzt wieder.

Ich bin der Mann, und du bist die Frau in meinen Träumen.

Ich bin die Frau, und du bist der Mann in meinen Träumen.

Immer wieder an anderem Ort auf Erden und anderswo vor Zeiten trafen wir uns. Denn Wir sind zwei kleine große Götter, zwei Teile des Ganzen, zu ewiger Liebe bestimmt, Bruder und Schwester, Geliebter und Geliebte.

Zeit der Liebe!

Wir sehen uns staunend an. Wir schauen unsere glücklich glänzenden Augen. Stunden, Tage, Jahre, Jahrhunderte, Jahrtausende, Jahrmillionen mögen dabei vergehen. Ja, das ist zeitlose Liebe, göttliche Liebe, die nicht Eile, Hast und Hektik, nicht den unaufschiebbaren Trieb der Befriedigung kennt. Das ist die Liebe von Wesen, die Äonen leben, unsere Ewige Liebe.

Und Dämmerung senkt sich über das Land am Abend. Schatten werden für kurze Zeit geboren, bedecken diesen Teil der sich drehenden Erde. Unsere Augen beginnen zu glimmen, fangen an zu glühen. Das Leuchten des blau-weißen Lichtes im Zentrum meiner und deiner Stirn wächst. Zweimal drei glühende Punkte schauen sich an. Dann wachsen Linien, die die Punkte verbinden, zwei leuchtende Dreiecke entstehen. Sie weisen in den immer dunkler werdenden Himmel, hinauf zu ihren Brüdern und Schwestern, hinauf zu den nun sichtbar werdenden Sternen, die dort oben glitzern. Im Feuer der Liebe erglüht springen wir mitten hinein, jeder in das leuchtende Dreieck des anderen. Ein Sprung zweier Wesen zu einer Zeit.

Nun bin ich in dir, bist du in mir. Wir haben uns in uns gefunden. Mit deinen Lippen küsse ich meinen Mund. Mit meinem Körper umarmst du deine schlanke, weiche Gestalt, empfängst den Kuss, den deine Lippen mir geben. Ich fühle in dir das Streicheln meiner Hände auf deinem Körper, das zärtliche Kreisen meiner Finger auf deinen Brüsten, fühle mein Eindringen in dich und spüre die Wellen, die kein Mann je empfand. Du explodierst in männlicher Liebe in deinem Frauenkörper. Denn du bist ich, dein Fühlen in meinem Körper. Denn ich bin du, mein Fühlen in deinem Körper.

Dann kehren wir wieder in unsere Körper zurück. Und es ist Nacht. Deine strahlenden Augen leuchten noch immer so dicht vor mir und schauen mich an. Jetzt wird glitzernde Fläche zu Tiefe. Jetzt strahlt blaues Licht im Zentrum deiner Stirn, im Ajna-Chakra, dem sechsten der sieben. Links herum dreht sich das Feuerrad gleich einer Galaxie. Drei Sterne brennen, zwei Augen und das Zentrum der Stirn, die das Dreieck bilden, welches in den Himmel weist. Feuer ist sein Name.

Denke Feuer!

Schon schlagen zuckende Spitzen blau und ein wenig gelb aus dem Zentrum des Feuerdreiecks. Doch auch all die anderen Chakren brennen und drehen sich wie Galaxien in ihren Farben: Feurig rot leuchtet die Basis am Steiß:

Muladhara, orange das zweite im Kreuz: Svadhisthana, das dritte oberhalb des Nabels goldgelb: Manipura, grün das vierte im Herzen: Anahata, hellblau das fünfte an der Kehle: Vishuddha. Oberhalb des sechsten aber, nach oben offen im Scheitel deines Kopfes thront schwach violett glühend Sahasrara, der tausendblättrige Lotos. So ist alles mit allem verbunden: Hara, der Bauch, mit Herz und Hirn, Sturm und Stille, Geist und Liebe.

Dann hebst du den trockenen Ast auf, schaust ihn an und - er brennt!

»Komm her zu meinem Kind, dem Feuer, und wärme dich!«, bittest du mich mit einer Stimme, selbst schon so voller Wärme.

Ein leises Knistern und Schweigen. Stille in uns und um uns in dieser Nacht der Nächte. So sitzen wir beide bei den Flammen und erinnern uns an eine ferne Menschenzeit. Hunderttausende von Jahren sind seither vergangen, seit dem Tag, da einer von uns ein glühendes heißes Etwas fand, seit wir es hüteten. Wir gaben dem Neuen den Namen »Feuer« und hatten eine neue Waffe, die die anderen bis heute nicht haben. Jetzt flohen sie, die da in der Nacht brüllten, die so viel besser sehen als wir im Dunkeln, die schon immer uns gejagt und getötet hatten: die starken Räuber. So wurden wir Menschen viele und mächtig. Unser Feuer aber sollte nie verlöschen. Wohlan, hier brennt es in der Nacht vor uns - in uns.

Du siehst mich lachend und fragend an und tust es auch schon, springst in das glühende Dreieck aus leuchtenden Augen und Zentrum meiner Stirn.

Ich tue das gleiche.

Fast synchron fallen wir.

Ich finde mich wieder umarmend umarmt in deiner Abendnachtwelt.

Du findest dich wieder umarmt umarmend in meiner Morgentagwelt.

Welten verschmelzen: Nacht und Tag. Einheit in Vielheit.

Später dann, nach Trennung und Schlaf, brechen wir wieder auf - jetzt ist Tag. Vater Sonn dort oben scheint so grell. Der Himmel ist wolkenlos. Strahlen fallen durch die Gipfel der Bäume, streicheln uns über das Haar. Du nimmst meine Hand. Wir tanzen vor Glück wie Kinder durch den

Wald, sehen auf und finden uns vor einem Lindeneichentor wieder.

Zwei Bäume, Eiche und Linde, in Liebe vereint?

Kann das denn sein, wo überall auf Erden Kampf zwischen den Pflanzen ist, ein lautloser Krieg für Menschenohren um Licht und Raum, um Wasser und Nahrung.

Doch alles verwandelt sich in den Augen der Liebenden in Liebe. Wenn es gar magische Augen sind, dann - ja dann ist alles möglich, auch dieses Eichenlindentor, das wir nun still betrachten.

Die Äste dort oben in schwindelerregenden Höhen quer über unserem Leuchtenden Pfad hinüber-herübergestreckt und beide, Linde und Eiche, haben einen Stamm, der ist so dick wie … Uralt, tausend, zweitausend Jahre vielleicht, wer weiß das schon (auch wir wissen es nicht), Blätter und Früchte, die fielen so oft im Herbst, Blätter über Blätter bedeckten den heiligen Hain. Hier opferten die Priester und Priesterinnen der Bäume. Sie und auch die anderen Eichen und Linden sind längst gegangen. Doch die beiden Bäume und wir sind hier.

Stumm stehen wir noch immer, während der Tag sich seinem Ende zuneigt, staunend vor diesem lebendem Tor, du und ich, Hand in Hand.

Und das Lindeneichentor flüstert uns zu: »Kommt durch uns hindurch! Wer uns durchschreitet, wird wiedergeboren. Wer uns durchschwebt, wird selber Baum. Wer uns erkennt, ist Ewigkeit. Denn Wir sind All und Alles.«

So spricht das Tor in uns. So lauschen wir dem sanften Wind des Abends und den Stimmen der Tiere des Waldes. Der Uhu ruft, und schon durchflattern Fledermäuse die Nacht, und dort zwischen den sich liebenden Ästen leuchtet sanft und voller Klang die weiße Scheibe der Mondin.

Nein, wir folgten dem Ruf der Bäume nicht, widerstanden diesen Lockungen. Dieses lebende Tor durchschritten wir nicht, noch nicht. Nicht lange danach schon nahmen wir gemeinsam an einer anderen wunderbaren Wirklichkeit, dem harmonischen Fließen durch Raum und Zeit: Tai-chi-chuan, teil.

Wir treten aus dem Wald hinaus auf eine kleine Lichtung. In diesem freien Raum, am Rand einer Schlucht in der Nähe eines Wasserfalls, den wir nicht sehen, aber dessen Rauschen wir vernehmen, geschieht es.

War da nicht einst einmal ein Wasserfall wie dieser, der mich hinab und hinein in die Welt Wald führte? Ist er es? Bewege ich mich, bewegen wir uns immer wieder im Kreis?

Dort sehen wir den alten Chinesen tanzen, seine Arme und Beine fließend sich bewegen, seinen Körper lächelnd träumend gleiten durch Zeit.

Wir sehen uns um, schauen zurück zum Waldesrand. Staunend mit offenen Mündern: »Oh!« Es ist, als ob auch die Bäume und Sträucher ihre Äste, ihre Zweige, ihre Blätter bewe... Ja, als ob die Pflanzen selbst mit ihren Wurzeln sich im Rhythmus mit ihm bewegen, im Einklang mit ungehörten Tönen.

Wir verstehen und sehen nun in uns, was vor kurzem hier geschah:

Nirgendwo ist da eine Lichtung. Er taucht auf und beginnt seinen Tanz unter Bäumen, die wachsen bis zum Rand der Schlucht. Dann wiegen sich auch Sträucher und Bäume und Farne, sie alle tanzen mit ihm und weichen vor ihm zurück. So wird die Lichtung ohne Feuer und Tod geboren.

Jetzt sehen wir ihn wieder an, der noch immer tanzt. Dann drehen wir uns wieder um, sehen den Wald im Zeitraffer rasend weichen, sehen Sonn und Mondin auf- und untergehen in raschem Wechsel, sehen ein Rudel von Wölfen nahen, ihn umringen und mit ihm das Werden, den Wandel der Welt, Tai-chi tanzen.

So wiegen sich in Harmonie Mensch,Tier und Pflanze.

Wir reihen uns ein.

Jetzt bewegen wir uns, sind wir alle im Einklang mit der Welt: ein alter Mann, zwei junge Liebende, Pflanzen und Tiere des Waldes, Mutter Erde und wer weiß, wer noch ...

Wir schlossen unsere Augen nur einen Augenblick lang, und schon war der Alte verschwunden. So setzten wir uns im Lotossitz auf die Erde der nun wieder kleiner werdenden Lichtung, die Gesichter voller Liebe einander zugewandt. Wir sahen uns an und träumten. Dann nahmen wir uns bei der Hand und gingen gemeinsam weiter. Zwei Wege, zwei leuchtende Pfade vereint. So vergingen die Tage und Nächte voller Freude und Liebe, Lust und Tanz. Wie soll ich dir davon erzählen, wie mit Worten Gefühle ausdrücken? Jetzt, wo ich mich erinnere, wo ich zurückschaue, währt alles nur einen Augenblick. Auch damals ging alles so rasch vorbei.

Und so vieles ist heute vergessen. Wenig nur ragt aus den Nebeln der Vergangenheit hervor, blieb im Gedächtnis haften. Ja, etwas wahrhaft Herausragendes fanden wir im Wald, es war der Steinerne Wächter.

Da steht er wie eine Säule, ein Monument, aus glühender Lava gegossene Form, nun so kalt, so grau, erstarrt. Dunkelheit senkt sich lautlos über das Land. Dort vor uns ragt er im Abendrot dieses warmen Sommertages auf, der Gigant aus Stein. Am Rande der verlassenen Stadt hoch über ihm jagen, srih-srih schreiend, die Mauersegler dahin. Steinernes Lächeln. Sein rechter Arm reicht hoch in brennende Wolken, empor in ein Feuermeer. In seiner Hand, so fern, hält er ein steinernes Schwert. Noch ist es nur ein schwarzer Schatten.

Wir setzen uns zu Füßen des steinernen Mannes auf einen sterbenden Baum. Er steht nicht mehr, nie mehr, er liegt. Während das Licht mit dem fallenden Tag schwindet, atmen wir mehr und mehr die Nacht ein, sehen uns an, lauschen im Dunkel.

Ein blaues Leuchten dort oben über uns.

Wir schauen empor und sehen das Licht hoch über unseren Köpfen. Die Mondin ist es nicht. Wir erkennen das brennende Schwert in seiner Hand, sehen sich seine Beine zum Tor hoch über uns spreizen, sehen unseren Leuchtenden Pfad mitten hindurchführen. Und wir wissen, dass er der stumme Wächter dieses Ortes ist, der nun erwacht so mit uns spricht.

Das Starre bricht auf. So wandelt sich sein in Stein geschlagenes Lächeln in Leben. So neigt sich nun sein Kopf hinunter zu uns. »Seid gegrüßt, ihr jüngeren Wesen, ihr Menschen!«, spricht eine dunkle mächtige Stimme in uns. »Seid gegrüßt!« Nicht Lippen formen Worte. Geist spricht zu Geist.

Und sein rechter Arm sinkt langsam und lautlos herab, wie auch das blau-weiß glühende Schwert. Er hält es vor sich, er hält es nun mit beiden Händen, und die Klinge berührt seine Stirn. Es erlischt. Jetzt steht er wieder wie eine Säule aus Stein da, noch immer aber mit gespreizten Beinen.

Du bist wie der Koloss von Rhodos einst, doch nicht aus Bronze, nicht aus Gold und auch nicht Bild von Helios. Wir aber sind wie die wartenden Schiffe vor der Einfahrt zum

Hafen. Du bist der Steinerne Wächter über unserem Weg. Denn hier ist kein Meer, kein See und kein Fluss, nur Erde unter deinen ruhenden Füßen. Und hier, so tief unter dir, leuchtet in mildem Glanz unser Pfad ins Morgen.

Ja, jetzt gehen wir beide Hand in Hand zwischen seinen Beinen hindurch, du und ich, ein Magier und eine lächelnde, dann lachende und tanzende Frau, wir gehen gemeinsam mit singender Seele unseren Weg zum Licht.

Einmal aber noch drehen wir uns um, schauen zurück, sehen den Steinernen Wächter ein letztes Mal.

Und es ist, als winke er uns zu, doch nicht mit der freien Hand noch mit dem Schwert. Auch ist da kein Nicken, und dennoch wissen wir es.

Später fragen wir uns: »War alles nur Illusion? Hat er sich je bewegt? Brannte sein steinernes Schwert tatsächlich?« Wir sahen ihn nie wieder, aber wir vergaßen nichts. Für uns war es geschehen, sollte es auch nur in unseren Träumen gewesen sein. Es war, also ist es!

Und ewig brennen und leuchten sie. Wie oft sahen wir uns damals, sahst du mir in meine, sah ich dir in deine Augen.

Einst dachte ich, bevor ich dich traf, deine Augen würden leuchten, doch sie sind schwarz, schwarz wie die Nacht. Jetzt sehe ich die Schwärze. Ich sinke, ich falle in rasendem Fall hinein. In der Ferne schimmern Sterne. Ich falle durch das Sternenmeer. Rotes Licht hüllt mich ein. Von fern fällt mir ein blaues Licht entgegen. Das bist du. Wir kommen uns immer näher. Irgendwo und irgendwann werden wir uns treffen. Näher und näher. Blaue und rote Feuerschweife wenden sich einander zu. Dann ist da ein weißer Blitz und …

So werden Träume wahr.

Lippen auf Lippen, Zungen an Zungen, wir halten uns in den Armen. Wir sind ein Wesen, stehen vereint auf einem kleinen Hügel, der unter unseren Füßen und über die Wipfel der Bäume emporwuchs. Wir schauen über den endlosen Wald, in dieser einen Nacht unter den Sternen. Vereint auf einem kleinen blauen Planeten, der um einen winzigen gelben Sonn in einer der zahlreichen Galaxien kreist, in einem der Kosmen, an einem Ort zu einer Zeit, vereint, nun wir.

Wir halten uns noch immer in den Armen, zwei sich ergänzende Wesen einer Art. Wir erinnern uns an eine andere Zeit, an einen anderen Ort - aber gab es dort Zeit und Raum? Wir hören die »Worte«, Gedanken, wieder in uns sprechen wie damals.

Wir, das ist das Ganze, spricht: »Schwebt hinaus in die Weite! Ihr werdet allein sein unter den anderen Wesen, die da an der Oberfläche treiben. Immer aber sind die Tore der Erinnerung ein wenig offen. Ihr werdet euch erinnern an Uns. Schwebt hinaus auf dem Strahl unserer Sehnsucht! Seid einsame Lichter in der Nacht, bis ein rotes ein blaues trifft. Schwebt und seht und hört und riecht und tastet und fühlt für Uns und findet euch wieder!«

Wir erinnern uns, denken beide den einen Gedanken, und der heißt: Springen!

Wir schauen uns an. Dort strahlt das blauweiße Licht im Zentrum deiner/meiner Stirn.

So brennen die Feuer in uns. Ein wenig wärmen sie.

Jetzt beginnen sie zu kreisen, sie tanzen und wechseln die Farben.

Dann kommt Wandel: Synchron wechseln die Farben bei dir/bei mir im Dritten Auge, im Zentrum der Stirn, von Rot zu Blau zu Weiß und schließlich zu ein wenig bläulichem Schwarz. Das ist die Farbe des Alls.

Jetzt ist wieder alles strahlend weiß.

»Ja«, singt die Sehnsucht in mir.

»Ja«, singt die Sehnsucht in dir.

Wir schauen uns an. Draußen über unseren Körpern ist Nacht hereingebrochen, die Sterne sind nur schwacher Abglanz unserer strahlenden Stirnenzentren.

»Jetzt«, denkst du in mir.

»Jetzt«, denke ich in dir.

So springen wir, Kopf voran ins Morgen.

Mein Körper und mein Geist, meine Seele, alles springt in das kosmische Feuer deiner Stirn hinein.

Dein Körper und dein Geist, deine Seele, alles springt in das kosmische Feuer meiner Stirn hinein.

Wir versinken in uns, der Mann, die Frau, die da waren, sind nicht mehr. Alles, was ist, ist die Einheit. Wir sind zurückgekehrt zum Ursprung, ins Zentrum des expandierenden Alls, als alles noch eins war, ein Geschlecht, ein Wesen. Wieder zurückgekehrt zur Mutter, die uns gebar. Sind schlafende, träumende Erde, träumen den Traum, vereinigt zu werden in dem, der mit uns aus Staub entstand, der da strahlt und leuchtet: »Vater Sonn«.

Und einst wird der Staub träumen, wieder Anfang zu sein, träumen wird die Vielheit, Eins zu sein.

Dann wieder träumt das Eine den Traum des Vielen und gebärt aus sich Kosmen über Kosmen.

Räume, Zeiten, Raumzeiten, die lautlos berstend ins Nichts knallen, um wieder in sich zu Einem zusammenzufallen. Ein Pulsieren ohne Anfang und Ende. So schlägt das Herz der Welt.

Tod, Trauer und Traum

Wirst du ihn töten, den du liebst?
Er liebt dich und wird dich töten?
Ewig seid ihr verbunden und eins.

Die Prophezeiung

»Nairra, soll ich dir von meinem Vater erzählen?«, frage ich dich.

Da wunderst du dich, denn obwohl du schon so viel von mir weißt, hast du doch niemals ein Bild von ihm in mir gesehen.

Verdutzt zögere ich. Gedanken huschen: Hatte ich je einen Vater? Erträumte ich ihn mir nur? Oder wer gab mir diese Erinnerungen ein? Bin ich etwa selbst mein Vater? Starb ich einst und kehrte dann wieder zurück? Erinnere ich mich also nur an mein vorheriges Leben? Was geschieht mit mir auf dieser seltsamen Reise? Dann spreche ich weiter.

Du lauschst meinen Worten.

Ich aber nehme alles zurück und behaupte das Gegen..., nun ja: »Du hast Recht, es war nicht mein Vater, aber mein Lehrer, der war wie ein Vater zu mir, ein alter Mann wie der Chinese, der einst im Wald mit uns und den Bäumen tanzte. Ich will dir von seinem Ende erzählen. Ja, auch er war ein großer Magier, auch er war ein Mensch. So höre denn, was ihm einst geschah, was ich durch seine Augen sah, es war die Begegnung mit einem gewaltigen Stachelwesen:

Weit war ich auf meinem Weg in der Welt herumgekommen. Schließlich gelangte ich an diesen namenlosen Fluss, wo ich auf dieses seltsame Wesen traf.

ES hebt sein Haupt aus dem glitzernden Strom der Energie. Seit Äonen lag ES schlafend und träumend im Fluss. ES schüttelt sich und sieht den Winzling Mensch dort unten am Ufer stehen.

Ich schaue empor.

ES lächelt. SEINE aufgestellten Haare leuchten in der Schwärze der Nacht. So ist ES wie ein Stachelberg.

Igel, denke ich, Stachelschwein? Und während ich noch zögere, spricht irgendetwas in mir: »Flieh!«

Ich will es ja tun, beginne zu laufen, da bricht das Licht aus SEINEN Augen, das hält mich fest. Erstarrt schaue ich ES an.

Jetzt lächelt ES in mir.

Und ich tue nichts und nehme nichts wahr.

Schon löst sich mit einem leisen Klicken ein Haar, rast wirbelnd und surrend heran und trifft mich, steckt wie ein Speer in meinem Bauch.

Jetzt erst begreife ich, was geschehen ist, noch immergelähmt kann ich gar nichts tun, verspüre immerhin keine Schmerzen.

ES zieht mich zu sich. SEIN abgeschossenes Haar, das in mir steckt, muss irgendwie noch immer mit IHM verbunden sein. ES zieht mich empor und schaut mich an.

Jetzt bin ich IHM so nah und spüre SEINEN Hunger.

Da ist eine Öffnung vor mir. Süßer Duft. Alles ist schwarz. Schwärze ...

Ich erwache und öffne meine Augen. Rotes Glühen wird Leuchten, es hüllt mich ein. »Wo bin ich?«, rufe ich.

Niemand und nichts antwortet mir.

Nach und nach kehrt meine Erinnerung zurück: an einen Fluss aus leuchtender Energie, an ein Wesen, groß wie ein Berg, das seinen Kopf aus dem Fluss hebt und ihn schüttelt, an leuchtende Haare wie Stacheln.

Jetzt endlich weiß ich, wo ich bin. Jetzt weiß ich wieder, was geschah: ES hat mich mit Haut und Haar in einem Stück lebendig verschlungen. War wohl zum Kauen zu faul. Oder bin ich zu winzig? Ob ES überhaupt Zähne besitzt? Mache ich also das Beste aus meiner Lage. Schaue mich um, erst einmal vorsichtig, sehr vorsichtig nur mit den Augen, die kleinste Körperbewegung könnte tödlich sein.

Vor mir tanzt ein weiß strahlender Teppich aus schwingenden Dingen. Sie sehen aus wie Schlangen, sich wiegende Schlangen. Aber sie hängen von oben herab. Sie bewegen sich. Doch scheinen sie keinen eigenen Willen zu haben. Alle tun sie das Gleiche. Zwischen ihnen weht ein Wind. Er weht zu mir herein. Dort komme ich her. Ja, das muss der Anfang SEINES Schlundes sein. Eine Wand aus Licht, Verschluss und Öffnung zugleich.

Ich drehe mich um.

Da ist ein Gang. Die Wände leuchten rot.

Ein Wesen aus Licht, denke ich und stehe auf und gehe los. Erst war da das Haar, das mich traf - jetzt fällt es mir wieder ein -, ich schaue hinab zu meinem Bauch. Doch da ist nichts, noch nicht einmal die kleinste Spur einer Wunde. Danach kamen die inneren Räume, setze ich verwundert meine Gedanken fort. Ich spüre ES überall in mir, in meinem Kopf und meinem Bauch, lächeln. Ich gehe weiter.

Ein donnerndes Rauschen.

Ich schaue mich um.

Wasser strömt herein.

ES trinkt oder ist im Fluss untergetaucht, denke ich und schieße auch schon auf dem Wasserstrahl in die Tiefe, pralle gegen eine Wand, drehe mich im Strudel. Also bin ich in einem Raum ohne Ausgang gefangen.

Hinter mir stürzen die Wassermassen herein.

Ich versuche, mich schwimmend zu halten.

Das Wasser steigt zur Decke.

Ich atme ein letztes Mal ein. Dann ist da nur noch Wasser. Doch wie seltsam: keine Panik, kein Japsen nach Luft, kein Husten, kein Keuchen, kein Sterben, kein Tod. Wie herrlich dies grün leuchtende Licht der Wände doch ist! Welch schillernde Wasserwelt!

Alles dort draußen ist nur ein Traum, denke ich hier, umgeben von Wasser, der einzig wirklichen Welt. Habe keine Angst, nie mehr. So ruhe ich, heimgekehrt in das Meer vor meiner Geburt. Mein Atem steht still. Leere und Lächeln. Buddha, Erleuchtung.

Da weckst du mich aus den Erinnerungen, aus dem Versunkensein, aus der Wasserwelt: »Ach, das war nicht dein Lehrer, Manfred. Du selbst könntest es sein, der alt geworden so im Leib des Stachelwesens endet. Du selbst und niemand sonst!«

Ich schüttle den Kopf: »Nein, Nairra, wenn es so wäre, wo bist dann du? Du bist nirgendwo! Nein! Das war das Ende eines anderen Magiers. Mein Ende hier unten auf dieser Erde, das kein endgültiges Ende ist, wird anders sein. Ich weiß es und sehe es - noch nicht.«

»Auch ich werde sterben«, sagst du traurig. »Manfred, du weißt es. Deshalb hast du mir diese Geschichte erzählt. Und mir kommt es so vor, als wäre ich schon einmal gestorben.«

»Ja, ich weiß, Nairra«, antworte ich dir. Es darf keine Geheimnisse zwischen uns geben. Also erzähle ich dir nun von deinem Tod. Weißt du, es ist noch nicht lange her, als es geschah. Und alles begann mit einem gewaltigen Regen aus Pfeilen.

Aus dem Dunkel des Waldes brach schreiend der Grüne Mann hervor. Und das an diesem sonnigen Sommermorgen!

In seiner Stirn steckte ein roter Pfeil. Ohne einen Blick zur Seite, ohne uns wahrzunehmen, rannte er vorbei. Jetzt erst sahen wir seinen Rücken. Er war igelgespickt von roten Pfeilen, welch farbenfroher Anblick!

Doch nun schoss aus dem Nichts eine Wolke von Pfeilen hinter ihm her und auf uns zu.

Blitzschnell duckten wir uns hinter einen Felsen, dicht an dicht, Hand in Hand. Kurze Zeit kauerten wir dort ohne Laut.

Warum wir nichts taten?, willst du wissen, liebe(r) LeserIn. Weil da nur Liebe war, weil wir sehen wollten, was geschah, ohne einzugreifen, oder einfach, weil alles so kommen musste, wie es dann eben kam.

Vorbei, dachte ich erleichtert, als der Pfeilregen endete, überstanden, geschafft und - spürte erst jetzt ein Zittern in deiner Hand, drehte mich zu dir und sah das Leuchten in deinen Augen erlöschen. Ich drehte dich um und fand den winzigen Pfeil im Rücken. Vergiftet!, blitzte ein Gedanke in mir auf, und schon sprang ich voller Hass auf und rannte dem Ursprungsort der Pfeile entgegen, tauchte in den Wald ein, wo viele der roten Wesen noch immer saßen.

Erneut prasselte ein Regen roter Pfeile auf mich nieder.

Doch jetzt war ich nicht zu bremsen - Zorn und Wut - ich rannte weiter auf sie zu. Die Pfeile prallten an dem Schutzpanzer ab, den meine zweite Haut mir bot. »Ihr sollt alle sterben«, schrie ich, und Feuer brach aus meiner Stirn und meinen Händen.

Brennend stürzten die Roten ins Nichts.

Schließlich sah ich mich um, sog die Todesstille des Waldes in mich ein, fand meine Ruhe wieder. Vor mir glühte noch ihre Asche. Asche war alles, was von ihnen blieb. Asche zu Asche und Staub zu Staub! Dann kehrte ich meiner Rache den Rücken, ging weinend zurück zu dir, nahm dich auf und trug deinen Leichnam in die Tiefe des Waldes. Denn dort lag noch immer wartend und träumend und duftend das Tor der Liebenden, unser Linden-Eichentor, das Tor zu den Sternen, das wir damals nicht durchschritten hatten. Ich trug dich hindurch.

Wir wurden keine Bäume, dort, fern der Erde, wo ich dir wieder Leben und Bewusstsein gab. Du wurdest wieder du, ein Mensch mit Namen Nairra, so wunderhübsch und zart und stark und ... mit all deinen Erinnerungen bis auf die eine, die ich dir nahm: deinen Tod. Diese Erinnerung verschloss ich auch in mir, verbarg sie so vor dir. Dann kehrte ich mit dir zurück und weckte dich. Wir zogen weiter, als wäre nichts geschehen, und ich erzählte dir von meinem Vater, meinem Lehrer oder wer immer er gewesen sein mag. So war es, so geschahes.«

»Danke für ein neues Leben mit dir«, flüstern deine Gedanken in mir, schaust mich voller Liebe an und nimmst meine rechte Hand: »Komm, lass uns tanzen!« So ziehst du mich an den Rand des Waldes und in die Weite des Raumes fort.

Undine, denke ich einen Augenblick, dein Name ist nicht Nairra, sondern Undine, so elementar, so Geist und doch kein Wasser, ganz anders.

Wir tanzen unter dem Licht der Vollen Mondin.

All die anderen Wesen der Nacht lauschen, schauen, fühlen uns zu.

Erschöpft fallen wir schließlich ins feuchte Gras, das sich in ein weiches Bett aus warmem Moos verwandelt.

Dort lieben wir uns - so, wie es die Tiere des Waldes und auch wir Menschen tun. Schreie wilder Lust, Ekstase.

So viele Abenteuer erlebten wir noch, du und ich. So viele Tage und Nächte voller Liebe. Und so kurz war doch die Zeit zu zweit. Denn irgendwann, so plötzlich, war alles vorbei. Ich sah es kommen und konnte doch nichts tun. Abgründe taten sich in mir auf. Wieder war ich allein und hörte mich schreien. »Warum?«, brüllte ich und weinte einsam in der Wüste, die keine Wüste war dort draußen, sondern noch immer Wald. »Weiße Wolken weben Wahrheit«, sprach irgendwer irgendwo in mir.

»Schau hinauf!«, spricht die Stimme.

Ich blicke auf.

Dort oben sind die Wolken weiß wie Schnee.

Sind sie nicht wirklich? Ist es nicht wahr?

Jetzt schreiben sie meinen Namen in die blauen Himmel. »Mensch« schreiben sie, »Manfred« schreiben sie, »Magier« schreiben sie.

Ich sehe alles mit meinen Augen.

Aber tief in meiner Seele geschehen andere Dinge, dort verzweifelt irgendwer: »Warum schreien die Abgründe so tief?«

Aber dies alles war ja nur ein Traum, ein Wüstentraum mit weißen Wolken, nicht mehr!
Mehr nicht?
Viel mehr!
Denn wir erlebten es schon einmal, es war kein Traum, es ist kein Traum, es gab da wirklich das Schwarze Schwert mit Namen MO.

Ich sehe das in Schwärze glühende Schwert aus der Erde treten, empor aus tiefsten Magmahöhlen steigen. Ich sehe es in mir, stehe nur da, schaue zu und tue nichts. Dicht neben mir bricht es hervor und schlägt in diesem Augenblick auch schon zu, von unten aus der Erde nach oben in ... Eben noch hielt ich dich in meinen Armen. Jetzt gerade halten wir uns an den Händen, zwei Liebende, Geschwister zugleich, Hänsel und Gretel im dunklen Wald. Und alles geht so ungeheuer rasch. Ich sehe dich lächeln, einen Augenblick verwundert schauen, dann blickt ER mich auch schon aus deinen Augen an. Höre den Schrei deiner geliebten Stimme, der endlos in mir widerhallt ... Denn MO, das Schwert, ist scharf und der Schlag gewaltig und schnell wie ein Blitz. Ich sehe den Spalthieb von unten, Shino-tatewari nannten ihn meine Samurai, kommen, der dein Geschlecht, deinen Bauch, Brust und Hals und Kopf zerschneidet. Zwei Hälften fallen lautlos zu Boden. Überall Gedärm und Ströme von Blut!

Erst jetzt höre ich das grollende Lachen aus Höllentiefen.

»Shtn!!!«, brülle ich, weil ich nichts verstehe, weil ich vor Hass blind bin, weil ich doch nur ein Mensch bin. Für einen Augenblick färbe auch ich mich schwarz. IHN aber sehe ich dort unten im selben Augenblick zu weißem Feuer werden. Jetzt erst begreife ich, wer ER ist. Alles schon einmal so ähnlich erlebt. Ewige Wiederkehr. »Du!!!«, brülle ich hinaus in diese Nacht der Nächte, die mondinlos scheint, so voller schwarzer Wolken, in der es nun nicht mehr zwei Liebende, leuchtende Wesen gibt. Nie mehr!

Jetzt ist da einer, der strahlt in weißem Licht. Das bin ich. Weinend füge ich die Hälften meiner Geliebten zusammen, versuche es. Doch ich bin nicht Isis, die Osiris zum Leben wiedererweckt. Ich muss auf andere Zeiten warten, bis ich sie in irgendeiner Gestalt, die ich noch nicht kenne, wiedertreffen werde. Also bedecke ich ihren Körper mit Tränenströmen.

Dann blicke ich auf, schaue hinab in tiefste Erdentiefen und schreie: »Warum? ... Wo bist DU? ... Töte auch mich, dass es ein Ende hat!«

Doch niemand antwortet mir.

So setze ich mich auf einen Stein und denke das, was sich immer wieder wiederholt, denke nur zwei Worte, die Gegensätze sind: Schwarz, schwarz, schwarz. Weiß, weiß, weiß. Weiß und Schwarz - Schwarz und Weiß - Weiß und Schwarz.

Stöhnend liege ich auf der Erde, am Boden zerstört, murmele mit gebrochener Stimme: »Was hast du getan, Bruder, was hast du getan mit unserer Schwester? Du hast ihren Leib gespalten, du hast Leben in zwei tote Hälften zerbrochen. Was hast du nur getan, Bruder?«, rufe ich, der Weiße, in die schwarze Nacht.

»Ich vereine. So wächst zusammen, was zusammengehört«, antwortet ER nun doch, hebt deine blutenden Hälften auf, zieht dich an deinem Haar empor. Dann gehst du in SEINEM Körper auf.

Ich sehe es und schaue hinab und wundere mich. Denn dort liegt noch immer dein toter Körper. Sollte es nur dein Ätherkörper, dein Astralleib gewesen sein, gar deine ganze Seele, die ER zu sich rief?, frage ich mich noch, da kommt ER schon auf mich zu.

»Jetzt schon?«, wundere ich mich und warte ab.

Doch ER geht durch mich hindurch. ER, mein Feind, und du, meine Liebe, beide in einer Gestalt gehen einfach so durch mich hindurch, schweben lautlos in die Nacht davon.

Ein kalter Hauch blieb kurze Zeit zurück, so, als hätte sich ein Tor geöffnet, ein Tor in die eisige Kälte des Raumes. Und dieser Hauch schwoll zum eisigen Sturm an, warf mich in den Staub der Erde, ließ mich erstarren, machte mich bewegungslos und nahm mir - nicht das Leben. Denn da war noch, musste einfach viel Zeit für Trauer sein.

Die Geliebte verloren. Trauer und Tränen und ... »Alles aus!«, rufe ich Manfred der Magier in die Weite hinaus, der ich einst so groß und nun so klein, wieder allein und wieder Mensch - nicht schwarz, nicht weiß - geworden bin. »Alles aus! Wozu noch weiterleben? Mach' ich also Schluss! Bringen wir's hinter uns! Leuchtender Pfad! Haha! Aus und vorbei! Bis hierhin und nicht weiter!«

Und du fragst dich, wie ich dir von alldem berichten konnte, wenn ich nicht noch immer am Leben wäre. Andererseits weißt du ja, dass ich noch einmal in die Menschenwelt zurückgekehrt bin. Also starb ich doch irgendwann meinen menschlichen Tod. Die Frage ist nur: wann und wo und wie? Du hast ja Recht. Das geschah viel später. Ja, Wunder über Wunder gibt es – immer wieder – manchmal zumindest – selten – sehr selten.

Trauernd sitze ich im Schoß von Mutter Erde, kauere still, die Stirn auf die angezogenen Knie gelegt, mit gekrümmtem Rücken und - atme noch immer.
Irgendwann später kommen Müdigkeit und Schlaf und Traum.
»Ich falle!« Schreiend falle ich in endlose Wüsten. Dann kommen die Bilder, mörderische Bilder. Ich sehe mir dabei zu, wie ich mir die Brust aufreiße und mein noch immer schlagendes Herz in den Händen halte, wie ich blutend und sterbend im Wüstensand versinke, wie alles verschwindet: die Wüste, mein Leuchtender Pfad, mein Leben, die Erde, wie alles vergeht. Denn alles ist nur ein Traum, den irgendetwas oder irgendwer irgendwo irgendwann träumt. Ich wache auf und - weine noch immer.

So trauerte ich Stunden, Tage - gar Wochen, Monate, Jahre? Ewigkeiten trauerte ich um dich. Deinen gespaltenen Leib hatte ich längst mit dem Gesicht vom aufgehenden Sonn abgewandt, deiner Mutter Nacht entgegen schauend im Schoß von Mutter Erde unter einem Hügel aus Steinen hier im Osten des großen Kontinents begraben. Ich saß also an deinem Grab und trauerte lange Zeit um dich.

Irgendwann erinnere ich mich an SEINE Worte, die ER einst zu mir sprach. Wann war das gewesen? Warum hatte ich sie vergessen? Hätte es etwas geändert? Einst geschah es, als ich noch auf tausend Rosawolken der Liebe schwebte. Jetzt erinnere ich mich auch an den Beginn meiner Reise, als ich in einer anderen Welt noch kein Magier, sondern nur ein Mensch gewesen war, ein Wesen mit vielen Seiten, von vielem ein wenig: Weiß und schwarz und bunt. Und die bunte Seite hatte sich in Manfred den Magier verwandelt. Meine schwarze Seite aber wurde zu IHM, dessen Namen man nicht nennt. So mag es gewesen sein. Oder ist ER doch viel mehr als nur ein Magier und Mensch wie ich?

Die Worte, die ER einst mit tiefer, donnernder, multipler Stimme sprach, jetzt erinnere ich mich an sie: »Welch tolle Frau du da in deinen Armen hältst! Gefällt sie mir? Nein! Aber sie gefällt dir, also muss ich sie haben! Ich will sie! Ich werde sie besitzen, mit meinem schwarzen Schwanz werde ich sie durch Bauch und Brust und weiter hinauf durchbohren. Welche Schmerzen, welche Lust, welche Ekstase! Etwas, das du ihr nie geben wirst, hoho. Nie mehr wird sie dich wieder lieben, nie mehr wird es so sein wie zuvor, wenn ich sie besessen habe. Denn ich bin die Schwärze, der Herr der Nacht, der Höhlen und der Tiefen.« Dann lachte ER grölend und hörte nicht mehr bis zum Morgengrauen nicht mehr auf. Erst als Vater Sonn erschien, kehrte wieder Stille ein.

So war es von Ihm Dort Oben vorausgesagt. So tat ER das, was er tun musste. Denn über Ihm steht Der Dort Oben.

Aber war es so geschehen?

Ja und nein. Alles kam ein wenig anders. Ja, ER hatte dich getötet. Doch du, Nairra warst einen schnellen Tod gestorben. Da waren weder Vergewaltigung noch Lust noch Sehnsucht nach IHM, nichts von allem, bis auf den Tod.

Eines Nachts im Sommer weckte mich aus meiner Trauer ein Schwärmerschwarm: ein sanftes singendes Flattern zarter Schuppenflügel, nachtgaukelnde Seelen. Ich sah zu den Sternen auf. »Komm!«, forderten sie mich auf. Nicht mehr und nicht weniger konnte ich vernehmen. Sprachen sie denn überhaupt. Wie sollen Schmetterlinge zu einem Menschen, zu einem Magier in Menschengestalt sprechen? Sie flüsterten keine Worte, sie flogen nur, sie flatterten vor meinem Gesicht, das war ihr Ruf. So stand ich also auf und verließ den Ort des Schmerzes. Ihn sollte ich nicht mehr wiedersehen, nie mehr! Eines aber wusste ich sicher: Du, meine Liebe, und ich, wir beide würden uns wieder begegnen, irgendwo, irgendwann, irgendwie. Ich verließ also den Ort. Doch der Schmerz hatte mich noch immer nicht endgültig verlassen. Plötzlich war er wieder da. Ich saß im Lo-

tossitz auf einem Hügel der Erde, als meine Seele zu weinen begann.

Eine Träne löst sich aus meinem rechten Auge und rollt sanft und still hinab.

»Ich bin Manfred der Magier! Ich bin!«, singt es in mir. »Ich lebe noch immer. Immer wieder.« Und immer wieder, denke ich.

»Allein!«, ist das Echo meiner lautlosen Worte, so laut, so brüllend, so donnernd in mir und überall dort draußen.

»Allein!«, schreit es, wie so oft vor langer Zeit, damals in der anderen Welt, in der alles begann. Doch hier und jetzt ist es kein Menschenschrei, sondern der Schrei eines Magiers, mein Schrei aus tiefster Einsamkeit, der die Welt erzittern lässt. Ich aber sehe nichts, bemerke nicht, wie die Erde aufreißt, wie Spalten wachsen und sich vom Zentrum her, in dem ich sitze, nach überallhin ausbreiten. Glühende Lava fließt. Erst als die die Bäume Feuer fangen, nehme ich wahr, was um mich herum geschieht. In mir aber pulsieren noch immer Todesgedanken: Schreiend in brodelnde Wasser springen, zu den Quellen der Hitze hinabtauchen, in tiefste Tiefen durch den Mantel der Erde hindurch und weiter, immer weiter bis zum Herz der Erde und schließlich rasend durch Felsen brechen!

Zeit vergeht. Lange sitze ich dort im Qualm der dampfenden Erde und weine und spüre nichts. Ich sehe den Tod, ich suche ihn, ich suche das Ende. »Ich will sterben!«, ruft ein Teil von mir dort innen.

»Willst du wirklich sterben?«, fragt eine andere Stimme mich flüsternd. »Ist wirklich alles mit dem Tod zu Ende? Oder beginnt alles von Neuem mit neuer Geburt auf diesem Planeten oder irgendwo anders? Ewige Wiederkehr und Wiedergeburt, das endlos sich drehende Rad?

Ist es so, dann gibt es keine Flucht, dann muss getan werden, was getan werden muss. Hier und jetzt oder dann, irgendwo und irgendwann. Ist aber doch alles zu Ende mit diesem einen Tod, für immer und ewig, dann gibt es auch keine Freude mehr und keine Liebe, keine Wärme für mich, Nichts mehr, nie mehr!

Still sitze ich noch immer, während der Lavastrom stoppt, während Hitze zu Kälte gefriert und Flüssigkeit zu Stein gerinnt.

Jetzt stehe ich auf und sehe staunend das Trümmerfeld.

Grauer Stein, wo eben noch Wald gewesen und Leben. »Wo bin ich?«, frage ich mich und sehe das Gestein zerfließen und sich in fruchtbaren Staub verwandeln.

Dann kommen Erinnerung, Wissen, Gewissen zurück. »Ich habe getötet!«, brüllt es in mir und aus mir heraus. Und ich begreife, dass die Trauer eines Magiers tiefer geht, als Tränen von Menschen je fallen könnten. Ich verstehe, dass es immer so ist und überall. Leben tötet Leben, um zu leben. Bakterien in uns, Ameisen unter unseren Füßen, Motten und Fliegen und Spinnen in unseren Zimmern. Planeten und Sterne unter den Füßen der Götter. Nichts bin ich in Ihrem Angesicht. Eines Tages, zu einer Zeit vielleicht ...

Ich sehe Sie nicken mit Köpfen, die Sie nicht besitzen. Sie nicken mir zu, Sie zeigen irgendwohin, Sie zeigen mit tausend Armen und Händen und ausgestreckten Fingern nach Osten, dem aufgehenden Sonn entgegen, und einem neuen Tag.

Es ist Morgen, merke ich erst jetzt und gehorche Ihrem göttlichem Wink. Denn ich bin Staub unter Ihren Füßen, die keine Füße haben. Denkender Staub, fühlender Staub, Leben. Also doch ein wenig mehr als toter Stein. Denn Sie haben mich wahrgenommen. Immer sind Sie bei mir, von Anfang bis Ende.

Wer bin ich wirklich?

Ist es mein Weg, den ich da beschreite, mein Leuchtender Pfad, dem ich folge?

Ja! Denn ich gehe ihn.

Nein! Denn Sie weisen ihn mir.

Ja! Denn ich kann wählen.

Und sie sind Teil meines Lebens, ich wurde aus Ihnen geboren, lebe in Ihnen. Sie leben in mir.

So endet der erste Teil einer endlosen Reise. Also endet hier nichts, sondern schließe ich hier nur, um in Kürze fortzufahren. Halt! Da ist doch noch eine Sache, von der ich dir berichten muss. Nein, es sind nicht die Kleinen Götter und es ist nicht GOTT, Er Dort Oben ist es, um den es hier noch geht.

Traum im Traum im ...

Wie oben, so unten, so oben.
Oder: Wie er mich, so ich ihn?

Da träumt der Magier einen Traum.

»Was für ein Magier?«, fragst du. »Welchen Traum?«
Sein Name ist Manfred. Wer sonst sollte es sein, wenn nicht er? Ich bin's.

In meinem Traum sehe ich einen Träumer. Er liegt auf dem Rücken auf seinem Bett in einem Zimmer einer kleinen Wohnung. Es ist warm, Sommer vielleicht, nackt liegt er da. Wie seltsam doch, Sein Gesicht erkenne ich nicht, Doch ich weiß, dass auch Er magische Träume träumt - schau, wie seine Augen unter geschlossenen Lidern zucken! Welten sieht er in sich, bevölkert von träumenden Drachen, Welten aus Schwärze und Licht und Farben erträumt er sich.
Ich weiß, wer Er ist, es ist Er Dort Oben.
Jetzt schaue ich in einen Seiner Träume. Aha, dort geht es um einen Magier auf der Suche. Er lässt ihn noch einmal als Greis in die Menschenwelt zurückkehren und auf die Abenteuer seiner Jugend zurückblicken, lässt ihn Bücher schreiben, die von seinem Lebensweg erzählen. Das erste Buch mit dem Titel Der Leuchtende Pfad des Magiers endet mit dem Kapitel Traum im Traum im ...
Also ist alles einmal, zweimal, x-mal ineinander verschachtelt?
»Sollte also auch meine Welt nur ein Traum sein?«, fragt sich der Träumer in seinem Traum und schaut empor und sieht nichts und niemanden über sich und schaut nicht hinab.
Ich aber, Manfred der Magier, liege noch immer auf dem Rücken im hohen Gras auf einer Lichtung hier in meiner Welt Wald - oder doch schon in einer anderen Welt, im Gräsernen Meer vielleicht? Liege einfach so mit geschlossenen Augen da. Mein Körper trägt die Farben und Formen des Grases, in dem ich liege. Ich bin Gras und träume noch immer. Und während ich träume, beginne ich vieles zu verstehen. Einst sah ich Ihn Dort Oben und wusste nichts. Jetzt aber weiß ich, dass Er es ist, der mich erträumte, der mich schuf. Also ist Er mein Vater und meine Mutter zugleich. Also ist Er

mein Gott, ein träumender Gott und doch vielleicht zugleich nur einer unter Milliarden seinesgleichen. So unbekannt und unauffällig trägt er doch Welten in sich, die wollen heraus. Und ich weiß noch mehr: Er lebt in der ersten Welt mit Namen Stadt, aus der auch ich komme, Er trägt nicht nur den Namen, den er mir gab, den nur wenige dort kennen, weil es nicht Sein erster, sondern Sein dritter Name ist. Jetzt sehe ich in meinem Traum Seinen Namen, mit dem Ihn Menschen Dort Oben rufen. Zwei Worte sind es, die da lauten:

Rainar Nitzsche.

(Kein) Ende

Worte und Erinnerungen

(Lyriktitel von Rainar Nitzsche in Kapitälchen)

Dann irgendwann hörte...	WORTE DES MAGIERS
gate, gate, paragate ...	Sutra des Herzens
hana wa sakuragi	aus Nitobé: Bushidô
Hörst du	Zen-Koan
Indem ich dieses ...	aus Nitobé: Bushidô
Ja, das ist es ja, ...	WORTE DES MAGIERS
Magier	EINE DEFINITION
Nach innen ...	Novalis
Nein, wir rühren keine ...	WORTE DES MAGIERS
A new moon leads me to	Enya: China Roses
Pfad	Lexikon esoterischen Wissens
Schwarzer Schatten aus ...	ORAKEL DER TIEFE
Das Schwert in meinen ...	WORTE DES MAGIERS
Seine Augen waren Feuer	EINER, DER IHN SAH
Seltsam sind die Wege	Rainar Nitzsche
shi mon yori irite	aus Maurer: Die Samurai
Der Tausend-Meilen-Weg	Miyamoto Musashi
Von Auge zu Auge	LEUCHTENDE LIEBE
Weiße Wolken weben ...	Rainar Nitzsche
Wirst du ihn töten ...	DIE PROPHEZEIUNG
Das Wort für Welt	Ursula K. LeGuin

Wichtige Personen, Lebewesen und Begriffe

Affenmenschenfrau (*Australopithecus africanus* = afrikanischer Südaffe): Lebte vor 3 bis 2 Millionen Jahren in den Savannen von Südafrika, wo er sich von pflanzlicher Kost ernährte. Er ist ein kleiner aufrecht gehender Vormensch, ein Seitenzweig in der Menschenevolution. Hier sieht Manfred in einem seiner Träume, wie ein weiblicher Affenmensch von einem Leoparden erbeutet wird.

Alter bärtiger Mann: 1) Der Geschichtenerzähler, der sich ganz zu Beginn aus ETWAS bildet. 2) Manfred der Magier, aus der Zukunft gespiegelt, trifft sich selbst auf einer Lichtung in der Pfadwelt Wald und in seinem „Paradies". 3) Ein Eremit, der auf einer Lichtung meditiert, wo ihn vier Jungs überfallen.

Alter Chinese: Tanzt Tai-chi. Mit ihm bewegen sich Pflanzen und Wölfe. Auch die beiden Verliebten, Manfred und Nairra, reihen sich in das Fließen ein.

Amaterasu Ohomikami (die große erhabene Göttin, die vom Himmel strahlt): Sonne und Sonnengöttin im japanischen Shinto-Glauben.

Astralkörper: Menschen besitzen neben ihrem physischen Körper möglicherweise mehrere feinstoffliche Körper, die verschieden benannt werden. Der Ätherkörper ist Träger der Lebenskraft und löst sich nach dem Tod bald auf. Der Astralkörper ist Träger unserer Gefühle, unseres Traumlebens und der telepathischen Kräfte. Beide haben die Form des physischen Körpers und können sich von diesem trennen, auch als Geist, Gespenst gesehen werden und überdauern den Tod je nach Triebstärke unterschiedlich lang. Weiterhin werden noch Mentalkörper (hellstrahlende Kugel im Kopfbereich, die nach dem Tod weiterlebt) und Kausalkörper unterschieden. Die Gesamtheit aller feinstofflichen Körper wird auch Seele genannt.

Batman: Hier ist nicht der aus Comic und Film bekannte Fledermausmenschenheld, sondern der von Fledermäusen umflatterte und gebissene Manfred gemeint, dessen Mund eine gigantische Fledermaushöhle wird.

Bauer Olaf und seine Frau: Sie berichtet von den Träumen und der letzten Tat ihres Mannes, der dem Ruf des Schwertes folgt und verbrennt.

Baum, Bäume: Der Urwald Mitteleuropas hatte eine Mosaikstruktur, d. h., es wechselten Mischwälder mit artreinen

Beständen ab. So gab es vor dem Eingreifen des Menschen nach der Eiszeit Buchenmischwälder, Eichenmischwälder, Auenwälder, gegen Osten hin Kiefernwälder, in den Bergen Tannen und Fichtenwälder, an den Flüssen Auenwälder, unterbrochen von Lichtungen. Häufig waren Eichen, Buchen, Hainbuchen, Linden und Birken. Besonders erwähnt werden hier 1) die Eiche (Gattung *Quercus*), die bekannte einhäusige Baumgattung der nördlichen Erdhemisphäre mit zahlreichen Arten. Eichen können über 1300 Jahre alt werden. Hier erleben wir den Eichenkreis sowie den Eichentöter und die Eichenfrau, 2) die Linde (Gattung *Tilia*) bildet die andere Hälfte des Linden-Eichentores.

Blauer Riese: Ein gigantisches Wesen in Menschengestalt, hoch wie ein Baum, schillernd hellblau wie der Himmel bei Tage, einsam, alt und lebensmüde.

Chakren (Einzahl: Chakra, Sanskrit: Rad): Zentren feinstofflicher Energie (Prana, Kundalini) im Menschen, als Lotosblüten dargestellt, eher wie wirbelnde Feuerräder, die sich bei Mann und Frau in entgegengesetzte Richtungen drehen. Sieben Hauptchakren werden unterschieden: Das erste und unterste ist das Wurzel-Chakra Muladhara zwischen Geschlechtsorgan und Anus, hier ruht die Kundalini. Es folgen: Svadhisthana, Manipura, Anahata, Vishuddha, Ajna und Sahasrara. Das sechste, Ajna-Chakra, liegt oberhalb der Nasenwurzel in der Mitte der Stirn, und wird auch „drittes Auge" genannt und ist Sitz der bewussten Wahrnehmung und der höheren Geisteskräfte. Manfred und Nairra können es sichtbar leuchten lassen.

Chor der Mönche: Ein Bild aus vergangenen Zeiten, das Manfred sieht. Christliche Mönche hüten den Schrecklichen Ort, den einst ein Engel des Herrn besuchte, bis sie von Wikingern im Jahre 845 A. D. massakriert werden.

Daiko (japanisch): Große, senkrecht stehende Trommel.

Daishô (japanisch: groß und klein): Das lange und das kurze Schwert des Samurai (Katana und Wakizashi).

Dok: Träumt seinen Traum vom Leuchtenden Pfad, bis er ihn eines Nachts wahrhaft vor sich sieht und ihm folgt. Er steigt über den Dächern seiner Stadt auf und verwandelt sich in Manfred den Magier.

Drache: 1) Ein chinesischer, vierklauiger Geisterdrache, der die sieben Samurai von einer japanischen Insel vor der Küste nach Honshu zu Manfred bringt. 2) Schwarzgeflügelte

Drachin: Flugsaurier. 3) Ein grüner, feuerspeiender, geflügelter, fünfklauiger Himmelsdrache weiblichen Geschlechts: Manfreds Mutter. 4) Also ist auch Manfred ein Drache.

Drefman: Schwarzer Magier, Manfreds Bruder, der in der Unterwelt zunächst Manfreds Samurai tötet und dann auch seine große Liebe Nairra. In Wahrheit ist Drefman mehr, nämlich ER (mehr im Anhang von Pfad 2, 3).

Drei: Schwarzer Magier, Weißer Magier und sie. Einst trafen sich die Drei weitab der Menschenwelten unter einer Birke im Osten des Großen Kontinents. In einem von Manfreds Träumen treffen sich ein weißes und schwarzes Wesen, zwischen ihnen liegt ein neugeborenes Mädchen.

Drei singende Greise: Sie singen am Morgen und bringen so der Welt Wald den Tag.

Einhorn (Unicornis, Monokeros, unicorn, chi-lin, krin): Fabeltier in der Gestalt eines Pferdes, das ein großes, spitzes Horn auf der Stirn trägt, in verschiedenen Kulturen und Zeiten unterschiedlich beschrieben und gedeutet. Das chinesische Chi-lin gleicht einem mit Drachenschuppen bedeckten Kalb, das auf der Stirn ein silbernes Horn trägt. Es ist der Erde entsprungen, männlich und weiblich zugleich, vollkommen, ein sanftes Wesen, das keinem Lebewesen etwas zuleide tut. Es gab dem Menschen die (chinesische) Schrift. Aus heutiger Sicht ist das eine Horn ein Artefakt, eine Missinterpretation der seitlichen Darstellung von Ziegen und Rindern in der Malerei. So wurde in der griechischen Übersetzung des Alten Testament aus Re'em (Ur oder Auerochse) „monokeros", in der lateinischen Vulgata „unicornus". Je zwei Säugetiere wirkten an seiner Gestalt mit: die Schraubenziege (Capra falconeri) und das indische Panzernashorn (*Rhinoceros unicornis*) bzw. trugen Hörner bei: das Mammut (*Mammuthus primigenius*) (Unicornu verum) und das Narwal-Männchen (*Monodon monoceros*) (Unicornu falsum). Das Einhorn ist Sinnbild der Friedfertigkeit, der Tugend, der Weltabgewandtheit und der Keuschheit, denn das phallische Horn entspringt der Stirn, dem Sitz des Geistes. Manfred begegnet einem magischen, geschlechtslosen, pferdeartigen Wesen mit strahlend weißem Fell und schwarzen Augen und verwandelt sich selbst in ein Einhorn.

ER: Das ist Drefman.

Er Dort Oben: Einmal taucht Er auf und macht den Weg frei. Nein, da geht es um keine ehemalige Versicherungswerbung, sondern um den Träumer, der die Pfadwelten träumt, Manfreds „Gott", der ihn und seine Welt erschuf.

Erde: Unsere Mutter, die uns alle gebar.

Erzengel: Mächtiges Wesen aus weißem Licht, schrecklich für Menschenaugen, denn wer es ansieht, erblindet. In der christlichen Mythologie gibt es sieben den sieben Himmeln zugeordnete Erzengel. Einer trägt den Namen Uriel (Auriel, hebräisch: Mein Licht ist wie Gott). Er ist der Offenbarer von Geheimnissen, der angerufen wird mit dem Bannungsritual des Kleinen Pentagramms. Der Islam kennt vier Erzengel, der gefallene Engel heißt hier nicht Samael (Satan), sondern Eblis, der Teufel.

ES: 1) Etwas, das alle Kosmen erträumt: GOTT. 2) Ein Wesen aus anderen Dimensionen, dessen Arme und Münder Legion sind. 3) Ein Stachelwesen, dem ein anderer Magier begegnet.

Fledermäuse: 1) Sieben Fledermäuse besuchen Manfred und wachen über ihn. Es sind Abendsegler (*Nyctalus noctula*) mit wunderschönem rötlichen Fell und schwarzen Augen, die sehr gesellig sind, meist in großer Zahl in Baumhöhlen leben, schon früh am Abend erscheinen und dann hoch über den Gipfeln der Bäume jagen. 2) Echte Vampirin (*Desmodus rotundus*): Häufigste blutsaugende, im tropischen Lateinamerika lebende Fledermaus, nur 7,5-9 cm groß, bewohnt in kleinen Weibchenjungengruppen mit einem dominanten Männchen Baumhöhlen, spendet den eigenen Jungen, aber auch Verwandten und guten Bekannten Blut, fliegt nicht bei Voller Mondin aus, wenn ihre größten Feinde, die Eulen, jagen. Landet lautlos in der Nacht mit samtenen Pfoten auf ihrem warmblütigen, schlafenden „Blutspender" (Säugetier, heute oft Pferde), hakt sich mit Hinterbeinen an der Mähne fest, beißt mit ihren langen messerscharfen oberen Schneidezähnen schmerzlos nach Einspeicheln ein winziges Hautstück ab und leckt das austretende Blut auf. Ihr Speichel verhindert die Blutgerinnung. Muss alle zwei Tage Blut (50-100% ihres Körpergewichts) aufnehmen, sonst stirbt sie, weshalb das Blutspenden so wichtig für das Überleben ist. Greift auch Menschen an, kann Tollwut (Viren, hier Kristalle genannt) übertragen. Berichte von ihr aus Mittel- und Südamerika lieferten das Vorbild für zahlreiche menschliche Vampire (Polidori: Lord Ruthven 1819, LeFanu: Carmilla 1872, Bram Stoker: Dracula 1897). Lediglich in den beiden Nosferatu-Filmen (Murnau 1922, Herzog 1979) hat der Vampir (Orlok, Dracula) die scharfen Schneidezähne der Echten Vampire, ansonsten dominieren die verlängerten Eckzähne, wie sie für die Raubtiere (Carnivora) charakteristisch sind und auch von insektenfressenden Fledermäusen zum Beutefang, nicht aber von den Echten Vampiren zum Anbeißen ihrer Opfer, verwendet werden.

Gewaltiges Heer: Tausende wohlgerüstete Soldaten warten auf der Ebene am Rande des Waldes auf Manfred und seine sieben Samurai und töten sich gegenseitig.

Glühender Mann: Ein Wesen voller Energie mit grünem Blut, sendet Laserblitze aus und wird doch von den Kichernden Zwergen erbeutet.

Götter: 1) Mächtige Wesen des Kosmos. 2) Germanischer Gott: Odin. 3) Der jüdisch-christlich-islamische GOTT (Jahwe, Gott, Allah), der Himmel und Erde und Menschen erschuf.

Grüne Wesen: Wächter einer Grenze zum grünen Regenwald. Sie haben grüne Haut (Chlorophyll) und grünes Blut, sind menschenähnlich, aber auch pflanzenhaft.

Grüner Mann: Er flieht mit von Pfeilen gespicktem Rücken vor den Roten Wesen.

Haori: Bis an die Knie reichendes Obergewand des Samurai, das auf der Straße getragen wird und am Rücken sowie an den Ärmeln mit dem Wappen, hier dem Drachen, verziert ist.

Höllenhunde: Vier Meter lange Urraubtiere der Gattung Andrewsarchus. Sie verfolgen Manfred, der sich in einen von ihnen verwandelt und so überlebt.

Homunkulus: Kleiner kurzlebiger Mensch, ein Ebenbild seines Schöpfers Manfred. Er gibt ihm den Namen Rainar. Der kleine Mann soll sogar angefangen haben zu dichten.

Indonesischer Student: Mitbewohner von Dok in einer Wohngemeinschaft (WG).

Izanagi- und Izanamo no Mikoto: Göttliche Stammeltern der Japaner, Schöpfergottheiten aus grauer Vorzeit.

Jisei: Todesgedicht des Samurai, bevor er Selbstmord (Sepukku) begeht.

Kamikaze: (japanisch: Götterwind): Taifun, der die **Invasionsflotte** der Mongolen vernichtete.

Katana: Langschwert, das große der beiden Samuraischwerter, dessen Klinge mehr als 60 cm lang ist. Es wird beim Kampf mit beiden Händen gehalten. Musashi jedoch kreierte die Zweischwertertechnik: Er kämpfte mit beiden

Schwertern zugleich. Dem Handschutz dient das zwischen Klinge und Griff eingefügte Stichblatt Tsuba. Weiter im Text erwähnte Teile des Schwertgriffes sind: Menuki, Fuchi und Kashira. Auch Manfreds Schwert OM und Drefmans MO sehen einem Katana ähnlich, sind aber außerirdischen Ursprungs, stärker und magischer noch als die Schwerter, die der Schwertschmied Masamune schuf.

Katze: Eine rotbraune Hauskatze (*Felis silvestris*), sieht Dok sich in die Lüfte erheben. Menschen gaben ihr den Namen „Minka". Ihren wahren Namen kennen wir nicht.

Kendo (japanisch: Weg des Schwertes): Kunst des Schwertkampfes, stark durchdrungen vom Zen. Kennzeichnend sind Geistesgegenwart, Einheit von Schwert und Samurai, spontane Reaktion, furchtlose Todesbereitschaft. Ein Weg zur Erleuchtung.

Kichernde Zwerge: Kleinwüchsige Waldbewohner mit sehr scharfen Zähnen, schreien kichernd und erbeuten den Glühenden Mann. Einer von ihnen wird von einem Schattenwesen getötet.

Koan: Paradoxon des Zen-Buddhismus, nicht mit dem Verstand lösbares „Rätsel". Ein Weg zur Erleuchtung.

Komosô: Bettelmönche, zunächst ein religiöser Orden, dann eine geheime weltliche Bruderschaft von herrenlosen Samurai. Sie trugen nur ein langes Schwert und einen bienenkorbähnlichen Hut aus Bambusgeflecht, der nur zwei Augenschlitze besaß, reisten stets zu Fuß mit einem Wanderstab und spielten auf der Bambusflöte Shakuhachi. Einer von ihnen, es ist Er Dort Oben, führt Manfred mit seinen Samurai zusammen.

Koto: Japanisches, zitherähnliches dreizehnsaitiges Musikinstrument.

Kundalini (Schlangenkraft): Ruht schlafend aufgerollt am unteren Ende der Wirbelsäule jedes Menschen. Wachgerufen steigt sie durch die Chakren auf, was unterschiedlich schnell geschehen kann und zu spirituellen Erkenntnissen und mystischen Visionen führt. Manfred erweckt sie in sich, bei ihm erscheint sie als echte Schlange.

Kunoichi: Schattenkriegerin, weibliche Ninja. Hier ist es Nairra in sehr aggressiver Gestalt.

Lotossitz, Volle Lotus-Haltung (Padmasana): Aufrechter Sitz mit ineinandergefalteten Beinen, rechter Fuß auf linkem Schenkel, linker Fuß auf rechtem, die Hände ruhen zusammengelegt zum Dhyani-Mudra im Schoß. Günstig für Atmung und Meditation, im Hatha-Yoga und Zen angewandt.

Magier alter Zeiten: Er ruft das Schwert und verschwindet im Höllenspalt.

Mahô (japanisch): Magier.

Manfred der Magier: Der Held unserer Erzählung. Einst in der Welt Stadt war er noch ein Mensch mit Namen Dok. Als alter Mann zurückgekehrt erinnert er sich und erzählt die Abenteuer seines Lebens.

Mangetsu no fushi (Melodie des Vollmondes): Manfreds Name bei den Samurai.

Mann in grünem Mantel: Ein Mensch am Waldrand, der eigentlich in der Welt Stadt lebt, kritzelt im Gehen auch für ihn manchmal unleserliche Gedanken auf kleine Zettel, Teile eines großen Romans, der Jahre später den Titel *Der Leuchtende Pfad* tragen soll.

Mantra: Kraftgeladene Silbe oder Folge von Silben. Die ständige Wiederholung verändert das Bewusstsein, ein Weg zur Erleuchtung. Bekannt ist das älteste Mantra des tibetischen Buddhismus OM MANI PADME HUM.

Mauersegler (Apus apus): Zahlreich über den Dächern der Häuser von Kaiserslautern, oft mit Schwalben verwechselt, fliegen auf Insektenjagd srih-srih schreiend in Formationen. Dok sah oft zu ihnen auf, gänzlich weggetreten und staunend (so fliegen, das wäre was).

MO: Drefmans lebendes Schwert, das Spiegelbild von OM.

Mondin: Schwester der Erde, die hier in dieser Welt als Volle Mondin die Nacht erleuchtet, im Deutschen meist „Mond" genannt, auch in Japan männlich, s. Tsukiyomi.

Mondinprinzessin: Ein anderer Name von Nairra in Menschengestalt. Sie trägt ein Drachendiadem aus lebenden Glühwürmchen.

Mudra (Sanskrit: Siegel, Zeichen): Körperhaltung oder symbolische Geste. ER grüßt den Magier und seine Samurai mit vor der Brust zusammengelegten Handflächen: Anjali-Mudra, s. a. Lotossitz.

Nachtjäger: Im Rudel jagende, befiederte Raubdinosaurier der frühen Kreidezeit aus Nordamerika, Gattung *Deinonychus*, nur 60 kg schwer, 3 m lang, mit großer, scharfer „Schreckenskralle" (= ihr lateinischer Name) am Fuß, mit der sie ihre Opfer an Weichteilen oder Junge gepanzerter Arten durchbohren und so töten konnten. Sie rissen Fleischstücke nach Zubeißen ruckartig aus der Beute heraus.

Naginata: Die Schwertlanze, das Mähschwert, eine auf einen geraden, langen Schaft montierte Klinge. Als erster Samurai beherrschte Musashibo Benkei die Kunst des Naginata-Kampfes. Sie wurde später zur Hauptwaffe der Frauen und Töchter der Samurai.

Nairra: Manfreds große Liebe, die ihm in mancherlei Gestalt begegnet.

Ninja (japanisch: der Unsichtbare, in Japan Kanja oder Rappa genannt): Hochspezialisierter Einzelkämpfer als Geheimagent und Attentäter eingesetzt. Seine Kampfart nennt sich Ninjutsu, die Kunst, sich unsichtbar zu machen. Ninjas konnten sich perfekt der Umgebung anpassen, mit allen damals bekannten Waffen umgehen, besaßen eigene Allzweckwaffen und beherrschten zugleich den waffenlosen Nahkampf (Tai-jutsu). Hier begegnen wir einen weiblichen Ninja, s. Kunoichi.

Odin (auch Wodan): Germanischer Gott, oberster der Asen, Gott des Krieges. Wolf und Rabe sind ihm geweiht. Ihm opfern die Normannen den Abt der Mönche.

OM (AUM, Pranava): Mächtigstes Mantra und Symbol. Bedeutung: Die materielle Welt und die Bewusstseinszustände Wachen, Träumen und Tiefschlaf sind durchdrungen von dem einen höchsten unendlichen Bewusstsein. Hier ist OM auch der Name von Manfreds Schwert.

Pentagramm (fünfeckiger Stern, Drudenfuß, Pentakel): Beim Bannungsritual des Kleinen Pentagramms wird es in allen vier Himmelsrichtungen in die Luft geschrieben.

Prana (Sanskrit: Atem): Die kosmische Energie, die den Körper durchdringt und erhält, wird im Hatha-Yoga bewusst gelenkt.

Rabin: Rabe. 1) Krähe (*Corvus corone corone*). 2) Kolkrabe (*Corvus corax*). Intelligente und anpassungsfähige, schwarze Vogelarten. Wir kennen sie alle aus Grimms Märchen (Die sieben Raben), Poes Gedicht Der Rabe und aus dem Film The Crow. Sie rufen krächzend „krah". Hier essen einige von ihnen von den Leichen einer Schlacht. Manfred nennt die Raben Vogelmenschen. Eine sitzt auf der Birke, unter der sich die Drei treffen. Auch Odins Raben Hugin und Munin finden Erwähnung.

Reigam: Das ist Magier rückwärts gelesen, das schwarze Spiegelbild eines weißen Magiers. Gemeint ist hier Manfreds Bruder Drefman.

Restaurantfamilie: Mutti mit Tochter Meike (7) und Sohn Oliver (11). Meike sieht Dok draußen fliegen. Aber wer glaubt schon einem siebenjährigen Mädchen?

Roshi: Zen-Meister, der lächelnd Manfred wieder Ruhe gibt.

Rote Wesen: Kleine humanoide Waldbewohner, die mit Blasrohren jagen. Den Grünen Mann töten sie nicht, aber sie töten Nairra mit einem vergifteten Pfeil.

Samurai (japanisch: jemand, der dient): Kriegerkaste des mittelalterlichen Japans mit dem Ehrenkodex Bushidô, der Lehre vom rechten Sterben. Erkennbar an ihren zwei Schwertern, bekannt durch ihre absolute Treue zu ihrem Herrn und ihre rituelle Selbsttötung Seppuku.

Satan (hebräisch: Widersacher, SHTN (Schaitan, arabisch für Satan): Verführer der Menschen, pferdefüßiger Fürst dieser Welt, aus dem Himmel verstoßen. Nach Meinung der Gnosis ist er der erstgeborene Sohn Gottes, der den Menschenkörper aus Lehm und Wasser schuf. Hier ist SHTN eine Bezeichnung für Drefman.

Schattenwesen: 1) Dunkle Scharen der Unterwelt. Manfred und OM jagen sie in die Spalten der Erde zurück. 2) Ein einzelnes Schwarzes Wesen erbeutet einen nun nicht mehr Kichernden Zwerg. 3) Der Schatten, das ist Drefman, der die sieben Samurai und Nairra tötet.

Schlange: Die Kundalini-Schlangenkraft verwandelt sich nach ihrem Aufstieg in Manfred in eine echte Schlange, eine Spitzkopfnatter (*Elaphe oxycephala*), diese wiederum in eine Drachin.

Schmetterlinge: 1) Morpho-Falter: Die hier vorkommende Art hat leuchtend blaue Flügeloberseiten und lebt in den Baumwipfeln der amerikanischen Tropen. Tausende umgeben Manfred bei seinem Aufstieg über das Kronendach des Regenwaldes. 2) Schwärmer: Nachtfalter der Familie Sphingidae umflattern Manfred und wecken ihn aus seiner Trauer um Nairra auf.

Schwarze Pantherin: Schwarze Farbform des Leoparden (Panthera pardus). Manfred erlebt, wie eine Schwarze Pantherin vor mehr als 2 Millionen Jahren eine Affenmenschenfrau in Afrika erbeutet und verzehrt.

Schwarzer Magier: 1) Einer der Drei. 2) Einer, der das Schwert stiehlt und dabei stirbt.

Sensei (japanisch): Bezeichnung für Lehrer, hochrangige Person.

Seppuku: Selbstentleibung durch Aufschlitzen des Bauches (Hara), dem Sitz der Seele, im Westen meist „Harakiri" genannt.

Shaken: Wurfstern, meist aus Eisen gefertigt, mehrzackig und scharf, oft mit Gift präpariert, in China entstanden, von Samurai und Ninja meist als Schockwaffe verwendet, inzwischen in Deutschland verboten.

Shakuhachi: Japanische Bambusflöte.

Sieben Samurai: Berühmte japanische Krieger aus verschiedenen Zeitperioden, die noch einmal für kurze Zeit als Drachenkrieger ins Leben zurückkehren: 1) Yamato Takeru, legendäre Zeit, 2) Fujiwara Sumitomo, gestorben 940, 3) Kumagaya Naozane, Renshô, um 1184, 4) Shiaku Shinsakon Nyûdo, gestorben 1333, 5) Musahibo Benkei, um 1570, 6) Miyamoto Musashi, Takezo, 1584-1645, 7) Ohoishi Kuranosuke, gestorben 1702. Im Westen ist Miyamoto Musashi (eigentlich: Shinmen Musashi-no-kami Fujiwara no Genshin) am bekanntesten. Er tötete seinen ersten Gegner im Alter von 13 Jahren, überlebte die Schlacht von Sekigahara auf der Seite der Verlierer, ist durch seine Zweischwertertechnik bekannt, blieb in Einzelkämpfen unbesiegt, zog sich im Alter von 50 Jahren vom Kampf zurück und lebte in freiwilliger Armut auf der Suche nach der Erleuchtung durch Schwert und Pinsel. Er ist der Verfasser des Buches der fünf Ringe Gorin-no-sho.

Sonn: Unser aller Vater, der am Tag aus den Himmeln strahlt und so Mutter Erde befruchtet, wird im Duden als „Sonne" bezeichnet, ist auch im Japanischen weiblich, s. Amaterasu.

Spinne: 1) Baumbewohnende Vogelspinnen (z.B. *Avicularia*). 2) Radnetzspinnen, die metergroße Netze über den Waldweg spannen, 3) Tastende Spinnenmännchen auf Weibchensuche.

Stachelwesen: Mächtiges Wesen aus anderen Räumen mit Stacheln so groß wie Speere, harpunengleich. Angelt und verschluckt einen Magier.

Stammtischfreunde: In wechselnder Besetzung treffen sie sich jeden Mittwoch in einer Kneipe der Stadt. In dieser einen Nacht waren neben Dok anwesend: die ältere Autorin, die drei Generationen (Mutter, Tochter, Enkelin), der Krankenpfleger, die Lehrerin, der Rechtsanwalt und seine Mitarbeiterin.

Steinerner Mann: Gewaltige Statue, ähnlich dem Koloss

von Rhodos, hält ein Schwert in der Hand, das zu leuchten beginnt, lässt Manfred und Nairra zwischen seinen Beinen hindurch passieren.

Susanowo (Takahaya Susanowo no Mikoto = Heftiger ungestümer Mann): Japanischer Sturm- und Meeresgott, Bruder der Sonnengöttin Amaterasu.

Sutra (Sanskrit: Leitfaden): Kurzfassungen indischer Lehren, so auch der Lehren Buddhas. Sutra des Herzens (Mahaprajnaparamita-Hridaya-Sutra): gate gate paragate parasamgate bodhi svaha, das heißt: gegangen gegangen darüber hinaus gegangen vollkommen offen erleuchtet gegrüßt. Gemeint ist: Die Form ist die Leere, die Leere ist die Form, die Form ist die Form, die Leere ist die Leere, erwacht, gegrüßt!

Tai-chi-chuan (chinesisch): Meditation in fließenden Bewegungen zur Harmonisierung von Yin und Yang.

TAO (chinesisch: Weg, Lehre, auch Tai-i oder Tai-chi genannt): Das allumfassende Erste Prinzip, das allen Erscheinungen zugrunde liegt, die Urquelle allen Seins, in die alle Dinge zurückkehren, erfahrbar in der Erleuchtung, dem Eintauchen in Stille und Leere. Es ist das Große Eine, in dem alle Gegensätze aufgehoben sind: unhörbar, unsichtbar, unergründlich: unfassbar.

Träumer unter Platanen: Ein gewisser junger Mann namens Rainar in der Welt Stadt, sitzt dort auf einer Bank unter Platanen und schaut das Licht der Vollen Mondin.

Tsukiyomi no Mikoto (Mondenzähler): Japanischer Mondgott und Mond, Bruder von Amaterasu.

Die Vielen: Menschliche Klonkriegerinnen. Sie greifen Manfred und seine Samurai an.

Vier Jungs: Vier böse Jungs mit Namen Alex, Georgie, Peter, Dim aus Burgess'/Kubricks Uhrwerk Orange (A Clockwork Orange).

Vogelmensch: 1) Ein von Vögeln umflatterter Eremit. 2) Manfred bezeichnet einmal sieben Rabenkrähen als Vogelmenschen, s. Grimms Märchen.

Wakô: Japanische Seeräuber, Piraten, zeitweise auch Freibeuter gegen die Mongolen, überfielen zunächst Provinzen in Japan, später plünderten sie ähnlich den Wikingern in Europa mit ihren wendigen kleinen, von Segeln und Rudern angetriebenen Schiffen die chinesische Küste.

Waldkauz (*Strix aluco*): Relativ häufige Eule, ruft schaurig „huúuu...", ist nachtaktiv und isst meist kleine Nager.

Manfred fliegt mit ihr auf die Jagd.

Weiße Blüten der Nacht: Sie schläfern Manfred und OM ein. Ihr symbiotischer Helfer ist ein schwarzer Magier, der seine Mordpläne nicht überlebt.

Weiße Taube: Haustaube (*Columna livia*), in der Welt Stadt weit verbreitete Zuchtform der Felsentaube. Im Wald aber umschwirren sie den Vogelmenschen und verwandeln sich in Rabenkrähen, Adler und Papageien.

Weißer Magier: 1) Einer der Drei. 2) Manfred wird strahlend weiß in Anwesenheit des schwarzen Drefman.

Wilde Katze (Wildkatze, *Felis silvestris*): Einzelgängerin, von der Hauskatze unterscheidbar am buschigen Schwanz mit schwarzer Spitze. Manfred übersieht sie fast auf einem Stein.

Wir: Wesenseinheit, die einst Teile von sich in die Weite des Kosmos sandte, so auch ein blaues und ein rotes Licht. Das blaue Licht leuchtet in Nairra, das rote in Manfred. Die Vereinigung von Rot und Blau ergibt weißes Wir, das Ende der Einsamkeit.

Wolf (*Canis lupus*): Stammform unserer Hunde, mehr im offenen Gelände zuhause als im Wald, ausdauernder Läufer, der im Rudel jagt und vor dem Aufbruch zur Jagd nach Sonnuntergang 15 min lang heult, wie es auch Manfred mit einigen seiner Art tut. Andere Wölfe umringen den alten Chinesen und tanzen mit ihm.

Yin-Yang (chinesisch): Das sind die beiden polaren Kräfte, die durch ihr Wechselspiel unser Universum entstehen und sich ständig wandeln lassen, sie sind die Bewegung im TAO. Yin ist das Weibliche, Passive, Empfangene, Dunkle, Weiche, deren Symbole Mondin, Wasser und Wolken sind. Yang ist das Männliche, Aktive, Schöpferische, Helle, Harte, dessen Symbole Sonn, Feuer, Drache, die Farbe Rot sind. In jedem Menschen sind Yin und Yang. Befinden sich beide im Gleichgewicht, bedeutet dies Gesundheit.

Yoga (Sanskrit: Joch): Verschiedene Wege zur Erleuchtung. Im Westen am bekanntesten ist der Hatha-Yoga: Körperstellungen (Asanas) und Atemübungen, eine Basis für die geistigen Yogaformen, wie Karma-Yoga (selbstloses Handeln) oder Kundalini-Yoga (das die göttliche Schlangenkraft weckt) und das achtstufige Raja-Yoga (königliches, höchstes Yoga). Manfred sitzt im Lotos, um sich zu versenken.

Zen (japanische Abkürzung von Zenna, chinesisch:

Chan, Sanskrit: Dhyana: Versunkenheit): Der Zen-Buddhismus gelangte über China aus Indien nach Japan. Zen-Meister und -Lehrer werden Roshi genannt und unterstützen den Schüler dabei, mittels Versenkung im Zazen (Sitzen in Versunkenheit) oder durch die Lösung von Koans zur Selbstwesensschau zum vollen Erwachen (Erleuchtung) zu gelangen, wo alle dualistischen Unterscheidungen aufgehoben sind, also Ich/Du, Körper/Geist, wahr/falsch nicht existieren.

Infos zu den PFADWELTEN

Die PFAD-Romane handeln vom unverhofften Austritt eines Stadtmenschen aus der Alltagswelt. Befreit von allen Lasten und Krankheiten schwebt Manfred über den Dächern von Kaiserslautern. Von diesem Augenblick an ist er ein Magier, der im Unterschied zu Zauberern weder Zauberstab noch Zaubersprüche benötigt. Er folgt einem leuchtenden Weg, der ihn von Westeuropa immer weiter nach Osten bis nach Tibet im Himalaya führt. Seine Reise führt durch sieben »Welten«, die irdischen Bioregionen *Stadt, Wald, Nebelland, Gräserne Meer, Wasserwelten, Wüstenweite, Berge in den Himmel* sowie den Kosmos: *Welten über Welten.* Die Handlung spielt nicht nur in Eurasien, sondern auch in den anderen Kontinenten in entsprechenden Landschaften. So umfassen die Gräsernen Meere Steppen, Savannen und Prärien. Auf der Suche nach seiner großen Liebe und der Erleuchtung verwandelt sich Manfred in manchein Tier, um zu überleben. Er reist alleine oder aber in Begleitung z. B. der sieben bekanntesten Samurai Japans. Sein Gegenspieler Drefman, kurz ER genannt, scheint allmächtig. Er ist der männliche Teil von ES, das vor 65 Millionen Jahre mit dem großen Meteoriten, der die Dinosaurier auslöschte, auf die Erde gelangte. Nach Manfreds Tod reist seine Seele von der Erde durchs Sonnensystem und weiter durch den Kosmos, wo er auf andere Reisende trifft und mit ihnen verschmilzt. Die Handlung umfasst sieben Ebenen, wie der Leser / die Leserin im Anhand des vierten Bandes erfährt. Jeder Band enthält ein umfangreiches Verzeichnis aller wichtigen Personen, Lebewesen und Begriffe. Die Bücher gehören zu einer besonderen Art Fantasy, die sich mit dem Begriff Esoterische Biofantasy beschreiben lässt. Lyrische Texte leiten die Kapitel ein.

Es gibt **mehrere Ausgaben** der Pfadromane.

Neu sind die Taschenbücher. Sie halten den Ende 2016 erschienenen Band 1: Der Leuchtende Pfad des Magiers in der Hand.

Als E-Books erschienen 2015 die neu überarbeiteten Bände 1 bis 4 sowie die Gesamtausgabe in einem Band.

Zum Zeitpunkt des Erscheinens des ersten Taschenbuchs gibt es einige Exemplare der handsignierten, nummerierten und limitierten Erstauflage, die in den Jahren 1998 bis 2008 erschienen. Nur die Originale enthalten verfremdete Fotos des Autors. Von Band 1 wurden nur 200 Exemplare, von den Bänden 2-4 lediglich 50 Exemplare gedruckt.

Band 1: Rainar Nitzsche: *Der Leuchtende Pfad des Magiers*. Er ist in sich abgeschlossen und enthält die Kapitel Stadt und Wald. Original: 180 Seiten, ISBN 978-3-930304-03-5. E-Book: ISBN 978-3-7380-3245-1. Taschenbuch: ISBN: 9783743113763.

Band 2: Rainar Nitzsche: *Wandlungen der Drei*. Enthalten sind die Kapitel Nebelland, Gräserne Meeere und Wasserwelten. Original: 194 Seiten, ISBN 978-3-930304-13-4. E-Book: ISBN 978-3-7380-3449-3

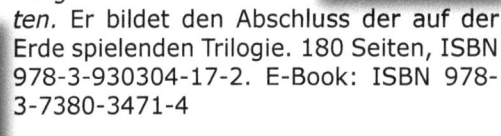

Band 3: Rainar Nitzsche: *Wüsten-Berges-Himmels-Weiten.* Er bildet den Abschluss der auf der Erde spielenden Trilogie. 180 Seiten, ISBN 978-3-930304-17-2. E-Book: ISBN 978-3-7380-3471-4

Band 4: Rainar Nitzsche: *Ins All - Im Eins.* Hier handelt es sich um ein Seelenreise durchs All mit kurzer Rückkehr zur Erde und der Klärung der Handlungsebenen. 208 Seiten, ISBN 978-3-930304-14-1. E-Book: ISBN 978-3-7380-3529-2

Rainar Nitzsche: *Die Pfadwelten.* Sammelband aller vier PFAD-Romane als E-Book: ISBN 978-3-7380-5012-7

Inzwischen erschien ein kurzer Roman, der die Abenteuer eines der Wesen, die im Band 4 durch den Kosmos reisen, beschreibt: Alexa E. Bach: *Der Schneckenkönig*. 76 Seiten, ISBN 978-3-8423-5587-3. E-Book: ISBN 978-3-7412-4852-8